RIEN N'EST ÉTERNEL

DU MÊME AUTEUR

JENNIFER OU LA FUREUR DES ANGES, Denoël, 1981.
JENNIFER, Gallimard, 1982.
MAÎTRESSE DU JEU, Denoël, 1983 ; Gallimard, 1988.
SI C'ÉTAIT DEMAIN, Stock, 1987 ; LGF, 1989.
UN ANGE À BUCAREST, Stock, 1988.
LES SABLES DU TEMPS, Presses de la Cité, 1990 ; Presses-Pocket, 1991.
QUAND REVIENDRA LE JOUR, Presses de la Cité, 1991 ; Presses-Pocket, 1992.
OPÉRATION JUGEMENT DERNIER, Presses de la Cité, 1992 ; Presses-Pocket, 1992.
LE FEU DES ÉTOILES, Presses de la Cité, 1993.

SIDNEY SHELDON

RIEN N'EST ÉTERNEL

roman

*traduit de l'américain
par*

Dominique Defert

BERNARD GRASSET
PARIS

L'édition originale de cet ouvrage a été publiée en 1994 chez William Morrow & Co. à New York sous le titre :

NOTHING LASTS FOREVER

*L'auteur tient à remercier chaleureusement tous ceux qui
— médecins, infirmières et personnel médical —
ont eu la générosité de partager
leur expérience avec lui.*

Tous droits réservés, y compris les droits de reproduction en tout ou partie sous quelque forme que ce soit.

© *Sidney Sheldon Literary Trust, 1994.*
© *Editions Grasset & Fasquelle pour la traduction française, 1995.*

*Pour Anastasia et Roderick Mann,
avec mon affection.*

« Ce qui ne peut être guéri par des médicaments le sera par le bistouri, ce que le bistouri ne peut guérir, le fer rouge le guérira, et ce qui résiste à tous ces traitements sera considéré comme incurable. »

HIPPOCRATE, vers 480 av. J.-C.

« Il y a trois sortes d'êtres humains : les hommes, les femmes, et les doctoresses... »

Sir WILLIAM OSLER

Prologue

**San Francisco,
Juin 1995**

Carl Andrews, le procureur du district, ne décolérait pas :
— C'est le monde à l'envers ! rugissait-il. Voilà trois jeunes médecins qui travaillent dans le même hôpital et qui, de plus, partagent le même appartement : l'un d'eux manque in extremis de faire fermer l'établissement, le second tue un malade pour un million de dollars et le troisième est assassiné !
Andrews poussa un long soupir.
— Et tous les trois sont des femmes. Trois doctoresses de malheur ! Les médias en font des stars. On ne voit qu'elles à la télévision. Barbara Walters leur a consacré une émission spéciale. Pas moyen d'ouvrir un journal ou un magazine sans tomber sur une photo ou un article les concernant... Je vous parie qu'Hollywood va en faire un film et que ces trois drôlesses vont se retrouver sur tous les écrans ! Le gouvernement va éditer des timbres à leur effigie si ça continue, comme pour Presley. Eh bien, je ne les laisserai pas faire, c'est moi qui vous

le dis ! lança-t-il en abattant son poing sur la couverture du *Time Magazine*.

On y voyait la photo d'une jeune femme sous-titrée de ces quelques mots : « *Le Dr Paige Taylor : ange miséricordieux ou disciple du diable ?* »

— Le Dr Paige Taylor...

Le ton du procureur traduisait son écœurement. Il se tourna vers Gus Venable, son adjoint.

— Je vous confie ce procès, Gus. Je veux une condamnation et la peine capitale : la chambre à gaz.

— Soyez tranquille, dit calmement Gus Venable. C'est comme si c'était fait.

Elle va mettre tous les jurés dans sa poche, songea Gus Venable lorsqu'il aperçut le Dr Paige Taylor dans la salle de tribunal. Puis il sourit intérieurement. *Non, personne n'a jamais eu ce pouvoir.* Elle était grande et élancée, le visage pâle et serein, mais il y avait une lueur d'inquiétude dans ses yeux noirs. Au premier coup d'œil, un observateur l'aurait simplement décrite comme une belle femme. Un autre, plus attentif, aurait remarqué ce curieux détail : son visage semblait avoir gardé une trace de chaque étape de son existence. On y lisait la joie de vivre de l'enfant, l'incertitude et la timidité de l'adolescente, la sagesse et la douleur de la femme adulte. Il y avait quelque chose d'innocent chez elle. *Pile le genre de fille qu'on est fier de présenter à sa mère. A condition d'avoir une mère qui n'ait rien contre le fait d'avoir comme bru une meurtrière de la pire espèce,* songea Gus avec cynisme.

Elle avait un regard absent, presque inquiétant. Un regard qui signifiait que le Dr Paige Taylor s'était repliée sur elle-même, qu'elle s'était réfugiée ailleurs, dans un autre monde, une autre époque, à mille lieues de cette salle de tribunal, froide et déshumanisée, où elle se trouvait prise au piège.

Le procès avait lieu dans le vénérable palais de justice de San Francisco, rue Bryant. Le bâtiment, qui abritait la cour d'assises et la prison du comté, était un édifice sinistre de pierres grises, haut de six étages. Les visiteurs devaient passer au travers des détecteurs électroniques avant de pouvoir pénétrer dans l'enceinte du palais de justice. Les tribunaux de cour d'assises se trouvaient au deuxième étage. Dans la salle n° 121 où se tenaient les procès pour meurtre, le siège du juge était adossé au mur du fond, sous un drapeau américain. A gauche, on trouvait le box du jury, et au milieu de la pièce, deux tables séparées par une allée — l'une pour l'accusation, l'autre pour la défense.

La salle d'audience était pleine à craquer de journalistes et de ce public avide de sensations, friand d'accidents mortels et de procès pour meurtre. Et ce procès-là avait de quoi séduire le plus grand nombre. Gus Venable, l'avocat général, était un spectacle à lui tout seul. C'était une sorte d'hercule, au bouc poivre et sel et à la tignasse argentée, aussi raffiné et courtois qu'un propriétaire de plantation sudiste (il n'avait, pourtant, jamais mis les pieds dans le Sud). Sous son apparence vaguement endormie, son esprit fonctionnait comme un ordinateur. Eté comme hiver, il portait un costume blanc et une de ces vieilles chemises d'antan au col amidonné. C'était devenu une sorte de signe distinctif, chez lui.

Alan Penn, l'avocat de Paige Taylor, était tout son contraire : c'était un petit gabarit débordant d'énergie, un requin aux dents longues qui s'était fait la réputation de remporter acquittement sur acquittement.

Les deux hommes avaient déjà été confrontés l'un à l'autre et leur relation était un mélange de respect et de méfiance. A la grande surprise de Venable, Alan Penn était venu le voir une semaine avant le début du procès.

— J'ai une proposition avantageuse à vous faire, Gus.

Il faut toujours se méfier des avocats qui vous font soi-disant des cadeaux.

— Que voulez-vous dire, Alan ?

— Eh bien... Je n'en ai pas encore parlé à ma cliente, mais supposez... c'est seulement une supposition... que je parvienne à la persuader de plaider coupable et que j'épargne ainsi à l'Etat le coût prohibitif d'un procès ?

— Vous plaidez coupable et je réduis la peine... c'est ça, votre proposition ?

— Oui.

Gus Venable fit mine de chercher quelque chose sur son bureau.

— Je ne trouve pas mon calendrier. Quel jour sommes-nous ?

— Le 1er juin. Pourquoi ?

— Pendant un instant, j'ai cru que c'était Noël. Pour quelles raisons vous ferais-je un pareil cadeau ?

— Gus...

Venable se pencha vers Penn.

— Vous savez, Alan, en temps normal, j'aurais été tenté de vous suivre. Pour vous parler franchement, je préférerais être en ce moment même en train de pêcher en Alaska. Mais ma réponse est « non ». Vous défendez une femme qui a tué de sang-froid un malade sans défense pour lui soutirer son argent. Et je compte bien réclamer la peine de mort.

— Je crois qu'elle est innocente et je...

Venable éclata brusquement de rire.

— Non, vous n'y croyez pas. Personne n'y croit. L'affaire est claire. Votre cliente est coupable comme Caïn !

— Encore faut-il que les jurés soient de cet avis, Gus.

— Ils le seront.

Il marqua un temps.

— Ils le seront, répéta-t-il.

Après le départ d'Alan Penn, Gus Venable resta assis à son bureau, songeant à leur entretien. La démarche de Penn était un signe révélateur. Il partait battu d'avance. Gus Venable pensa aux preuves irréfutables qu'il détenait, aux témoins inattaquables qu'il allait appeler, et une bouffée de satisfaction l'envahit.

Il n'y avait aucun doute. Le Dr Paige Taylor était bonne pour la chambre à gaz.

Constituer un jury n'avait pas été une tâche aisée. L'affaire avait fait la une des journaux pendant des mois. Le sang-froid avec lequel le meurtre avait été commis avait soulevé une vague de haine.

Prologue

Le procès était présidé par le juge Vanessa Young — une femme noire, inflexible et remarquablement intelligente, dont on disait qu'elle serait prochainement nommée à la Cour suprême des Etats-Unis. On la savait impatiente avec les avocats, et irascible. Un adage courait parmi les avocats de San Francisco : « Si votre client est coupable et que vous espérez la clémence de la cour, fuyez le juge Young comme la peste. »

La veille de l'ouverture du procès, le juge Young avait convoqué les deux avocats dans son bureau.

— Messieurs, nous allons établir quelques règles de base. La gravité de ce procès m'incite à une certaine tolérance, car je veux être sûre que l'accusée sera loyalement jugée. Mais, je vous en avertis tous les deux, n'en profitez pas. Est-ce clair ?

— Oui, Votre Honneur.

— Oui, Votre Honneur.

Gus Venable achevait sa plaidoirie d'ouverture.

— Ainsi, mesdames et messieurs les jurés, le ministère public prouvera — je dis bien « prouver », sans qu'il subsiste le moindre doute — que le Dr Paige Taylor a bel et bien tué John Cronin, son malade. Et qu'il s'agit, qui plus est, d'un crime crapuleux. Il y avait de l'argent en jeu... beaucoup d'argent. Un million de dollars, pour être exact. Voilà pourquoi elle a assassiné John Cronin.

» Croyez-moi, lorsque vous aurez entendu tous les témoignages, vous déclarerez sans hésitation le Dr Paige Taylor coupable de meurtre avec préméditation. Je vous remercie de votre attention.

Le jury était silencieux, apparemment impassible mais attentif.

Gus Venable se tourna vers le juge.

— Votre Honneur, si vous le permettez, je voudrais appeler Gary Williams comme premier témoin de l'accusation.

— Vous êtes aide-soignant à l'Embarcadero County Hospital ? demanda Gus Venable une fois que le témoin eut prêté serment.

— C'est exact.

— Vous étiez dans la salle de soins n° 3 quand on y a amené John Cronin l'année dernière ?

— Oui.

— Pouvez-vous nous dire le nom du médecin qui en avait la charge ?

— Le Dr Taylor.

— Comment définiriez-vous les relations existant entre le Dr Taylor et John Cronin à l'époque ?

— Objection ! lança Alan Penn en bondissant de son siège. L'accusation n'a pas à demander l'opinion personnelle du témoin.

— Objection retenue.

— Je vais formuler ma question autrement. Avez-vous parfois surpris des conversations entre le Dr Taylor et John Cronin ?

— Bien sûr, je n'aurais pas pu faire autrement. Je travaillais tout le temps dans cette salle.

— Diriez-vous de ces conversations qu'elles étaient amicales ?

— Non, maître.

— Ah oui ? Et qu'est-ce qui vous fait dire ça ?

— Eh bien, le premier jour, lorsque le Dr Taylor a voulu l'examiner, Mr. Cronin lui a dit de...

L'homme eut un moment d'hésitation.

— Je ne sais pas si je peux répéter ici ses propres mots...

— Allez-y, Mr. Williams. Je ne crois pas qu'il y ait d'enfants dans cette salle.

— Eh bien... il lui a dit d'aller se faire foutre et de ne pas approcher ses sales pattes de lui.

— Il a dit ça au Dr Taylor ?

— Oui, maître.

— Veuillez dire aux jurés ce que vous avez pu voir ou entendre encore.

— Eh bien, il l'appelait toujours « l'autre salope ». Il ne voulait pas qu'elle s'approche de lui. Chaque fois qu'elle entrait dans sa chambre, il disait des choses comme : « Tiens, revoilà l'autre salope ! », ou « Dites à l'autre salope de me foutre la paix », ou encore « Pourquoi ne me donne-t-on pas un vrai docteur ? ».

Gus Venable marqua une pause pendant son interrogatoire pour se tourner vers le Dr Taylor. Le jury suivit son regard. Venable secoua la tête d'un air attristé et revint à son témoin.

— Auriez-vous pu imaginer que Mr. Cronin donnerait un million de dollars au Dr Taylor ?

Alan Penn bondit de nouveau.

— Objection ! Il essaie encore d'obtenir l'opinion personnelle du témoin.

— Objection rejetée, répondit le juge Young. Le témoin peut répondre.

Alan Penn regarda Paige Taylor et se rencogna dans son siège.

— Bien sûr que non ! répondit Williams. Il la haïssait de toutes ses tripes !

Ce fut au tour du Dr Arthur Kane de monter dans le box des témoins.

— Docteur Kane, commença Gus Venable, vous étiez le médecin-chef de garde quand on a découvert que John Cronin avait été ass...

Venable jeta un coup d'œil vers le juge Young.

— ... avait succombé d'une overdose d'insuline placée dans son système de perfusion. Je ne me trompe pas ?

— C'est exact.

— Et vous avez découvert, ultérieurement, que le Dr Taylor était l'auteur de cette manipulation ?

— C'est bien ça.

— Docteur Kane, je vais vous montrer le constat de décès signé à l'hôpital par le Dr Taylor.

Il tendit un papier à Kane.

— Veuillez le lire à haute voix, je vous prie.

Kane commença à lire.

— « Nom : John Cronin. Cause du décès : Arrêt respiratoire à la suite d'une embolie pulmonaire causée par un infarctus du myocarde. »

— Et en termes profanes ?
— Ça veut dire qu'il est mort d'une crise cardiaque.
— Ce papier est signé de la main du Dr Taylor ?
— Oui.
— Docteur Kane, est-ce la véritable cause de la mort de John Cronin ?
— Non, c'est une injection d'insuline qui a causé sa mort.
— Donc, le Dr Taylor a administré une dose mortelle d'insuline, puis elle a fait un faux rapport ?
— Oui.
— Et vous en avez rendu compte au Dr Wallace, l'administrateur de l'hôpital, qui a alors averti les autorités.
— Oui. J'avais le sentiment que c'était mon devoir.
Le ton de sa voix monta, empreint d'une vertueuse indignation :
— Je suis médecin. Je crois qu'en aucune circonstance, on n'a le droit d'ôter la vie à un être humain.

Le témoin suivant était la veuve de John Cronin. Hazel Cronin approchait de la quarantaine, elle avait des cheveux roux flamboyants et des formes voluptueuses que sa stricte robe noire avait du mal à dissimuler.
— Je sais combien tout ceci vous est douloureux, Mrs. Cronin, commença Gus Venable, mais je dois vous demander de dire au jury quelles étaient vos relations avec feu votre mari.
Hazel Cronin tamponna ses yeux avec un grand mouchoir de dentelle.
— John et moi avions fait un mariage d'amour. C'était un homme merveilleux. Il me disait souvent que j'avais été le seul vrai bonheur de sa vie.
— Vous étiez mariés depuis longtemps ?
— Depuis deux ans, mais John disait que c'étaient comme deux ans au paradis.
— Mrs. Cronin, votre mari vous a-t-il parlé du Dr Taylor ? Peut-être vous a-t-il dit que c'était un grand médecin, qu'elle soulageait ses souffrances, ou qu'il appréciait sa compagnie ?
— Il n'a jamais parlé d'elle.

— Jamais ?
— Jamais.
— John Cronin avait-il émis l'hypothèse de vous rayer de son testament, vous et vos frères ?
— Absolument pas. C'était l'homme le plus généreux du monde. Il me disait toujours qu'il n'y avait rien que je ne puisse avoir et que quand il mourrait...

Sa voix se brisa en sanglots.

— ... quand il mourrait je serais une femme riche, et que...

Elle ne put aller plus loin.

— Nous allons suspendre la séance pendant un quart d'heure, dit le juge Young.

Assis au fond de la salle, Jason Curtis bouillait de colère. Il ne pouvait croire ce que les témoins disaient de Paige. *C'est la femme que j'aime. La femme que je vais épouser.*

Tout de suite après l'arrestation de Paige, Jason Curtis était venu la voir en prison.

— Nous allons nous battre, lui avait-il assuré. Je vais te trouver le meilleur avocat du pays.

Un nom lui vint tout de suite à l'esprit : Alan Penn. Jason était allé le voir.

— J'ai suivi l'affaire dans les journaux, lui dit Penn. La presse a déjà rendu son verdict et annonce à qui veut l'entendre qu'elle a tué John Cronin pour toucher le magot. Et le pire, c'est qu'elle reconnaît elle-même l'avoir tué.

— Je la connais, répondit Jason. Croyez-moi, Paige est incapable d'avoir fait ce qu'on lui reproche. Pas pour de l'argent.

— Elle reconnaît néanmoins qu'elle l'a tué, dit Penn. Notre seule défense possible, c'est l'euthanasie. Les actes de ce genre sont considérés comme des meurtres en Californie comme dans la majorité des Etats, mais les sentiments sont très mitigés à ce sujet. Je pourrais faire une très belle plaidoirie, en parlant de voix célestes et tout le tremblement, mais le problème est que votre dulcinée a tué un malade qui lui a laissé un million de dollars par testament. Qui est venu le premier, l'œuf ou la poule ? A-t-elle eu connaissance du million de dollars avant de le tuer, ou après ?

— Paige n'était absolument pas au courant de l'argent, affirma Jason.

— Bien sûr. C'était simplement une heureuse coïncidence, répondit Penn en évitant de prendre parti. Le procureur annonce d'emblée l'homicide volontaire avec préméditation et réclame la peine de mort.

— Vous acceptez l'affaire, oui ou non ?

Penn hésita. Jason Curtis avait une confiance aveugle en sa belle doctoresse, c'était évident. Tout comme Samson avec Dalila. Il regarda Jason. *Le malheureux ! Elle pourrait lui raser le crâne qu'il ne s'apercevrait de rien !*

Jason attendait sa réponse.

— Entendu, j'accepte l'affaire. Mais je vous préviens, ce sera difficile. C'est loin d'être gagné.

Alan Penn était bien en deçà de la vérité.

Quand le procès reprit, le lendemain matin, Gus Venable fit venir une nouvelle ribambelle de témoins.

Une infirmière :

— J'ai entendu John Cronin dire : « Je sais que je vais mourir sur le billard. Vous allez me tuer. Et j'espère bien que vous serez condamnée pour meurtre... »

Un avoué, Roderick Pelham, rapportant les paroles de Paige Taylor lorsqu'on lui annonça que Cronin lui avait laissé un million de dollars :

— Elle a dit quelque chose comme : « Ce n'est pas très moral. C'était mon patient. »

— Elle a reconnu que ce n'était pas moral ?

— Oui.

— Mais elle a accepté l'argent ?

— Oh, oui. Absolument.

Alan Penn interrogea à son tour le témoin.

— Mr. Pelham, est-ce que le Dr Taylor attendait votre visite ?

— Certes non, je...

— Vous ne l'avez pas appelée pour lui dire : « John Cronin vous a légué un million de dollars » ?
— Non, je...
— Donc, vous lui en avez parlé de vive voix ?
— Oui.
— Vous étiez donc en mesure de voir sa réaction lorsque vous lui avez parlé de ce legs ?
— Oui.
— Et quelle a donc été sa réaction en apprenant cette nouvelle ?
— Eh bien, elle... elle a paru surprise, mais...
— Merci, Mr. Pelham. Ce sera tout.

Le procès en était à la deuxième semaine et Gus Venable resserrait ses filets.
— Si la Cour le permet, je voudrais appeler Alma Rogers à la barre des témoins.
» Mrs. Rogers, quelle est votre profession ? lui demanda Venable une fois qu'elle eut prêté serment.
— *Miss* Rogers.
— Veuillez me pardonner.
— Je travaille à la Corniche Travel Agency.
— Votre agence organise des voyages vers divers pays, s'occupe des réservations d'hôtels et autres détails matériels pour faciliter la vie de vos clients ?
— Oui, maître.
— Voulez-vous bien regarder l'accusée. L'avez-vous déjà vue ?
— Oh, oui. Elle est venue à notre agence, il y a environ un an.
— Dans quel but ?
— Elle voulait visiter Londres, Paris et Venise, il me semble bien.
— A-t-elle demandé une formule économique ?
— Oh, non. Elle a dit qu'elle voulait tout en première classe... Les avions, les hôtels. Et je crois qu'elle voulait louer un yacht, aussi.

On dut faire taire le public. Gus Venable prit quelques prospectus sur sa table et les brandit.

— La police a trouvé ces brochures dans le casier du Dr Taylor à l'hôpital. Ce sont des itinéraires de voyage pour Paris, Londres et Venise, des brochures d'hôtels de luxe et d'avions en première classe, ainsi que tous les tarifs de location d'un yacht privé.

Un murmure parcourut l'assistance.

Le procureur ouvrit l'une des brochures :

— Voici la liste de quelques yachts à louer. Le *Christina Onassis*, 26 000 dollars par semaine, plus les charges du bateau... Le *Resolute Time*, 24 500 dollars par semaine... Le *Lucky Dream*, 27 300 par semaine.

Il leva les yeux vers son public.

— *Le Lucky Dream* est coché. Paige Taylor avait déjà choisi le yacht à 27 300 dollars par semaine. Ce qu'elle n'avait pas encore choisi, c'était sa victime !

Alan Penn se tourna vers Paige. Elle fixait la table des yeux, le visage pâle.

— Nous demandons à ce que ces brochures soient versées au dossier.

» Le témoin est à vous, déclara Venable en se tournant vers Alan Penn, d'un air triomphant.

Penn se leva et se dirigea lentement vers le box, cherchant à gagner du temps, dans l'espoir de trouver le moyen de contre-attaquer.

— Comment vont les affaires en ce moment, miss Rogers ?

— Pardon ?

— Je vous demande comment vont les affaires. La Corniche Travel Agency est-elle une grosse agence ?

— Assez, oui.

— Je suppose que beaucoup de gens viennent demander des renseignements sur des voyages ?

— Oh, oui.

— Combien à votre avis ? Cinq ou six personnes par jour ?

— Oh, bien plus ! dit-elle d'une voix indignée. Nous avons affaire à au moins cinquante personnes par jour.

— Cinquante personnes par jour ? répéta Penn, l'air impressionné. Le jour dont nous parlons remonte à un an environ. A raison de cinquante personnes par jour, ça vous fait une moyenne de quinze mille clients par an.

— Possible.

— Et parmi tous ces gens, vous vous souvenez plus spécialement du Dr Taylor. Pourquoi donc ?

— C'est qu'elle et ses deux amies étaient tellement excitées à l'idée de faire un voyage en Europe... je trouvais ça attendrissant. On aurait dit qu'elles s'apprêtaient à faire l'école buissonnière. Oui, je me souviens très bien d'elles, en particulier parce qu'elles ne semblaient pas du tout avoir les moyens de s'offrir un yacht.

— Je vois. Est-ce à dire que tous ceux qui viennent vous demander une brochure partent en voyage ?

— Eh bien, non, mais...

— Le Dr Taylor n'a, en réalité, fait aucune réservation, n'est-ce pas ?

— Non. En tout cas, pas chez nous. Elle...

— Ni chez qui que ce soit. Elle a donc simplement demandé à voir quelques brochures.

— Oui. Elle...

— Ce n'est pas la même chose qu'aller à Paris ou à Londres, vous en conviendrez ?

— Certes, mais...

— Merci. Vous pouvez regagner la salle.

Venable se tourna vers le juge Young.

— Votre Honneur, j'aimerais appeler le Dr Benjamin Wallace au box des témoins...

— Docteur Wallace, vous êtes l'administrateur de l'Embarcadero County Hospital ?

— C'est exact.

— Vous connaissez donc bien le Dr Taylor ainsi que ses compétences professionnelles ?

— Oui.

— Avez-vous été surpris en apprenant que le Dr Taylor était inculpée pour meurtre ?

Penn bondit de sa chaise.

— Objection, Votre Honneur ! Cette question est hors de propos et je...

— Laissez-moi continuer, je vous prie, l'interrompit Venable. Elle est, au contraire, tout à fait pertinente si seulement vous me permettiez de...

— Très bien, voyons où vous voulez en venir, dit le juge Young. Mais je vous ai à l'œil, maître Venable.

— Je vais formuler la question autrement, reprit Venable. Docteur Wallace, tous les médecins doivent jurer fidélité au serment d'Hippocrate, n'est-ce pas ?

— C'est exact.

— Un passage de ce serment dit bien... (Venable sortit un papier de sa poche et se mit à lire à haute voix :) « *Dans quelque maison que j'entre, j'y entrerai pour l'utilité des malades, me préservant de tout méfait volontaire et corrupteur* » ?

— Oui.

— Le Dr Taylor avait-elle déjà fait quoi que ce soit qui ait pu laisser présager qu'elle était capable de briser ce serment ?

— Objection !

— Objection rejetée.

— Oui, une fois.

— Veuillez raconter les faits aux jurés.

— Eh bien, nous avions un malade qui, selon le Dr Taylor, avait besoin d'une transfusion. Sa famille refusa de donner son accord.

— Et que s'est-il passé ?

— Le Dr Taylor passa outre et fit quand même la transfusion.

— Ceci est-il légal ?

— Certainement pas. Pas sans l'accord de la justice.

— Que se passa-t-il ensuite ?

— Le Dr Taylor obtint finalement l'accord de la famille et modifia la date sur le formulaire.

— Elle a donc accompli un acte illégal et falsifié les registres de l'hôpital pour se couvrir ?

— Exactement.

Alan Penn lança un regard mauvais vers Paige. *Que m'a-t-elle caché d'autre ?*

Les spectateurs qui espéraient voir quelque signe d'émotion sur le visage de Paige Taylor en furent pour leurs frais.
Cette femme est de glace, songea le président du jury.

Gus Venable se tourna de nouveau vers le juge.

— Votre Honneur, vous le savez, je comptais appeler le Dr Lawrence Barker. Malheureusement, il souffre encore des séquelles d'une attaque et ne peut venir témoigner devant ce tribunal. A la place, je vais donc interroger quelques proches collaborateurs du Dr Barker.

Penn se leva.

— Je m'y oppose catégoriquement. Je n'en vois pas l'intérêt. Puisque le Dr Barker n'est pas là, nous nous passerons de lui. Il ne s'agit pas de son procès, à ce que je sache. Aussi, nous ne...

— Votre Honneur, l'interrompit Venable, je peux vous assurer que l'audition de ces gens est tout à fait en rapport avec le témoignage que nous venons d'entendre. Il concerne également la compétence de l'accusée en tant que médecin.

— C'est ce que nous allons voir, répondit le juge Young, d'un air dubitatif. Nous sommes dans une salle de tribunal, pas à un concours de pêche. Ce n'est pas à celui qui attrapera le plus de témoins. La Cour vous écoute cependant.

— Merci, Votre Honneur.

— Veuillez appeler le Dr Mathew Peterson, demanda Venable à l'huissier.

Un homme élégant, d'une soixantaine d'années, s'installa dans le box des témoins. Il prêta serment.

— Docteur Peterson, commença Venable, pendant combien de temps avez-vous travaillé à l'Embarcadero County Hospital ?

— Pendant huit ans.

— Quelle était votre spécialité ?
— Cardiologue.
— Durant ces années passées à l'hôpital, vous avez eu l'occasion de travailler avec le Dr Lawrence Barker, n'est-ce pas ?
— Bien sûr. Plusieurs fois.
— Que pensiez-vous de lui ?
— La même chose que tout le monde. En dehors, peut-être, du Dr DeBakey et du Dr Cooley, le Dr Barker est le plus grand cardiologue du monde.
— Vous étiez présent dans la salle d'opération le jour où le Dr Taylor a opéré un malade nommé... (il fit semblant de consulter une fiche)... Lance Kelly ?

La voix du témoin changea de ton :
— Oui, j'étais là.
— Pouvez-vous nous raconter ce qui s'est passé ce jour-là ?
— Eh bien, commença le Dr Peterson avec réticence, l'opération a mal tourné. Nous avons commencé à perdre le malade.
— « Perdre le malade » ?...
— Son cœur s'est arrêté. Nous avons essayé de le faire repartir et...
— A-t-on appelé le Dr Barker ?
— Oui.
— Il est arrivé en cours d'opération ?
— Vers la fin. Oui. Mais c'était trop tard. Nous n'avons pas pu ranimer le malade.
— Quelle a été la réaction du Dr Barker à ce moment-là ? A-t-il dit quelque chose au Dr Taylor ?
— Eh bien, nous étions tous très bouleversés, et...
— Je vous demande si le Dr Barker a dit quelque chose au Dr Taylor ?
— Oui.
— Quelles furent ses paroles exactes ?

Il y eut un moment de silence. Et soudain, un coup de tonnerre retentit, comme si Dieu faisait entendre sa colère. Un instant plus tard, l'orage éclatait, martelant le toit du tribunal de gouttes de pluie.

— Le Dr Barker a dit : « C'est vous qui l'avez tué. »

L'assistance poussa des hauts cris. Le juge Young fit claquer son marteau.

— Silence ! Nous ne sommes pas à l'âge de la pierre. Encore un éclat de ce genre et je vous envoie vous calmer sous la pluie !

Gus Venable attendit que le silence revienne dans la salle.

— Etes-vous certain, reprit-il, une fois le calme revenu, que ce sont ses paroles exactes : « C'est vous qui l'avez tué » ?

— Oui.

— Et vous certifiez que les compétences médicales du Dr Barker sont au-dessus de tout soupçon ?

— Absolument.

— Merci. Ce sera tout, docteur.

Venable se tourna vers Alan Penn :

— Le témoin est à vous.

Penn se dirigea vers le Dr Peterson.

— Je n'ai jamais assisté à une opération, mais j'imagine que l'ambiance doit être extrêmement tendue, particulièrement quand il s'agit d'une chose aussi grave qu'une opération du cœur.

— Oui, la tension est énorme.

— Pour une intervention de ce genre, combien de personnes y a-t-il dans la pièce ? Trois ? Quatre ?

— Oh, non. Au moins une demi-douzaine.

— Tant que ça ?

— Oui. Il y a en général deux chirurgiens, l'un assistant le premier, parfois deux anesthésistes, une infirmière pour nettoyer la plaie, et au moins une autre pour passer les instruments.

— Je vois. Il doit donc y avoir beaucoup de bruit et d'agitation. Des gens qui crient des ordres, etc.

— Effectivement.

— Et d'après ce qu'on m'a dit, il est courant de mettre de la musique en fond sonore ?

— C'est vrai.

— Lorsque le Dr Barker est entré au moment où Lance Kelly mourait, la confusion a dû être totale.

— C'est vrai que tout le monde s'agitait autour du malade pour tenter de le sauver.

— Il devait y avoir beaucoup de bruit ?
— Oui, beaucoup, en effet.
— Et pourtant, au milieu de toute cette agitation, de tout ce bruit, et par-dessus la musique d'ambiance, vous avez pu entendre le Dr Barker dire que le Dr Taylor avait tué son malade ? Peut-être avez-vous mal entendu ?
— Non, maître. J'ai très bien entendu.
— Comment pouvez-vous en être si sûr ?
Le Dr Peterson poussa un soupir.
— Parce que j'étais juste à côté du Dr Barker quand il a dit ça.
C'était sans appel.
— Je n'ai pas d'autres questions, Votre Honneur.
L'affaire courait au désastre et il ne pouvait rien y faire. Mais le pire était encore à venir.

Denise Berry monta dans le box des témoins.
— Vous êtes infirmière à l'Embarcadero County Hospital ?
— Oui.
— Depuis combien de temps ?
— Cinq ans.
— Avez-vous surpris certaines conversations entre le Dr Taylor et le Dr Barker ?
— Bien sûr. Plusieurs fois.
— Pouvez-vous en rapporter quelques-unes ?
L'infirmière regarda le Dr Taylor et hésita.
— Eh bien... le Dr Barker pouvait parfois se montrer très dur et...
— Répondez à la question, miss Berry. Je vous demande de nous rapporter des choses précises que vous avez pu lui entendre dire au Dr Taylor.
Il y eut un long silence.
— Eh bien, un jour... il a dit qu'elle était une incapable et...
Gus Venable feignit la surprise.
— Une incapable, dites-vous. Vous êtes certaine que ce sont ses propres paroles ?
— Oui, maître. Mais le Dr Barker était toujours...

— Quels autres commentaires l'avez-vous entendu faire au sujet du Dr Taylor ?

Le témoin hésitait à le dire.

— Je ne me souviens pas vraiment...

— Miss Berry, je vous rappelle que vous êtes sous serment.

— Eh bien, une fois je l'ai entendu dire...

Elle baissa la voix et le reste de sa phrase se perdit dans un murmure.

— On ne vous entend pas. Parlez plus fort, je vous prie. Vous l'avez entendu dire quoi ?

— Il disait qu'il... qu'il ne laisserait pas le Dr Taylor opérer son chien.

Toute l'assistance hoqueta de stupéfaction.

— Mais je suis sûre qu'il voulait seulement dire que...

— Je crois que nous sommes tous ici en mesure de comprendre ce que le Dr Barker voulait dire, merci, miss Berry.

Tous les regards étaient tournés vers Paige Taylor.

La joute entre la défense et l'accusation faisait les délices du public et des journalistes. Gus Venable était vêtu de blanc, Alan Penn tout en noir, et leurs allées et venues à travers le tribunal évoquaient la chorégraphie macabre d'un jeu d'échecs, dont Paige Taylor aurait été le pion sacrifié.

Les charges qui pesaient contre Paige semblaient écrasantes. Mais Alan Penn avait la réputation de faire des miracles dans une salle de tribunal. C'était maintenant à lui de présenter sa version de l'affaire. Par quel tour de magie allait-il s'en sortir ?

Paige Taylor était dans le box des témoins, et Alan Penn l'interrogeait. C'était le moment que tout le monde attendait.

— John Cronin était l'un de vos malades, docteur Taylor ?

— Oui.

— Quels sentiments vous inspirait-il ?

— Je l'aimais beaucoup. Il était conscient de la gravité de son état, mais il était très courageux. On venait de lui retirer une tumeur cardiaque.

— C'est vous qui l'avez opéré ?
— Oui.
— Qu'avez-vous découvert au cours de l'opération ?
— Lorsque nous lui avons ouvert le thorax, nous nous sommes aperçus que le mélanome avait généré des métastases.
— En d'autres termes, qu'il avait un cancer généralisé.
— Oui. Il y avait des métastases jusque dans les glandes lymphatiques.
— Ce qui voulait dire qu'il n'y avait plus d'espoir ? Pas le moindre remède miracle pour le sauver ?
— Non, il n'y avait plus rien à faire.
— John Cronin était bien sous perfusion ?
— C'est exact.
— Docteur Taylor, avez-vous délibérément administré à John Cronin une dose mortelle d'insuline pour mettre fin à sa vie ?
— Oui.

Un murmure de stupéfaction parcourut la salle d'audience.

Elle a un cœur de pierre, cette fille, se dit Gus Venable. *A l'entendre, on dirait qu'elle lui a offert une tasse de thé.*

— Pouvez-vous dire aux jurés, ici présents, pourquoi vous avez mis fin à ses jours ?
— Parce qu'il me l'a demandé. Parce qu'il m'a suppliée de le faire. En pleine nuit, il m'a fait appeler : il souffrait terriblement. Les médicaments que nous lui donnions ne faisaient plus d'effet, expliqua-t-elle d'une voix calme et posée. Il m'a dit qu'il ne voulait pas souffrir davantage. Il serait mort de toute façon quelques jours plus tard. Il m'a implorée de l'aider à en finir. C'est ce que j'ai fait.
— Docteur, avez-vous eu quelque réticence à passer aux actes ? Quelque sentiment de culpabilité ?

Paige secoua la tête.

— Non. Si vous l'aviez vu... Il était inutile de le laisser souffrir.
— Comment lui avez-vous administré l'insuline ?
— Je l'ai injectée dans son goutte-à-goutte.
— Est-ce que cela l'a fait souffrir ?
— Non, il a simplement plongé dans le sommeil.

Gus Venable bondit de son siège.

— Objection ! L'accusée veut dire qu'il a plongé dans la mort, oui ! Je...

Le juge Young abattit son maillet.

— Maître Venable, vous n'avez pas à vous manifester. Vous aurez tout loisir d'interroger l'accusée tout à l'heure. Asseyez-vous, je vous prie.

Le procureur regarda le jury en secouant la tête et se rassit.

— Docteur Taylor, quand vous avez administré l'insuline à John Cronin, saviez-vous qu'il vous avait légué un million de dollars ?

— Non. J'ai été stupéfaite lorsque je l'ai appris.

Sûr que son nez vient de s'allonger, pensa Gus Venable.

— Vous n'aviez jamais parlé argent, ou cadeaux ? Vous n'aviez jamais rien demandé à John Cronin, à quelque moment que ce soit ?

Une rougeur d'indignation gagna son visage.

— Jamais !

— Mais vous étiez en termes amicaux avec lui ?

— Oui. Quand un patient va aussi mal, la relation médecin-malade évolue inévitablement. Nous parlions de ses problèmes, professionnels et familiaux.

— Mais vous n'aviez aucune raison d'attendre quelque chose de sa part ?

— Non.

— Il vous a donc légué cet argent parce qu'il vous respectait et qu'il avait foi en vous. Je vous remercie, docteur Taylor.

Penn se tourna vers le juge.

— J'en ai terminé, Votre Honneur.

Tandis que Penn retournait à sa place, Paige jeta un coup d'œil vers le fond de la salle d'audience. Jason était là, essayant d'avoir l'air optimiste. Honey était assise à côté de lui, et il y avait un inconnu près d'elle, à la place que Kat aurait dû occuper. *Si elle était encore en vie. Mais Kat est morte. Je l'ai tuée, elle aussi.*

Gus Venable se leva et s'avança lentement vers le box des témoins. Il jeta un coup d'œil vers les rangées de journalistes. Toutes les places étaient prises, et les stylos crissaient sur les carnets de notes. *Je vais vous donner de quoi écrire, vous allez voir,* songea le procureur avec satisfaction.

Il se tint un long moment devant l'accusée, immobile, la dévisageant de la tête aux pieds.

— Dites-moi, docteur Taylor, commença-t-il finalement d'un ton détaché... John Cronin est-il le premier malade que vous ayez assassiné dans l'exercice de votre métier ?

Alan Penn se leva, furieux.

— Votre Honneur, je...

Mais le juge Young avait déjà abattu son marteau.

— Objection retenue !

Elle se tourna vers les deux avocats.

— Quinze minutes de suspension de séance. Je veux voir les avocats dans mon bureau.

Une fois dans le bureau, Vanessa Young se tourna vers Gus Venable.

— Où avez-vous eu votre diplôme, Gus ? Dans une foire ?

— Je suis désolé, Votre Honneur. Je ne...

— Vous avez vu un chapiteau quelque part ?

— Je vous demande pardon ?

— Un tribunal n'est pas une arène de cirque. Et encore moins une fosse aux lions ! lança-t-elle d'une voix cinglante.

— Je vous prie de m'excuser, Votre Honneur. Je vais reformuler la question et je...

— Oh, vous allez faire bien davantage ! l'interrompit le juge Young. C'est tout votre comportement que vous allez revoir. Vous voilà prévenu. Encore une sortie comme celle-là et j'annule le procès.

— Oui, Votre Honneur.

Après avoir regagné la salle d'audience, le juge Young s'adressa aux jurés.

— Les membres du jury ne devront tenir aucun compte de la dernière question du procureur. Maître Venable, veuillez poursuivre...

Le procureur revint vers le box des témoins.

— Docteur Taylor, vous avez certainement été très surprise d'apprendre que l'homme que vous aviez assassiné vous léguait un million de dollars.

Alan Penn bondit.

— Objection, Votre Honneur !

— Objection retenue.

Le juge Young se tourna vers Gus Venable.

— Ma patience a des limites.

— Veuillez me pardonner, Votre Honneur, répondit Venable avant de se tourner de nouveau vers l'accusée. Vous deviez donc être en termes très amicaux avec votre malade. Je veux dire qu'il est rare que quelqu'un lègue un million de dollars à une inconnue ou presque ?

Paige Taylor rougit légèrement.

— Notre amitié ne dépassait pas le contexte médecin-malade.

— Vous êtes sûre qu'il n'y avait pas autre chose ? Un homme ne renie pas sa femme et sa famille pour laisser un million de dollars à une quasi-étrangère, sans quelque pression. Ces conversations que vous dites avoir eues au sujet de ses problèmes professionnels n'étaient-elles pas en fait...

Le juge Young se pencha d'un air menaçant.

— Attention, maître Venable...

Le procureur leva les mains en signe de reddition et se retourna vers l'accusée.

— Ainsi, vous bavardiez amicalement tous les deux. Il vous parlait de ses problèmes personnels, il vous aimait bien et vous respectait. Ceci vous semble-t-il être un résumé honnête de vos relations avec John Cronin, docteur ?

— Oui.

— Et en échange, il vous aurait donné un million de dollars ?

Paige parcourut du regard l'assistance, sans dire un mot. Elle n'avait pas de réponse.

Venable fit mine de regagner sa table et se retourna soudain vers l'accusée.

— Docteur Taylor, vous avez affirmé ignorer que John Cronin comptait vous léguer de l'argent, et déshériter sa famille.

— C'est la vérité.
— Combien gagne un interne dans un hôpital public ?
Alan Penn se leva.
— Objection ! Je ne vois pas le...
— La question est recevable. Veuillez répondre à la question, docteur Taylor.
— Trente-huit mille dollars par an.
— Ce n'est pas beaucoup, de nos jours, dit Venable d'un air compréhensif. Et il y a les impôts à déduire, les frais quotidiens. Ça n'est guère suffisant pour prendre des vacances aussi luxueuses qu'un voyage à Londres, à Paris, ou à Venise, n'est-ce pas ?
— Effectivement.
— Je ne vous le fais pas dire. Donc, vous n'aviez jamais eu réellement l'intention de faire ce voyage parce que vous saviez que vous n'en aviez pas les moyens ?
— C'est exact.
Alan Penn intervint de nouveau.
— Votre Honneur, c'est assez...
— Où voulez-vous en venir, maître Venable ? demanda le juge.
— Je veux simplement démontrer que l'accusée n'avait pas prévu de faire un luxueux voyage quelque part.
— Elle a déjà répondu à cette question.

Alan Penn savait qu'il était temps d'agir. Le cœur n'y était pas, mais il s'approcha du box des accusés avec la mine réjouie de celui qui vient de gagner au loto.
— Docteur Taylor, vous vous souvenez d'avoir pris ces brochures de voyage ?
— Oui.
— Vous n'aviez pas l'intention d'aller en Europe ou de louer un yacht ?
— Bien sûr que non. C'était une plaisanterie, un rêve impossible. Mes amies et moi pensions que ça nous remonterait le moral. Nous étions très fatiguées, et... (sa voix faiblit)... à l'époque, cela nous avait paru une bonne idée.

Alan Penn observa discrètement le jury. Leurs visages n'étaient qu'un masque d'incrédulité.

C'était au tour de Gus Venable d'interroger de nouveau l'accusée.
— Docteur Taylor, vous connaissez le Dr Lawrence Barker ?
Une boule de haine lui revint en mémoire : *Je vais tuer Lawrence Barker. Je le tuerai à petit feu. Je le laisserai d'abord souffrir... Et puis je lui réglerai son compte.*
— Oui, je connais le Dr Barker.
— Quelle était la nature de vos rapports ?
— Nous avons souvent travaillé ensemble durant ces deux dernières années.
— Diriez-vous que c'est un bon médecin ?
Alan Penn bondit de sa chaise.
— Objection, Votre Honneur. L'accusée n'a pas à...
Mais avant qu'il eût terminé sa phrase ou que le juge Young pût trancher, Paige répondit.
— Ce n'est pas simplement un bon médecin. C'est un grand médecin.
Penn se rassit dans son fauteuil, trop abasourdi pour parler.
— Voulez-vous bien développer cette affirmation, docteur Taylor ?
— Le Dr Barker est l'un des plus grands chirurgiens du monde. Il a une vaste clientèle dans sa clinique privée, mais il vient officier trois jours par semaine à l'hôpital public.
— Vous avez donc une grande estime professionnelle pour lui ?
— Oui.
— Le pensez-vous capable d'évaluer la compétence d'un autre médecin ?
Penn aurait tant voulu entendre Paige répondre qu'elle n'en savait rien.
— Bien sûr, répondit-elle après un moment d'hésitation.
Gus Venable se tourna vers les jurés :
— L'accusée reconnaît avoir une grande considération pour le Dr Barker. Mais a-t-elle écouté son opinion quant à sa

propre compétence ou incompétence de médecin ? Gageons qu'elle saura en tirer leçon...

Alan Penn bondit.

— Objection ! lança-t-il avec rage.

— Objection retenue.

Mais c'était trop tard. Le mal était fait.

A la suspension de séance, Alan Penn entraîna Jason dans les toilettes pour hommes.

— Qu'est-ce que c'est que ce coup fourré ? lança-t-il d'une voix furieuse. Voilà que John Cronin la haïssait ! Et Barker aussi ! J'exige que mes clients me disent la vérité, et toute la vérité. Je ne peux les aider qu'à cette seule condition. Je ne peux plus rien pour elle. Votre petite amie m'a tellement mené en bateau qu'il me faudrait des rames pour revenir à terre ! Dès qu'elle ouvre la bouche, elle fait un pas vers la chambre à gaz. C'est la Berezina !

Dans l'après-midi, Jason Curtis put rendre visite à Paige.

— Mon amour...

Elle se tourna vers lui, luttant contre ses larmes.

— Ça se présente plutôt mal, n'est-ce pas ?

Jason se força à sourire.

— Ce n'est pas à toi que je vais apprendre le dicton... tant qu'il y a de la vie il y a de l'espoir ?

— Jason, je n'ai pas tué John Cronin pour son argent, tu me crois ? J'ai fait ça uniquement pour l'aider.

— Bien sûr que je te crois, la rassura Jason. Je t'aime.

Il la prit dans ses bras. *Je ne veux pas te perdre*, pensa-t-il. *Je ne veux pas. Tu es le plus beau cadeau de ma vie.*

— Tout ira bien. Je t'ai promis que nous serions ensemble pour toujours.

Paige se serra contre lui. *Rien n'est éternel. Rien*, songea-t-elle. *Comment les choses avaient-elles pu si mal tourner... Qu'est-ce qui s'était passé ?*

PREMIÈRE PARTIE

I

**San Francisco
Juillet 1990**

— Hunter Kate ?
— Présente.
— Taft Betty Lou ?
— Présente.
— Taylor Paige ?
— Présente.

Elles étaient les seules femmes parmi le nouveau groupe d'internes qui s'était rassemblé dans la vieille salle de conférences de l'Embarcadero County Hospital.

L'Embarcadero était le plus vieil hôpital de San Francisco, et l'un des plus anciens du pays. Lors du tremblement de terre de 1989, Dieu avait voulu faire une niche aux habitants de San Francisco et, par facétie, avait épargné l'hôpital. C'était un ensemble hideux, couvrant une superficie de trois pâtés de maisons, composé de bâtiments de brique et de pierre, rendus gris et crasseux par les années.

Dans l'entrée du bâtiment principal, il y avait une grande salle d'attente, flanquée de bancs de bois à l'intention des malades et des visiteurs. Les murs lépreux croulaient sous les couches de peinture et le sol des couloirs était usé et creusé par les allées et venues d'une foule de gens, qu'on voyait passer en fauteuils roulants, sur des béquilles, ou sur leurs deux jambes. Au fil du temps, un voile de tristesse avait fini par recouvrir l'hôpital tout entier.

L'Embarcadero était une ville à lui seul. Plus de neuf mille personnes y travaillaient — on y trouvait quatre cents médecins à temps complet, cent cinquante médecins à mi-temps, huit cents internes, et trois mille infirmières, sans compter les aides-soignants et agents techniques. Les bâtiments renfermaient douze salles d'opération, des groupes électrogènes, une banque de moelle osseuse, un centre de coordination des équipes, trois salles d'urgence, un département pour séropositifs, et plus de deux mille lits.

Le Dr Benjamin Wallace, administrateur de l'hôpital, se leva pour s'adresser aux nouveaux internes. Wallace était un fin politicien, un homme impressionnant, piètre médecin mais doté d'un fort charisme qui lui avait ouvert les voies de la réussite.

— Je voudrais souhaiter la bienvenue à tous les nouveaux internes présents aujourd'hui. Pendant les deux premières années à l'école de médecine, vous avez travaillé sur des cadavres. Les deux dernières années, vous avez approché des malades sous la supervision de vos professeurs. Maintenant, vous allez avoir l'entière responsabilité de vos malades. C'est une responsabilité terrible, qui exige de vous compétence et dévouement.

Son regard parcourut l'assistance.

— Certains d'entre vous s'orienteront vers la chirurgie, d'autres vers la médecine générale. Chaque groupe se trouvera sous les ordres d'un médecin-chef qui vous expliquera l'organisation quotidienne du service. A partir d'aujourd'hui, le moindre de vos gestes peut être une question de vie ou de mort.

L'assemblée était tout ouïe, buvant les paroles de l'administrateur comme du petit-lait.

— L'Embarcadero est un hôpital d'Etat. Cela signifie que nous acceptons quiconque frappe à notre porte. La plupart des patients sont indigents. Ils viennent ici parce qu'ils n'ont pas les moyens de se payer les services d'un hôpital privé. Nos salles d'urgence sont bondées vingt-quatre heures sur vingt-quatre. Vous allez être débordés de travail et sous-payés. Dans le privé, vous auriez passé la première année à faire des broutilles, la deuxième année, on vous aurait autorisés à passer le scalpel au chirurgien, et la troisième année, on vous aurait confié quelques opérations mineures à effectuer. Ici, c'est une autre histoire. Notre devise c'est : « regarder, faire et montrer ».

» Nous manquons cruellement de personnel, et plus vite vous serez opérationnels, mieux ce sera. Il y a des questions ?

Il y en avait des milliers qui se bousculaient dans la tête des nouveaux internes.

— Aucune ? Parfait. Votre premier jour de travail commence officiellement demain. Vous irez vous présenter au bureau d'accueil à cinq heures et demie demain matin. Bonne chance !

Fin de la réunion. La foule se dirigea vers les portes, dans un concert de conversations excitées. Les trois femmes se retrouvèrent côte à côte.

— Où sont les autres filles ?

— Je crois qu'il n'y a que nous trois.

— C'est comme à la fac, finalement. C'est encore le domaine réservé des hommes. On se croirait au Moyen Age !

Celle qui venait de parler était une superbe Noire, mesurant près d'un mètre quatre-vingts, solidement charpentée mais d'un charme irrésistible. Tout chez elle, son maintien, sa prestance, sa façon de marcher, sa froideur, son regard dur, semblait envoyer alentour un message de mise en garde.

— Je m'appelle Kate Hunter, mais on m'appelle Kat.

— Moi, c'est Paige. Paige Taylor, annonça une jeune femme à l'air confiant et amical, avec des yeux brillant d'intelligence.

Elles se tournèrent vers la troisième.

— Moi, c'est Betty Lou Taft, mais on m'appelle Honey.

Elle parlait avec un léger accent du Sud et avait un visage avenant, des yeux gris et un sourire chaleureux.

— D'où viens-tu ? demanda Kat.
— De Memphis.
Elles se tournèrent toutes les deux vers Paige.
— De Boston, leur répondit-elle simplement.
— Et moi de Minneapolis, annonça Kat.
La porte à côté, autrement dit, songea-t-elle.
— On vient toutes de loin à ce que je vois. Où êtes-vous descendues ? s'enquit Paige.
— Je suis dans un hôtel miteux, répondit Kat. Je n'ai même pas eu le temps de chercher un endroit où m'installer.
— Moi non plus, répondit Honey.
Le visage de Paige s'illumina :
— J'ai visité quelques appartements ce matin, il y en avait un superbe, mais il était trop cher pour moi toute seule. Il y a trois chambres...
Elles se regardèrent.
— Si on le prenait toutes les trois ? proposa Kat.

L'appartement se trouvait dans le district de Marina, rue Filbert. Il était parfait pour elles. Trois chambres, deux salles de bains, parking et commerces à proximité. Le mobilier venait de chez Sears et n'était pas de la première fraîcheur mais l'appartement était propre et en bon état.
— Je le trouve charmant, annonça Honey une fois terminée la visite.
— Moi aussi, renchérit Kat.
Elles se tournèrent vers Paige.
— Alors l'affaire est conclue.
Elles emménagèrent l'après-midi même. Le concierge les aida à monter leurs bagages.
— Alors vous allez travailler à l'hôpital ? Vous êtes infirmières, hein ?
— Non, médecins, corrigea Kat.
Il les regarda d'un air sceptique.
— Des médecins ? De vrais médecins ?
— Oui, de vrais médecins, répondit Paige.
Il renifla d'un air dédaigneux.

— A vrai dire, si j'avais besoin de me faire ausculter, je n'aimerais pas être tripoté par une bonne femme.

— On tâchera de s'en souvenir.

— Où est la télévision ? demanda Kat. Je n'en vois nulle part.

— Si vous en voulez une, il faudra l'acheter. Je vous souhaite un bon séjour. Au revoir, mesdemoiselles. Pardon, au revoir, *docteurs*, rectifia-t-il en gloussant.

Elles le regardèrent s'en aller.

— « Vous êtes infirmières, hein ? » lança Kat en imitant la voix du concierge. Encore un bel exemple de misogynie. Bon allez, choisissons nos chambres.

— N'importe laquelle fera l'affaire pour moi, annonça doucement Honey.

Elles visitèrent les trois chambres. L'une d'elles était plus grande que les deux autres.

— Pourquoi ne prendrais-tu pas celle-là, Paige ? lança Kat. C'est toi qui as trouvé cet appartement.

Paige acquiesça.

— Entendu.

Chacune partit alors dans sa chambre déballer ses affaires. Paige sortit soigneusement de sa valise le portrait d'un homme d'une trentaine d'années. Il était plutôt séduisant et ses lunettes à monture noire lui donnaient un air intellectuel. Paige posa la photo sur sa table de nuit à côté d'un paquet de lettres.

Kat et Honey passèrent la tête dans l'encadrement de la porte.

— Et si on sortait manger un morceau ?

— D'accord, j'arrive, répondit Paige.

Kat aperçut le portrait.

— Qui est-ce ?

Paige esquissa un sourire.

— C'est l'homme avec qui je vais me marier. Il est médecin. Il travaille pour l'OMS. Il s'appelle Alfred Turner. Il est en Afrique en ce moment, mais il va bientôt venir me rejoindre à San Francisco.

— Tu en as de la chance, lança Honey d'un air envieux. Il a l'air mignon.

Paige releva la tête vers elle.

— Tu n'as personne dans ta vie ?

— Non, je n'ai pas beaucoup de chance avec les hommes à vrai dire.

— Peut-être la chance va-t-elle tourner ? lança Kat.

Elles dînèrent chez Tarantino, un restaurant au coin de leur rue. Au cours du repas, elles bavardèrent et se racontèrent leurs vies, non sans quelques réserves et retenues. C'étaient trois étrangères qui prudemment faisaient connaissance.

Honey parlait peu. *Il y a quelque chose de timide chez elle*, songea Paige. *Elle semble vulnérable. Quelqu'un à Memphis, sans doute, lui a brisé le cœur.*

Kat, en revanche, est sûre d'elle et pleine de dignité. J'aime bien sa façon de parler, on voit tout de suite qu'elle vient d'une bonne famille.

Pendant ce temps-là, Kat observait Paige. *On voit tout de suite que c'est une fille riche qui n'a jamais eu besoin de se battre dans la vie. Tout lui a souri.*

Honey aussi observait ses deux camarades. *Elles semblent si confiantes, toutes les deux, si sûres d'elles-mêmes. Elles n'auront aucun problème, elles.*

Evidemment, elles se trompaient toutes les trois.

Lorsqu'elles rentrèrent, Paige était trop énervée pour trouver le sommeil. Elle était étendue sur son lit, songeant à l'avenir. Au-dehors, il y eut un crissement de pneus et un bruit de tôle froissée, puis des cris retentirent dans la rue. Des souvenirs d'Afrique lui revinrent en mémoire, des clameurs, des chants, et le son des mitraillettes. Son esprit la projeta dans le passé, dans un petit village d'Afrique orientale, au beau milieu d'une guerre tribale.

Paige était terrorisée.

— Ils vont nous tuer !

Son père l'avait prise dans ses bras.

— Ils ne nous feront rien, ma chérie. Nous sommes là pour les aider. Ils savent que nous sommes leurs amis.

Soudain, le chef de la tribu avait surgi dans leur case...

Honey ne parvenait pas non plus à trouver le sommeil. *Memphis est à des milliers de kilomètres d'ici. Et je ne pourrai sans doute jamais y retourner. Plus jamais.* Les paroles du shérif lui revinrent en mémoire : « Par égard pour sa famille, nous dirons que le révérend Douglas Lipton s'est suicidé pour des raisons inconnues, mais vous avez intérêt à quitter la ville au plus vite, et à ne jamais y remettre les pieds... »

Kat regardait par la fenêtre, écoutant la rumeur de la ville. La pluie semblait lui chuchoter : *Tu as réussi, tu as réussi, tu leur as montré à tous qu'ils avaient tort. Oui, tu es médecin. Une femme médecin — noire, qui plus est ! Malgré tous ces refus des écoles de médecine ;* « Nous vous remercions d'avoir choisi notre établissement, malheureusement nos effectifs sont complets à ce jour. »

« *En regard de vos origines et antécédents, une petite université serait peut-être plus appropriée.* »

Elle avait les meilleures notes, mais sur vingt-quatre écoles où elle avait déposé une demande d'inscription, une seule l'avait acceptée. « Par les temps qui courent, lui avait dit le directeur de l'école, cela fait plaisir de rencontrer quelqu'un qui vient d'une famille saine et normale. »

S'il avait su la vérité !

II

Le lendemain matin, à cinq heures et demie, les nouveaux internes arrivèrent à l'hôpital. Le personnel les attendait pour les conduire à leurs différentes affectations. Malgré l'heure matinale, l'activité était déjà fiévreuse.

Des malades étaient arrivés toute la nuit, en ambulance, en car de police, ou à pied. Les gens de l'hôpital les surnommaient les « ED » : les Epaves et les Débris ; des flots de malheureux qui déferlaient aux urgences, les os brisés ou ruisselants de sang, victimes de balles, de coups de couteau ou d'accidents de voiture, blessés dans leur chair et leur esprit, les sans-abris et les mal-aimés, toute la lie de l'humanité que les grandes villes vomissaient chaque nuit.

L'impression dominante était celle d'un chaos organisé ; une agitation frénétique et bruyante, ponctuée de problèmes imprévisibles qu'il fallait résoudre sur-le-champ.

Les nouveaux internes se tenaient serrés les uns contre les autres comme pour se protéger, essayant de se familiariser avec leur nouvel environnement, écoutant ces bruits mystérieux qui les assaillaient.

Tandis que Kat, Paige et Honey attendaient dans le couloir, un interne vint à leur rencontre.
— Laquelle d'entre vous est le Dr Taft ?
— C'est moi, répondit Honey.
L'interne sourit et lui tendit la main.
— C'est un honneur de vous rencontrer, docteur Taft. On m'a demandé de venir vous chercher. Notre chef de service nous a dit que vous êtes l'interne le mieux noté que cet hôpital ait jamais accueilli. Nous sommes enchantés de vous avoir parmi nous.
— Merci, répondit Honey d'un air gêné.
Kat et Paige regardaient Honey d'un air abasourdi. *Jamais je n'aurais imaginé qu'elle fût brillante à ce point,* pensa Paige.
— Vous comptez vous spécialiser en médecine générale ?
— Oui.
L'interne se tourna vers Kat.
— Docteur Hunter ?
— Oui.
— Vous désirez faire de la neurochirurgie ?
— C'est cela.
Il consulta une liste.
— Vous serez affectée au service du Dr Hutton.
» Et vous, vous êtes donc le docteur Taylor ?
— Oui.
— Vous faites une spécialisation en chirurgie cardiaque ?
— C'est exact.
— Parfait. Vous et le Dr Hunter ferez les visites dans le service de chirurgie. Vous irez vous présenter à l'infirmière en chef, Margaret Spencer. Son bureau est au fond du couloir.
— Entendu.
Paige regarda les deux autres et prit une longue inspiration.
— C'est le moment d'y aller ! Je nous souhaite à toutes trois bonne chance !

Avec sa forte constitution, son air strict et ses manières brusques, Margaret Spencer, l'infirmière en chef, ressemblait plus à un cuirassé qu'à une femme. A l'arrivée de Paige, elle s'affairait dans le poste de garde des infirmières.

— Excusez-moi...

Spencer leva les yeux.

— C'est pour quoi ?

— On m'a dit de me présenter ici. Je suis le docteur Taylor.

L'infirmière en chef consulta un registre.

— Un instant.

Elle quitta la pièce et revint une minute plus tard, avec des tuniques et des blouses blanches.

— Voilà. Les tuniques stérilisées sont pour les salles d'op. Pendant vos visites, vous enfilerez en plus la blouse.

— Merci.

— Oh, attendez...

Elle se pencha pour prendre un badge en métal sur lequel on pouvait lire : « Dr Paige Taylor ».

— Voilà votre badge, docteur.

Paige le tint dans sa main et le contempla un moment : *Dr Paige Taylor*. C'était comme si on venait de la décorer de la Légion d'honneur. Toutes ces longues années de travail et d'études étaient résumées par ces simples mots : *Dr Paige Taylor*.

Spencer l'observait.

— Tout va bien ?

— Oui, oui, répondit Paige en souriant. Tout va très bien, merci. Où est-ce que je... ?

— Le vestiaire des médecins est au bout du couloir, à gauche. Les visites vont commencer, il faut vite aller vous changer.

— Merci.

Paige avança dans le couloir, stupéfaite de l'agitation qui y régnait. Médecins, infirmières, aides-soignants et malades couraient en tous sens. Les appels incessants qui sortaient des haut-parleurs ajoutaient au vacarme ambiant.

— Docteur Keenan... Bloc opératoire n° 3... Docteur Keenan... Bloc n° 3.

» Docteur Talbot... Salle des urgences n° 1... Stat. Docteur Talbot... Salle 1. Stat.

» Docteur Engel... Chambre 212... Docteur Engel... Chambre 212.

Paige s'approcha d'une porte indiquant : « Vestiaire des médecins », et l'ouvrit. Il y avait là une douzaine de médecins à différents stades de déshabillage. Deux d'entre eux étaient entièrement nus. Ils ouvrirent de grands yeux à la vue de Paige.

— Oh, pardon ! Je... je suis désolée, bredouilla-t-elle en refermant vite la porte.

Elle resta plantée dans le couloir, ne sachant que faire. Un peu plus loin, elle vit une porte : « Vestiaire des infirmières ». Elle s'y dirigea et ouvrit la porte. A l'intérieur, plusieurs infirmières enfilaient leurs blouses.

L'une d'elles leva les yeux vers Paige.

— Bonjour. Vous êtes une des nouvelles infirmières ?

— Non, répondit Paige d'un ton sec. Je suis médecin.

Elle referma la porte et retourna au vestiaire des médecins. Elle resta un moment derrière la porte, puis elle prit une profonde inspiration et entra. Les conversations s'arrêtèrent net.

— Désolé, ma belle. Cette pièce est réservée aux médecins.

— Je suis médecin, répéta Paige.

Ils échangèrent un regard surpris.

— Oh ? Eh bien, dans ce cas... Bienvenue à bord.

— Merci.

Elle hésita un instant puis se dirigea vers un casier vide. Les hommes la regardèrent ranger ses blouses dans le placard. Elle les observa tour à tour, puis commença à déboutonner son chemisier.

Les hommes restaient là, ne sachant que faire.

— Peut-être devrions-nous laisser un peu d'intimité à la petite dame, messieurs, suggéra finalement l'un d'eux.

La petite dame !

— Merci, dit Paige.

Elle attendit que les médecins finissent de s'habiller et sortent de la pièce. *Vais-je devoir en passer par là tous les jours ?*

Il y a un rituel durant les visites des malades qui ne varie jamais. Le chef de service marche en tête, suivi par l'interne le plus ancien puis par les autres internes, et un ou deux étudiants en médecine ferment le convoi. Paige avait été affectée au service du Dr William Radnor. Un petit groupe d'internes s'était rassemblé dans le couloir, attendant sa venue.

Il y avait un jeune Chinois parmi eux.

— Bonjour, je m'appelle Tom Chang, annonça-t-il en tendant la main à Paige. J'espère que je ne suis pas le seul à être terrifié ?

Il lui plut immédiatement.

Un homme s'approcha du groupe.

— Bonjour, je suis le docteur Radnor.

Il parlait doucement et ses yeux bleus étincelaient. Les internes se présentèrent chacun à leur tour.

— C'est votre premier jour de visites. Je veux que vous soyez extrêmement attentifs à tout ce que vous verrez et entendrez, mais en même temps, il est important que vous ayez l'air détendu.

Paige nota mentalement : *Etre attentif, mais avoir l'air détendu.*

— Si le malade vous sent tendus, il va commencer à se dire que vous lui cachez quelque chose et que son cas est désespéré.

Rassurer ses malades.

— Souvenez-vous qu'à partir d'aujourd'hui, vous allez être responsables de la vie d'êtres humains.

Responsable d'autres vies. O mon Dieu !

Plus le Dr Radnor parlait, plus Paige se liquéfiait, et avant la fin de son laïus, elle avait perdu toute confiance en elle. *Je ne suis pas prête pour ça ! C'est de la folie ! Qui a dit que j'avais la stature d'un médecin ? Et si je tuais quelqu'un ?*

— Je veux avoir des notes détaillées sur chaque malade, poursuivait Radnor. Analyses de laboratoire, analyses de sang, électrocardiogrammes et encéphalogrammes — je veux que tout soit rapporté. C'est clair ?

Il y eut quelques murmures d'assentiment.

— Nous avons en moyenne trente à quarante patients dans

notre service de chirurgie. C'est à vous de vérifier que tout se passe au mieux pour eux. Nous allons commencer les visites. Cet après-midi, nous referons de même.

Cela paraissait si facile à la faculté. Paige songeait aux quatre années qu'elle y avait passées. Il y avait cent cinquante étudiants, pour seulement quinze femmes. Elle n'oublierait jamais le premier jour du cours d'anatomie générale. Les étudiants étaient entrés dans une grande pièce carrelée de blanc, avec vingt tables alignées en rang, chacune recouverte d'un drap jaune. Il y avait cinq étudiants par table.

— Maintenant, retirez les draps, avait ordonné le professeur.

Paige avait vu alors son premier cadavre. Elle avait craint de s'évanouir ou de se trouver mal, mais elle s'était sentie étrangement calme. Le cadavre empestait le formol, ce qui lui enlevait une part d'humanité.

Au début, les étudiants avaient été silencieux et respectueux dans le laboratoire d'anatomie. Mais une semaine plus tard, à la grande surprise de Paige, tout le monde mangeait des sandwichs pendant les dissections, avec force plaisanteries salaces. C'était une forme d'autoprotection face à la mort, une sorte de conjuration. Ils donnaient des surnoms aux cadavres, les traitaient comme de vieux copains. Paige tenta de se montrer aussi décontractée que les autres étudiants, mais non sans mal. Elle contemplait le corps sur lequel elle devait travailler, et pensait : *Cet homme avait une maison et une famille. Il allait au bureau chaque jour et il partait en vacances une fois par an avec sa femme et ses enfants. Il aimait probablement le sport, le cinéma et le théâtre, il a ri et pleuré, et il a regardé ses enfants grandir en partageant leurs joies et leurs peines, et il avait des rêves immenses et merveilleux. J'espère pour lui qu'il a eu le temps de les réaliser...* Une tristesse douce-amère l'envahissait, parce qu'il était mort et qu'*elle* était vivante.

Avec le temps, les dissections devinrent une routine.

Ouvrez la poitrine, examinez les côtes, les poumons, le sac péricardique recouvrant le cœur, les veines, les artères et les nerfs.

Les deux premières années de médecine étaient essentiellement consacrées à apprendre par cœur de longues listes de mots rebutants que les étudiants surnommaient le Bréviaire. D'abord venaient les nerfs crâniens : olfactif, optique, moteur oculaire commun, pathétique, trijumeau, moteur oculaire externe, facial, auditif, glosso-pharyngien, pneumogastrique, spinal et grand hypoglosse.

Les étudiants utilisaient des moyens mnémotechniques pour arriver à s'en souvenir : *O Oscar, Ma Petite Théière M'a Fait à Grand-Peine Six Grogs.* Ou encore, dans une version plus potache : *Oh ! Oscar, Ma Petite Thérèse M'a Fait à Grand-Peine Six Gosses !*

Les deux dernières années d'études étaient plus intéressantes, avec des cours de médecine, de chirurgie, de pédiatrie et d'obstétrique, et des stages de formation à l'hôpital local. *Comme tout ça paraît loin,* songeait Paige perdue dans ses pensées.

— Docteur Taylor...

L'interne la regardait fixement. Paige sursauta. Les autres étaient déjà au bout du couloir.

— J'arrive, répondit-elle précipitamment.

La première salle était une grande pièce rectangulaire, avec deux rangées de lits, flanqués chacun d'une petite table de nuit. A la surprise de Paige aucun rideau ne séparait les lits. Les malades n'avaient pas la moindre intimité.

Le premier patient était un homme d'un certain âge, au teint jaunâtre. Il était profondément endormi et respirait lourdement. Le Dr Radnor alla au pied du lit, étudia la fiche qui s'y trouvait, puis toucha délicatement l'épaule du malade.

— Mr. Potter ?

L'homme ouvrit les yeux en sursautant.

— Bonjour. Je suis le docteur Radnor. Je viens voir comment vous allez. Vous avez passé une bonne nuit ?

— Pas trop mauvaise.
— Vous souffrez ?
— Oui. Ma poitrine me fait mal.
— On va regarder ça.
Après l'avoir examiné, il lui annonça que tout était normal.
— Je vais dire à l'infirmière de vous donner quelque chose pour calmer la douleur.
— Merci, docteur.
— Je reviendrai vous voir cet après-midi.
Ils s'éloignèrent du lit. Le Dr Radnor se tourna vers les internes.
— Essayez toujours de poser des questions dont la réponse sera oui ou non, pour ne pas fatiguer le malade. Et rassurez-le sur les progrès qu'il fait. Je veux que vous regardiez son dossier médical et que vous preniez des notes. Nous reviendrons cet après-midi voir comment il va. Je veux un rapport complet sur chaque patient : plaintes récurrentes, maladie actuelle, antécédents médicaux, situation familiale et sociale. Et je veux que ces rapports soient tenus à jour et rendent compte de chaque évolution clinique.
Ils se dirigèrent vers le lit suivant, occupé par un homme d'une quarantaine d'années.
— Bonjour, Mr. Rawlings.
— Bonjour, docteur.
— Vous vous sentez mieux ce matin ?
— Pas vraiment. Je n'ai pas beaucoup dormi cette nuit. Mon estomac me fait souffrir.
Radnor se tourna vers un interne.
— Qu'a donné la proctoscopie ?
— Rien. Tout est normal.
— Faites-lui un lavement baryté et une fibroscopie. Stat.
L'interne prit note.
A côté de Paige, un autre interne lui souffla à l'oreille :
— Tu sais ce que veut dire Stat ? « Secoue Ton Arrière-Train ! »
Radnor avait entendu.
— « Stat » vient du latin *statim,* qui signifie : sans délai.
Paige allait entendre souvent ce mot dans les années à venir.

Le malade suivant était une femme assez âgée qui avait eu un pontage cardiaque.

— Bonjour, Mrs. Turkel.

— Combien de temps vous allez me garder ici ?

— Il n'y en a plus que pour quelques jours. L'opération est une réussite. Vous serez bientôt chez vous.

Et ils se dirigèrent vers un autre malade.

Les visites se succédaient, et la matinée passa rapidement. Ils virent trente malades. Les internes prenaient frénétiquement des notes, priant le ciel de pouvoir ensuite les déchiffrer.

Une malade intrigua particulièrement Paige. Elle semblait être en parfaite santé.

— Qu'est-ce qu'elle a au juste ? demanda-t-elle, une fois qu'ils se furent éloignés.

— Elle n'a rien du tout, soupira Radnor. C'est une MI. Pour ceux qui auraient oublié ce qu'on leur a appris à l'école, un MI est un Malade Imaginaire. Les MI sont des gens qui *adorent* être malades. C'est leur raison de vivre. Elle est venue six fois l'année dernière.

Enfin, ils arrivèrent à la dernière malade, une vieille femme sous oxygène, qui était dans le coma.

— Elle a eu une grosse crise cardiaque, expliqua Radnor à ses internes. Elle est dans le coma depuis six semaines. Ses fonctions vitales faiblissent. Nous ne pouvons plus rien pour elle. Nous allons la débrancher cet après-midi.

— La débrancher ? répéta Paige, sous le choc de la surprise.

— Le comité d'éthique de l'hôpital en a pris la décision ce matin, lui expliqua patiemment Radnor. C'est un légume. Elle a quatre-vingt-sept ans, et son cerveau est mort. C'est cruel de la faire continuer à vivre, et c'est ruineux pour la famille. Rendez-vous cet après-midi pour les visites.

Ils le regardèrent partir. Paige se retourna vers la malade. Elle était vivante. *Dans quelques heures, elle sera morte. On va la débrancher !*

C'est un crime ! pensa Paige.

III

L'après-midi, à la fin des visites, les nouveaux internes se retrouvèrent dans la petite salle de repos du premier étage. On y trouvait huit tables, un vieux poste TV en noir et blanc, et deux distributeurs, délivrant des sandwichs rassis et du café aigre.

A chaque table, les conversations étaient identiques.

— Tu ne veux pas jeter un coup d'œil à ma gorge ? demandait l'un. Tu n'as pas l'impression qu'elle est enflammée ?

— Je crois que j'ai de la fièvre, annonçait un autre. Je me sens patraque.

— J'ai le ventre gonflé. C'est l'appendicite, c'est sûr.

— J'ai cette douleur dans la poitrine. Pourvu que je ne fasse pas un infarctus !

Kat rejoignit Paige et Honey, et s'assit à leur table.

— Comment ça a marché ? demanda-t-elle.

— Pas trop mal, répondit Honey.

Les regards se tournèrent vers Paige.

— J'étais nerveuse, mais je me suis détendue à la longue. J'ai réussi à cacher ma panique, ajouta-t-elle en soupirant. Ça a été une rude journée. Je suis impatiente de sortir d'ici et de me détendre ce soir.

— Moi aussi, admit Kat. Pourquoi ne pas sortir ce soir et aller au cinéma ?

— Ça me paraît une bonne idée.

Une aide-soignante s'approcha de leur table.

— Docteur Taylor ?

Paige releva la tête.

— C'est moi.

— Le Dr Wallace voudrait vous voir dans son bureau.

Le directeur de l'hôpital ! *Qu'est-ce que j'ai fait ?* se demanda Paige.

L'aide-soignante s'impatientait.

— Docteur Taylor...

— J'arrive.

Elle prit une profonde inspiration et se leva.

— A plus tard, lança-t-elle à Kat et Honey.

— Par ici, docteur.

Paige suivit l'aide-soignante jusqu'à un ascenseur qui l'emporta au sixième étage.

Benjamin Wallace était assis derrière son bureau. Il leva la tête vers Paige.

— Bonjour, docteur Taylor.

— Bonjour.

Wallace s'éclaircit la gorge.

— Bien. C'est votre premier jour et vous avez déjà fait parler de vous !

Paige le regarda d'un air incrédule.

— Je ne vois pas ce qui...

— Il paraît qu'il y a eu un petit drame dans le vestiaire des médecins ce matin ?

C'était donc ça !

Wallace la regarda et esquissa un sourire.

— J'imagine que je dois prendre certaines dispositions pour vous et les autres filles du service.

Nous ne sommes pas des filles, s'apprêtait-elle à rétorquer.

— Nous vous en serions reconnaissantes.

— A moins que vous n'acceptiez de vous habiller avec les infirmières...

— Je ne suis pas infirmière, lança Paige. Je suis médecin.

— Certes, certes. Je vais donc essayer de vous arranger ça, docteur.
— Merci.
Il tendit à Paige une feuille de papier.
— En attendant, voici votre emploi du temps. Vous êtes de garde pour les vingt-quatre heures à venir. A partir de six heures ce soir. Vous commencez donc dans une demi-heure.
Paige le regarda abasourdie. Elle avait commencé sa journée à cinq heures et demie. *Vingt-quatre heures de garde ?*
— Trente-six heures, en fait. Puisque vos visites reprennent le lendemain matin.
Trente-six heures ! Je ne sais pas si je vais pouvoir tenir le coup.
Elle allait bientôt le savoir.

Paige partit retrouver Kat et Honey.
— Je peux faire une croix sur le dîner et le cinéma, annonça Paige. Je suis de garde pour trente-six heures.
Kat hocha la tête.
— On vient d'avoir nous aussi de mauvaises nouvelles. Je suis de garde demain, et Honey l'est mercredi.
— Bah, ce ne doit pas être si terrible, lança Paige pleine d'optimisme. Je crois qu'il y a une chambre avec un lit. Je vais pouvoir en profiter pour récupérer.
Elle se trompait lourdement.

Un aide-soignant conduisit Paige dans un couloir.
— Le Dr Wallace m'a dit que je serais de garde pendant trente-six heures, annonça Paige. Tous les internes font ce genre d'horaires ?
— Seulement les trois premières années, la rassura l'aide-soignant.
Charmante nouvelle !
— Mais vous pourrez vous reposer, docteur.
— C'est vrai ?
— Nous y voilà. C'est la chambre de garde.

Il ouvrit la porte. La pièce ressemblait davantage à une cellule de moine qu'à une chambre. Il y avait un lit de camp avec un matelas défoncé, un évier fendu, et une table de nuit avec un téléphone.

— Vous pourrez dormir entre deux appels.

— Merci bien.

Les appels commencèrent lorsque Paige s'apprêtait à dîner à la cafétéria.

— Docteur Taylor... Salle d'urgence n° 3... Docteur Taylor... Salle d'urgence n° 3...

— Nous avons un patient avec une côte cassée...

— Mr. Henegan a une douleur dans la poitrine...

— Le malade de la salle 2 a mal à la tête. On peut lui donner du paracétamol ?...

A minuit, Paige venait juste de s'endormir lorsque le téléphone retentit.

— On vous demande en salle d'urgence n° 1.

Il s'agissait d'un coup de couteau. Lorsque Paige eut terminé de soigner la plaie, il était une heure trente du matin. A deux heures quinze, on la tirait de nouveau du sommeil.

— Docteur Taylor... Salle d'urgence n° 2. Stat.

Paige se leva, groggy.

— J'arrive.

Ça signifie quoi, au juste ? Ah oui : Secoue Ton Arrière-Train ! Elle se dirigea en titubant vers la salle d'urgence. Un patient avait été admis avec une jambe cassée. Il hurlait de douleur.

— Faites-lui une radio, ordonna Paige. Et donnez-lui cinquante milligrammes de Demerol.

Elle posa la main sur le bras de l'homme.

— La douleur va passer. Détendez-vous.

Dans le haut-parleur, une voix désincarnée retentit avec un timbre métallique :

— Docteur Taylor... Salle n° 3. Stat.

Paige regarda son malade gémissant, et l'abandonna à contrecœur.

La voix retentit de nouveau :
— Docteur Taylor... salle n° 3. Stat.
— J'arrive, marmonna-t-elle.

Elle sortit de la salle d'urgence et courut dans le couloir. Un malade avait vomi et suffoquait.

— Il n'arrive plus à respirer, annonça l'infirmière.
— Mettez-lui une pompe, ordonna Paige.

Tandis qu'elle regardait le malade recommencer à respirer, elle entendit de nouveau son nom dans le haut-parleur.

— Docteur Taylor... Salle n° 4. Salle n° 4.

Paige secoua la tête et se précipita. Un malade pris de spasmes abdominaux l'attendait. Paige l'ausculta rapidement.

— Il s'agit peut-être d'un dysfonctionnement intestinal. Faites-lui une échographie, annonça-t-elle.

Elle retourna auprès de son patient à la jambe brisée. L'anesthésiant commençait à faire effet. Elle l'emmena au bloc opératoire et réduisit la fracture. Au moment où elle terminait l'intervention, elle entendit de nouveau son nom dans les haut-parleurs.

— Le Dr Taylor est attendu aux urgences n° 2. Stat.

L'ulcère de la salle 4 avait une crise...

Puis, à trois heures et demie :

— Docteur Taylor, le malade de la 310 a une hémorragie...

Il y eut une crise cardiaque dans l'une des salles communes, et Paige surveillait les battements de cœur du malade lorsqu'on l'appela de nouveau.

— Docteur Taylor... Aux urgences n° 2. Stat.

Surtout ne pas paniquer, se dit Paige. *Je dois garder mon calme et mon sang-froid.* Mais elle ne savait plus où donner de la tête. Qui était le plus important ? Le patient dont elle s'occupait, ou le suivant ?

— Ne bougez pas, dit-elle stupidement à son patient. Je reviens tout de suite.

Tandis que Paige se précipitait en salle d'urgence, on l'appela de nouveau :

— Docteur Taylor. Aux urgences n° 1. Stat. Docteur Taylor... Aux urgences n° 1. Stat.

O mon Dieu ! songea Paige. Elle avait l'impression d'être prise au piège dans un horrible cauchemar.

En fin de nuit, Paige dut s'occuper d'un cas d'empoisonnement alimentaire, d'un bras cassé, d'une hernie hiatale et d'une côte fracturée. Lorsqu'elle retourna dans sa chambre de veille, elle était tellement épuisée qu'elle arrivait à peine à marcher. Elle s'écroula sur le lit de camp. Elle venait juste de s'endormir lorsque le téléphone sonna de nouveau.

Elle décrocha le combiné sans ouvrir les yeux.

— Allô !

— Docteur Taylor. On vous attend.

— Comment ça ? demanda-t-elle en restant allongée, ne sachant plus ce qu'elle faisait sur ce lit de camp.

— Vos visites commencent, docteur.

— Mes visites ?

C'était une mauvaise plaisanterie, se dit Paige. *C'était inhumain. Personne ne pouvait travailler comme une bête de somme !*

Mais on l'attendait bel et bien.

Dix minutes plus tard, Paige faisait ses visites, à demi endormie. Elle buta contre le Dr Radnor.

— Excusez-moi, marmonna-t-elle, mais je n'ai pas fermé l'œil de la nuit.

Il lui tapota l'épaule gentiment.

— Vous vous y ferez.

Lorsque Paige termina enfin son service, elle dormit quatorze heures d'affilée.

Certains internes ne purent résister au stress et aux horaires et disparurent de l'hôpital. *Je tiendrai,* se jura Paige.

Mais la pression restait toujours aussi forte. A la fin d'un tour de garde — trente-six heures d'angoisse non-stop — Paige était tellement exténuée qu'elle ne savait plus où elle se trouvait. Elle se dirigea en titubant vers l'ascenseur et resta à côté de la porte, abrutie de fatigue.

Tom Chang vint à sa rencontre.

— Ça va ?

— Oui, oui, très bien, marmonna-t-elle.

— Tu as une tête de déterrée, lança-t-il en souriant.

— Merci du compliment. Pourquoi est-ce qu'ils nous font endurer ça ? demanda Paige.

Chang haussa les épaules.

— Il paraît que ça nous permet de rester proches de nos patients. Si nous rentrons chez nous, nous ne savons pas ce qui leur arrive pendant notre absence.

Paige hocha la tête.

— Ça se tient.

C'était parfaitement absurde, en fait.

— Comment pouvons-nous prendre soin d'eux si nous dormons debout ?

Chang haussa de nouveau les épaules.

— Ce n'est pas moi qui fais le planning. C'est comme ça dans tous les hôpitaux du pays.

Il regarda Paige attentivement.

— Tu vas pouvoir rentrer chez toi ?

Paige soutint son regard et lança d'un air hautain :

— Evidemment.

— Repose-toi bien, lui dit Chang avant de disparaître dans le couloir.

Paige attendit l'arrivée de l'ascenseur. Lorsque les portes s'ouvrirent, elle dormait contre le chambranle.

Deux jours plus tard, Paige prenait le petit déjeuner avec Kat.

— J'ai une terrible confession à te faire, annonça Paige. Parfois, lorsqu'ils me réveillent à quatre heures du matin pour donner à un malade de l'aspirine, que je titube dans le couloir, à demi endormie, et que je passe devant les chambres où dorment paisiblement mes malades, j'ai une envie furieuse de tambouriner aux portes en hurlant : « Debout là-dedans ! Tas de fainéants ! »

Kat lui tendit la main.

— Bienvenue au club !

Les patients étaient de toutes les formes, de tous les âges et de toutes les couleurs. Il y en avait des timides, des courageux, des gentils, des arrogants, des exigeants, des compréhensifs... une portion d'humanité souffrante.

La plupart des médecins se dévouaient corps et âme pour leurs malades. Comme dans n'importe quelle profession, il y avait de bons et de mauvais médecins. Ils étaient jeunes ou vieux, maladroits ou habiles, gentils ou méchants. Quelques-uns, de temps à autre, faisaient des avances à Paige. Certains, avec une certaine subtilité, d'autres pas.

— Vous ne vous sentez pas trop seule le soir ? Je sais ce que c'est et je me demandais si...

— C'est d'un ennui mortel, n'est-ce pas ? Vous savez ce qui me met en forme ? Une bonne partie de jambes en l'air. Ça vous dirait de...

— Ma femme est partie pour quelques jours. J'ai un petit bungalow près de Carmel. Ce week-end, nous pourrions...

Les patients n'étaient pas en reste :

— Alors comme ça vous êtes médecin ? Vous savez ce qui me ferait du bien...

— Approchez-vous de mon lit, ma belle. Je veux voir si ce sont des vrais ou des siliconés...

Paige serrait les dents et ignorait toutes ces remarques. *Quand j'épouserai Alfred, tout ça sera fini.* La simple pensée d'Alfred mettait une lueur d'espoir dans sa vie. Il rentrerait bientôt d'Afrique. *Bientôt.*

Un matin, au petit déjeuner, juste avant de commencer les visites, Paige et Kat parlaient du harcèlement sexuel dont elles étaient victimes.

— La plupart des médecins se comportent en parfaits gentlemen, mais il y en a quelques-uns qui se figurent que nous sommes leur cerise sur le gâteau et que nous devons nous plier à leur moindre désir, dit Kat. Il ne se passe pas une semaine sans qu'un médecin me saute dessus. « Pourquoi ne pas aller chez moi prendre un verre ? J'ai quelques bons disques. » Ou alors, c'est dans le bloc opératoire, il faut toujours que le chirurgien se débrouille pour se frotter contre mes seins. Il y a même un crétin qui m'a dit : « Vous savez, dans le poulet, c'est la peau bien noire et grillée que je préfère. »

Paige poussa un soupir.

— Ils s'imaginent nous flatter en nous considérant comme des objets sexuels. Ce qui me ferait plaisir, ce serait qu'ils nous traitent comme des médecins.

— La plupart d'entre eux se passeraient bien de nous. Ou on se laisse baiser, ou on change de secteur. J'en ai assez de cette injustice. Les femmes sont toujours jugées, par principe, inférieures aux hommes, et c'est à elles de prouver le contraire. A l'inverse, les hommes sont considérés, de fait, supérieurs aux femmes, jusqu'à ce qu'on découvre les branleurs qu'ils sont.

— Nous sommes dans un monde d'hommes, dit Paige. Plus il y aura de filles, plus nous gagnerons du terrain.

Paige avait entendu parler d'Arthur Kane. Il était le sujet d'incessants ragots à l'hôpital. On le surnommait Dr 007 — Licensed to Kill. Son seul credo, c'était : opérer. Il avait le record des interventions chirurgicales à l'hôpital — et aussi celui des décès en bloc opératoire.

C'était un petit homme chauve et replet, au nez crochu et aux dents brunies par le tabac. Curieusement, il se croyait irrésistible auprès de la gent féminine. Il surnommait le groupe de nouvelles infirmières et de nouvelles internes sa cargaison de viande fraîche.

Paige était, à ce titre, un morceau de premier choix. Il la repéra dans la salle de repos du dernier étage et s'assit à sa table, sans y être invité.

— Vous savez que ça fait un moment que je vous ai remarquée ?

Paige le regarda, surprise.

— Je vous demande pardon ?

— Je suis le docteur Kane. Les amis intimes m'appellent Arthur.

Il y avait quelque chose de lubrique dans sa voix. Paige se demanda s'ils étaient nombreux, ses amis.

— Alors, comment vous en sortez-vous ?

La question la prit de court.

— Je... très bien, je crois.

Il se pencha vers elle.

— C'est un grand hôpital. On y est facilement perdu, vous voyez ce que je veux dire ?

Paige, sur la défensive, répondit :

— Pas précisément.

— Vous êtes trop mignonne pour être jetée comme ça dans la fosse aux lions. Vous avez besoin d'un guide pour trouver votre chemin dans toute cette jungle. Quelqu'un qui connaît toutes les ficelles.

La conversation prenait un tour déplaisant.

— Et vous pensez être le guide qu'il me faut ?

— Exactement.

Il lui fit un sourire qui dévoila ses dents brunes de tabac.

— Nous pourrions peut-être dîner ensemble et en discuter.

— Il n'y a rien à discuter, répondit Paige. Je ne suis pas intéressée.

Arthur Kane regarda Paige se lever et s'en aller. Il eut un regard mauvais.

La première année, les internes en chirurgie faisaient des séjours de deux mois dans les divers départements d'obstétrique, d'orthopédie, d'urologie et de chirurgie.

Paige apprit rapidement qu'il valait mieux éviter d'être admis dans un hôpital durant l'été, car la plupart des médecins étaient en vacances et les patients se retrouvaient à la merci de jeunes internes inexpérimentés.

Presque tous les chirurgiens aimaient entendre de la musique dans le bloc opératoire. L'un était surnommé Mozart, l'autre Axel Rose — le chanteur du célèbre groupe de rock — en raison de leurs goûts musicaux respectifs.

Curieusement, les opérations semblaient invariablement ouvrir l'appétit des médecins. Ils parlaient sans cesse de nourriture. Un chirurgien, au beau milieu d'une ablation de vésicule biliaire, lançait soudain :

— J'ai dîné hier soir chez Bardelli. C'est la meilleure cuisine italienne de tout San Francisco.

— Vous avez goûté les terrines de crabe du Cypress Club ? disait un autre.

— Si vous voulez manger de la bonne viande, essayez donc le House of Prime Rib, sur le boulevard Van Ness...

Pendant ce temps-là, une infirmière épongeait patiemment le sang et la lymphe des viscères du patient.

Lorsqu'ils ne discutaient pas cuisine, les médecins parlaient base-ball ou football.

— Vous avez vu les 49ers[1] jouer dimanche dernier ? Sans Joe Montanan, ils sont perdus. C'est toujours lui qui leur sauvait la mise dans les deux dernières minutes.

Et le scalpel tranchait un appendice.

On nage en plein Kafka, se disait Paige horrifiée.

A trois heures du matin, le téléphone réveilla Paige en sursaut pendant sa nuit de garde.

Une voix grésilla dans l'appareil :

— Docteur Taylor... Chambre 419... une attaque cardiaque. Venez vite !

On raccrocha.

Paige s'assit sur le bord du lit, luttant contre le sommeil, et se leva en titubant. *Venez vite !* Elle courut dans le couloir. Pas le temps d'attendre l'ascenseur. Elle monta les escaliers jusqu'au quatrième étage. Son cœur tambourinait dans sa poitrine. Elle poussa la porte de la chambre 419 et resta clouée sur place.

C'était un placard à balais.

Kat Hunter faisait ses visites avec le Dr Richard Hutton. C'était un homme d'une quarantaine d'années aux manières brusques et impatientes. Il ne passait jamais plus de deux ou trois minutes avec chaque malade. Il jetait un coup d'œil sur leur fiche, puis lâchait une salve d'ordres aux internes :

---

1. Equipe de football américaine. Allusion au quarante-neuvième Etat des Etats-Unis. *(N. d. T.)*

— Vérifiez son taux d'hémoglobine et réservez un bloc pour demain...

» Surveillez sa température...

» Donnez-lui cinq cents centilitres de sang...

» Retirez les points de suture...

» Faites-moi quelques clichés du thorax...

Kat et les autres internes prenaient fébrilement des notes, essayant de ne rien oublier.

Ils s'approchèrent d'un malade qui était hospitalisé depuis une semaine. Il avait beaucoup de fièvre. On lui avait fait toute une série de tests sans résultats.

— Qu'est-ce qu'il a ? demanda Kat, une fois sortie de la chambre.

— C'est un MS, répondit un interne. Un Mystère pour la Science. On lui a fait des radios, des scanners, de la résonance magnétique, des prélèvements du liquide céphalo-rachidien, des biopsies du foie. Le grand jeu, quoi ! Et rien. On ne sait pas ce qu'il a.

Ils pénétrèrent ensuite dans une chambre où un jeune homme dormait, le visage entouré de bandages. Le Dr Hutton commença à retirer le pansement. L'homme se réveilla en sursaut :

— Quoi... mais qu'est-ce que...

— Redressez-vous !

Le jeune homme tremblait encore sous le choc.

Jamais je ne traiterai mes malades de la sorte, se jura Kat.

Le patient suivant était un homme de soixante-dix ans qui paraissait en pleine forme. Sitôt que le Dr Hutton passa le seuil de la porte, le malade s'écria :

— *Stronso !* Je vais vous poursuivre en justice, espèce de salaud.

— Allons, Mr. Sparolini...

— Il n'y a plus de Mr. Sparolini. Vous m'avez transformé en un couillon d'eunuque !

Ça, c'est cliniquement impossible ! songea Kat avec amusement.

— Mr. Sparolini, vous étiez d'accord pour que l'on procède à une vasectomie et vous...

— C'était une idée de ma femme. Cette salope ! Elle va m'entendre en rentrant !

Ils le laissèrent ronchonner.

— Quel était le problème ? demanda l'un des internes.

— Son problème, c'est qu'il était un trop chaud lapin. Sa jeune femme a déjà six gosses, et n'en voulait plus d'autres.

Le malade suivant était une petite fille de dix ans. Le Dr Hutton consulta son dossier.

— Nous allons te faire une piqûre pour faire partir ces vilaines fourmis qui picotent.

Une infirmière prépara une seringue et s'approcha de la fillette.

— Non, hurla-t-elle. Vous allez me faire mal !

— Mais non, je ne te ferai pas de mal, ma chérie, la rassura l'infirmière.

Ces mots ravivèrent dans la mémoire de Kat de sombres souvenirs.

— Mais non, je ne te ferai pas de mal, ma chérie...

C'était la voix de son beau-père qui lui murmurait ces mots dans le noir.

— Ça va te faire du bien, tu vas voir. Ecarte les jambes. Allez viens, petite salope !

Et il lui avait écarté les jambes de force et s'était introduit en elle, en plaquant sa main sur sa bouche pour l'empêcher de crier. Elle avait treize ans. Après cette nuit-là, les visites de son beau-père devinrent un terrible rituel nocturne.

— Tu as de la chance d'avoir un homme comme moi pour professeur, lui disait-il. Tu sais ce que Kat veut dire ? Petite chatte. Et j'en veux une ce soir...

Alors il l'écrasait de tout son poids et l'étreignait, et aucun pleur, aucune supplique ne pouvait l'arrêter.

Kat n'avait jamais connu son père. Sa mère faisait des ménages la nuit dans des bureaux qui se trouvaient à proximité du minuscule appartement qu'ils occupaient à Gary, dans l'Indiana. Le beau-père de Kat était un homme taillé en bûcheron. Il avait eu un accident à l'aciérie, et il passait le plus clair de son temps à la maison. Il buvait beaucoup. Le soir, lorsque sa mère partait travailler, il pénétrait dans la chambre de Kat.

— Si tu dis quoi que ce soit à ta mère ou à ton frère, je te tue.

Je ne veux pas qu'il fasse du mal à Mike, se disait Kat. Son frère était de cinq ans son cadet, et Kat l'adorait. Elle le maternait et le protégeait, le défendant comme une lionne. Il était le seul rayon de soleil dans sa vie.

Un matin, trop terrifiée par les menaces de son beau-père, Kat décida de tout raconter à sa mère. Sa mère prendrait sa défense et mettrait un terme à tout ça.

— Maman, ton mari vient me violer dans mon lit, le soir, lorsque tu n'es pas là.

Sa mère la dévisagea un moment, puis la gifla violemment.

— Ne t'avise plus de raconter ce genre de mensonges, petite traînée !

Kat n'en avait plus jamais parlé. C'était pour Mike qu'elle restait à la maison. *Il serait perdu sans moi, je ne peux pas l'abandonner,* songeait-elle. Mais lorsqu'elle apprit qu'elle était enceinte, elle partit se réfugier chez une tante à Minneapolis.

Sitôt qu'elle se fut enfuie de la maison, sa vie changea radicalement.

— Tu n'as pas besoin de me dire ce qui s'est passé, lui avait dit sa tante Sophie. Mais, à partir d'aujourd'hui, tu vas cesser de fuir. Tu connais cette chanson qu'on entend dans *Le Muppet Show* ? *Ce n'est pas facile d'être vert.* Eh bien, ma chérie, ce n'est pas facile d'être noir, non plus. Alors tu as deux possibilités : soit tu continues à fuir et à te cacher, en maudissant le monde, soit tu relèves la tête et tu décides de te battre et de devenir quelqu'un.

— Comment y arriver ?

— En prenant conscience de ta valeur. D'abord, tu imagines ce que tu veux être, mon enfant, et ce que tu veux faire plus tard. Et une fois que tu as cette image devant les yeux, tu te mets au travail, et tu fais tout pour devenir cette personne.

Je ne veux pas garder ce bébé, décida Kat. *Je veux avorter.*

Cela se fit discrètement, durant un week-end, par les soins d'une sage-femme, amie de sa tante. Lorsque ce fut fini, Kat se fit une promesse : *Je ne laisserai plus jamais un homme me toucher. Plus jamais !*

Minneapolis était le pays des merveilles pour Kat. On trouvait partout à la ronde des lacs et des torrents. La ville comptait près de quatre mille hectares de parcs de promenade. Kat faisait du bateau à voile sur les plans d'eau et des promenades en barque sur le Mississippi.

Elle allait au Grand Zoo avec sa tante et passait ses dimanches au parc d'attractions de Valleyfair. Elle faisait des tours de chameau à la ferme de Cedar Creek, et assistait, émerveillée, aux tournois de chevaliers en armure pendant le festival de la Shakopee Renaissance.

La tante Sophie regardait souvent Kat d'un air attristé. *Cette pauvre petite n'a jamais eu d'enfance.*

Kat retrouva peu à peu goût à la vie, mais la tante sentait qu'au tréfonds de la fillette il y avait quelque chose que personne ne pouvait atteindre, un mur qu'elle avait érigé pour se protéger du monde extérieur.

Kat se fit des amies à l'école. Toujours des filles, jamais des garçons. Ses copines avaient toutes des petits amis, mais Kat restait toute seule ; et elle était trop fière pour en parler à qui que ce soit. Elle adorait sa tante et la prenait pour modèle.

Kat ne manifestait auparavant guère d'intérêt pour l'école ou la lecture, mais tante Sophie la remit rapidement dans le droit chemin. Il y avait des quantités de livres chez elle, et elle sut lui faire partager son goût pour la lecture.

— Il y a des mondes merveilleux dans ces livres, lui expliquait-elle. Lis donc, et tu découvriras le passé et l'avenir de notre peuple. Je sens que tu vas devenir quelqu'un, ma chérie. Mais il faut d'abord que tu apprennes. Nous sommes en Amérique. Tu peux devenir qui tu veux. Tu n'es peut-être qu'une

pauvre petite Noire, mais dis-toi que les femmes noires du Congrès, nos stars de cinéma, nos scientifiques et nos championnes n'étaient pas mieux loties que toi. Un jour, nous aurons un président noir aux Etats-Unis, tu verras. Tout t'est ouvert. Tout est entre tes mains.
La graine était semée.

Kat devint une étudiante brillante. Une boulimique de littérature. Un jour, à la bibliothèque de l'école, elle tomba sur un exemplaire *d'Arrowsmith* de Sinclair Lewis ; elle fut passionnée par l'histoire de ce jeune médecin qui se dévouait corps et âme pour ses malades. Elle lut également *Promises to Keep* d'Agnes Cooper, ainsi que *Woman Surgeon* du Dr Else Roe, et un nouveau monde s'ouvrit sous ses yeux. Elle découvrit qu'il existait des gens sur terre qui se dévouaient pour secourir leur prochain, pour sauver des vies. Lorsque Kat rentra chez elle, ce jour-là, elle déclara à sa tante :
— Je serai médecin. Un grand médecin.

IV

Le lundi matin, on reprocha à Paige la disparition des fiches de trois de ses malades.

Le mercredi, elle fut réveillée à quatre heures du matin dans la salle de garde par la sonnerie du téléphone. Tout ensommeillée, elle décrocha l'appareil.

— Docteur Taylor, j'écoute.

Silence.

— Allô !... Allô !...

Elle entendait une respiration à l'autre bout du fil. Puis on raccrocha.

Paige ne put se rendormir.

— Soit je deviens paranoïaque, annonça-t-elle à Kat le lendemain, soit quelqu'un me hait vraiment.

Elle raconta à Kat ce qui s'était passé.

— Les malades en veulent parfois aux médecins. Tu en vois un qui pourrait... ?

— Des douzaines, soupira Paige.

— Je suis sûre qu'il n'y a pas d'inquiétude à avoir.

Paige aurait aimé la croire.

A la fin de l'été, le télégramme tant attendu arriva. Paige le trouva en rentrant tard dans la nuit : ARRIVE SAN FRANCISCO DIMANCHE MIDI. STOP. IMPATIENT DE TE VOIR. STOP. TENDRESSES, ALFRED. STOP.

Alfred lui revenait enfin ! Paige lut et relut le télégramme, dans une excitation grandissante. *Alfred !* Son nom faisait revenir, comme à travers un kaléidoscope, une foule de souvenirs émouvants...

Paige et Alfred avaient grandi ensemble. Leurs pères étaient médecins à l'OMS et sillonnaient le tiers-monde pour lutter contre les maladies contagieuses. La mère de Paige suivait son mari dans tous ses déplacements. Le Dr Taylor était le chef de l'équipe.

Paige et Alfred avaient eu une enfance originale. En Inde, Paige avait appris à parler hindi. A deux ans elle savait que la cabane en bambou dans laquelle ils vivaient s'appelait une *basha.* Son père était un *gorashaib,* un homme blanc, et elle était une *nani,* une petite sœur. Les Indiens s'adressaient à son père en l'appelant *abadhan,* le chef, ou *baba,* le père.

En l'absence de ses parents, elle buvait du *bhanga,* une boisson enivrante à base de feuilles de haschisch, et mangeait des *chapati.*

Puis ils partirent pour l'Afrique. En route pour une nouvelle aventure !

Paige et Alfred apprirent à nager dans des rivières où pullulaient crocodiles et hippopotames. Leurs animaux de compagnie étaient des bébés zèbres, des guenons et des serpents. Ils grandirent dans des cases rondes sans fenêtres, faites de boue et de torchis, avec un sol en terre battue et un toit de chaume pointu.

Un jour, je vivrai dans une vraie maison, une jolie maison avec une pelouse verte et une petite barrière blanche, s'était juré Paige.

Pour les médecins et les infirmières, c'était une vie difficile et pleine de privations. Mais, pour les deux enfants, c'était une aventure permanente que de vivre au pays des lions, des girafes et des éléphants. Ils allaient dans de grosses huttes qui faisaient office d'écoles, et quand il n'y en avait pas, ils avaient des précepteurs. Paige était une enfant très intelligente, elle était comme une éponge assoiffée de connaissance. Alfred l'adorait.

— Un jour je t'épouserai, Paige, lui annonça-t-il quand elle eut douze ans, et lui quatorze.

— Moi aussi, je veux me marier avec toi, Alfred.

C'était leur premier serment au sortir de l'enfance, un sceau sacré que rien ni personne ne pourrait briser.

Les médecins de l'OMS étaient des hommes et des femmes généreux et dévoués, qui consacraient leur vie à leurs malades. Ils travaillaient souvent dans des conditions impossibles. En Afrique, ils devaient lutter contre les *woshega*, ces sorciers dont les remèdes primitifs se transmettaient de père en fils et qui provoquaient le plus souvent la mort du malheureux patient. Chez les Massaï, le remède traditionnel contre les blessures de flèches était l'*olkilorite*, un mélange de sang de bœuf, de viande crue et d'essence d'une racine inconnue.

Les Kikuyu guérissaient la variole en donnant des coups de bâton aux enfants pour faire sortir la maladie.

— Ne faites plus ça, leur disait le Dr Taylor. C'est inutile.

— Ça vaut mieux que de se faire piquer par vos aiguilles, lui répondaient-ils.

Les dispensaires consistaient en tables alignées sous les arbres. Les médecins voyaient des centaines de malades par jour, et il y avait toujours une longue file d'attente — des gens souffrant de lèpre, de tuberculose, de coqueluche, de variole, de dysenterie.

Paige et Alfred étaient inséparables. Quand ils furent plus grands, ils prirent l'habitude d'aller ensemble au marché du village, à des kilomètres de là. En chemin, ils parlaient de leurs projets d'avenir.

Très tôt, la médecine avait fait partie intégrante de la vie de Paige. Elle avait appris à soigner les malades, à faire les piqûres et à distribuer des médicaments. Elle tentait d'aider son père par tous les moyens.

Paige adorait son père. Curt Taylor était un homme attentif et généreux. C'était un humaniste sincère, qui avait consacré sa vie à ceux qui avaient besoin de lui, et il avait transmis cette passion à sa fille. Malgré son travail harassant, il trouvait toujours le moyen de passer du temps avec elle. Il savait transformer en jeu l'inconfort de leurs logements primitifs.

Avec sa mère, les relations étaient différentes. C'était une très jolie femme, issue d'un milieu social aisé. Elle tenait Paige à distance par son attitude froide et réservée. Elle avait trouvé romantique d'épouser un médecin qui irait travailler dans des pays lointains et exotiques, mais la dure réalité l'avait aigrie. Elle n'était ni tendre ni chaleureuse, et Paige trouvait qu'elle ne cessait de se plaindre.

— Fallait-il vraiment venir dans ce coin perdu, Curt ?

» Les gens d'ici vivent comme des animaux. Nous allons attraper une de leurs terribles maladies.

» Pourquoi ne veux-tu pas travailler aux Etats-Unis et gagner de l'argent comme les autres médecins ?

Elle n'arrêtait pas.

Plus elle le critiquait et plus Paige adorait son père.

Quand elle eut quinze ans, sa mère partit avec le riche propriétaire d'une plantation de cacao au Brésil.

— Elle ne reviendra plus, n'est-ce pas ? demanda Paige.

— Non, ma chérie. Je suis désolé.

— Tant mieux !

Cela lui avait échappé. Elle ne le pensait pas vraiment, mais elle était blessée d'avoir si peu compté pour sa mère.

Cette épreuve la rapprocha encore davantage d'Alfred Turner. Ils ne se quittaient pas, ils partaient ensemble à l'aventure, et se racontaient leurs rêves.

— Quand je serai grand, je serai médecin moi aussi. Nous nous marierons et nous travaillerons ensemble.

— Et nous aurons beaucoup d'enfants !

— Si tu veux.

Quand elle eut seize ans, le soir de son anniversaire, leur longue amitié prit une autre tournure. Toute l'équipe avait été appelée d'urgence pour une épidémie dans un village d'Afrique occidentale, et Paige, Alfred, et un cuisinier étaient restés seuls dans le camp.

Ils avaient dîné, puis étaient allés se coucher, chacun dans sa tente. Mais Paige avait été réveillée au milieu de la nuit par le grondement lointain d'une horde d'animaux lancée au galop. Elle resta allongée les yeux grands ouverts, puis comme le bruit se rapprochait, elle commença à avoir peur. Sa respiration s'accéléra. Elle ne savait pas quand son père et les autres allaient revenir.

Elle se leva. La tente d'Alfred n'était qu'à quelques mètres. Terrifiée, Paige se leva, souleva le rabat de sa tente, et courut vers celle d'Alfred.

Il dormait.

— Alfred !

Il se réveilla en sursaut.

— C'est toi, Paige ? Qu'est-ce qu'il y a ?

— J'ai peur. Est-ce que je peux venir un petit moment dans ta tente ?

— Bien sûr.

Ils s'allongèrent, écoutant la charge des animaux dans la brousse.

Peu de temps après, le bruit commença à s'éloigner.

Alfred prit tout à coup conscience de la chaleur du corps allongé près de lui.

— Paige, je crois qu'il vaudrait mieux que tu retournes dans ta tente.

Paige sentit le sexe du garçon pressé contre elle.

L'attirance physique qu'ils avaient secrètement commencé à éprouver l'un pour l'autre devint brûlante.

— Alfred.

— Oui ?

Sa voix était rauque.

— Nous allons nous marier, n'est-ce pas ?

— Oui.

— Alors il n'y a pas de mal.

Autour d'eux, les bruits de la brousse s'évanouirent, et ils commencèrent à explorer le nouveau monde qui s'offrait à eux. Ils étaient les premiers amants de l'univers et ils se laissèrent gagner par ce miracle vertigineux.

A l'aube, Paige retourna furtivement dans sa tente et pensa joyeusement : *Maintenant je suis une femme.*

De temps en temps, Curt Taylor suggérait à Paige de retourner aux Etats-Unis pour y vivre avec son frère qui avait une grande maison à Deerfield, au nord de Chicago.

— Pourquoi ? lui demandait Paige.

— Pour devenir une jeune fille convenable.

— Mais je suis une jeune fille convenable.

— Les jeunes filles convenables ne taquinent pas les singes et n'essaient pas de monter sur des bébés zèbres.

Et Paige répondait invariablement,

— Je ne veux pas te quitter.

Quand Paige eut dix-sept ans, l'équipe de l'OMS partit combattre une épidémie de typhoïde dans un village en pleine brousse d'Afrique du Sud. La situation devint réellement critique lorsqu'une guerre éclata entre deux tribus locales peu de temps après l'arrivée des médecins. On pressa Curt Taylor de partir.

— Je ne peux pas, nom de Dieu. Mes malades vont mourir si je les abandonne.

Quatre jours plus tard, le village fut attaqué. Paige et son père se serraient l'un contre l'autre dans leur petite hutte, en écoutant les cris et les coups de feu au-dehors.

Paige était terrifiée.

— Ils vont nous tuer !

Son père la prit dans ses bras.

— Ils ne nous feront pas de mal, ma chérie. Nous sommes ici pour les aider. Ils savent que nous sommes leurs amis.

Il avait dit vrai.

Le chef d'une des tribus avait fait irruption dans la hutte, suivi de ses guerriers.

— N'ayez pas peur. Nous vous protégerons.

Et c'est ce qu'ils avaient fait.

Les combats s'arrêtèrent enfin. Mais au matin Curt Taylor avait pris sa décision.

Il envoya un message à son frère :

PAIGE ARRIVE PROCHAIN AVION. STOP. T'EXPLIQUERAI PLUS TARD. STOP. SOIS À L'AÉROPORT STP.

Paige fut hors d'elle en apprenant la nouvelle. On l'emmena, sanglotante, vers le petit aéroport poussiéreux où un piper l'attendait pour l'emporter vers une ville d'où elle pourrait prendre un avion pour Johannesburg.

— Tu veux te débarrasser de moi, pleurait-elle.

Son père la serra dans ses bras.

— Je t'aime plus que tout au monde, ma chérie. Tu vas beaucoup me manquer. Mais je vais revenir bientôt aux Etats-Unis et nous serons de nouveau ensemble.

— Promis ?

— Promis.

Alfred était venu accompagner Paige.

— Ne t'inquiète pas, lui dit-il. Je viendrai te chercher dès que je le pourrai. Tu m'attendras ?

Après toutes ces années, cette question était plutôt idiote.

— Bien sûr que je vais t'attendre.

Trois jours plus tard, quand l'avion de Paige atterrit à l'aéroport O'Hare de Chicago, son oncle Richard était là pour l'accueillir. Paige ne l'avait jamais vu. Tout ce qu'elle savait, c'était qu'il était un homme d'affaires très riche et qu'il avait perdu sa femme plusieurs années auparavant.

— C'est le seul de la famille qui ait réussi ! disait toujours le père de Paige en riant.

Les premiers mots que prononça son oncle furent les plus terribles qu'elle eût jamais entendus de sa vie :

— J'ai une mauvaise nouvelle à t'apprendre, Paige. Je viens de recevoir un télégramme. Ton père est mort. Il a été tué au cours d'une révolte indigène.

En un instant, tout son univers s'écroula. La douleur fut si violente qu'elle pensa ne pas pouvoir la supporter. *Je ne veux pas que mon oncle me voie pleurer,* pria Paige. *Il ne faut pas. Je n'aurais jamais dû partir. Je vais retourner là-bas.*

Pendant le trajet, Paige regardait par la fenêtre les rues encombrées de véhicules.

— Je hais Chicago.

— Pourquoi, Paige ?

— C'est la jungle.

Richard ne permit pas à Paige de retourner en Afrique pour les funérailles de son père, ce qui la rendit furieuse.

— Paige, ton père est déjà enterré, essaya-t-il de la raisonner. Il n'y a aucune raison d'y aller.

Mais il y avait une raison : *Alfred était là-bas.*

Quelques jours après l'arrivée de Paige, son oncle voulut discuter avec elle de son avenir.

— Il n'y a pas à discuter, lui annonça Paige. Je serai médecin.

A vingt et un ans, au sortir de l'Université, Paige postula pour une place dans dix écoles de médecine, et fut acceptée par toutes. Elle se décida pour une école de Boston.

Il lui fallut deux jours pour parvenir à joindre Alfred par téléphone au Zaïre, où il travaillait à mi-temps avec une équipe de l'OMS.

— C'est merveilleux, ma chérie, lança-t-il lorsque Paige lui eut annoncé la nouvelle. J'ai presque terminé mes études. Je vais rester quelque temps avec l'OMS, mais dans quelques années nous travaillerons ensemble.

Ensemble. Le mot magique.

— Paige, je meurs d'envie de te revoir. Si j'arrive à m'échapper quelques jours, tu pourrais me rejoindre à Hawaii ?

Elle n'hésita pas un instant.

— Bien sûr.

Ils y étaient parvenus. Et Alfred ne lui dit pas un mot de toutes les difficultés qu'il avait rencontrées pour lui offrir ces quelques jours de bonheur.

Ils passèrent trois jours merveilleux dans un petit hôtel de Hawaii baptisé le Beaurivage, et ce fut comme s'ils n'avaient jamais été séparés. Paige brûlait de demander à Alfred de rentrer à Boston avec elle, mais elle savait que c'était égoïste. Son travail là-bas était bien plus important.

Le matin de leur dernier jour, alors qu'ils s'habillaient, Paige demanda :

— Où vont-ils t'envoyer, Alfred ?

— En Gambie, ou peut-être au Bangladesh.

Pour sauver des vies humaines, pour aider ceux qui ont désespérément besoin de lui. Elle se serra dans ses bras et ferma les yeux. *Je t'aime pour la vie.*

— Moi aussi, répondit-il, comme s'il lisait dans ses pensées.

Paige commença ses études de médecine, et elle correspondit régulièrement avec Alfred. Il réussit à lui téléphoner le jour de son anniversaire et pour Noël. Alors que Paige était en seconde année, juste avant le nouvel an, Alfred l'appela.

— Paige ?
— Mon chéri ! Où es-tu ?
— Je suis au Sénégal. J'ai calculé que ce n'était qu'à quinze mille kilomètres du Beaurivage.

Il lui fallut quelques instants pour comprendre.

— Tu veux dire que... ?
— Est-ce que tu pourrais y être pour le nouvel an ?
— Oh oui ! Bien sûr que oui !

Alfred fit presque la moitié du tour du monde pour la voir, et la magie s'opéra de nouveau. Le temps n'avait pas de prise sur eux.

— L'année prochaine, j'aurai ma propre équipe à l'OMS, lui apprit Alfred. Dès que tu auras fini tes études, on se marie...

Ils s'arrangèrent pour être ensemble une fois encore, et puis leurs lettres continuèrent de les réunir au-delà de l'espace et du temps.

Durant toutes ces années, Alfred avait œuvré pour le tiers-monde, comme son père et comme le père de Paige, accomplissant la même noble mission humanitaire. Et voilà qu'enfin, il revenait vers elle.

Paige relut pour la cinquième fois le télégramme d'Alfred. *Il arrive ! Il arrive à San Francisco !*

Paige alla réveiller Kat et Honey qui dormaient dans leur chambre.

— Alfred arrive ! Alfred arrive ! Il sera là dimanche !
— Formidable, grogna Kat. Réveille-moi quand on sera dimanche. Je viens juste de me coucher.

Honey fut plus compréhensive. Elle fit l'effort de s'asseoir sur son lit.

— C'est magnifique ! lança-t-elle. J'ai hâte de le connaître. Il y a combien de temps que vous ne vous êtes pas vus ?

— Deux ans, répondit Paige, mais nous n'avons pas cessé de nous écrire.

— Oh, la veinarde ! lâcha Kat en bâillant. Bon, maintenant que nous sommes réveillées, je vais faire du café.

Elles s'assirent toutes les trois autour de la table.

— On pourrait faire quelque chose en l'honneur de ton Alfred ? proposa Honey. Une sorte de fête de bienvenue au fiancé.

— Ce n'est pas une mauvaise idée, acquiesça Kat.

— On va faire une grande fête. Gâteau, champagne, cotillons, et tout le toutim ! Le grand jeu, quoi !

— Je ferai la cuisine, proposa Honey.

Kat secoua la tête.

— J'ai goûté à tes talents culinaires. Il vaut mieux se faire livrer.

Il restait quatre jours avant le jour J, et elles passèrent tout leur temps libre à arranger l'arrivée d'Alfred. Par une sorte de miracle elles furent toutes les trois de congé ce jour-là.

Le samedi, Paige alla se faire une beauté chez son esthéticienne. Elle fit aussi une folie en s'achetant une nouvelle robe.

— Elle me va ? Tu crois qu'il va l'aimer ?

— Tu es superbe, la rassura Honey. J'espère qu'il te mérite.

Paige sourit.

— Non, c'est moi qui espère le mériter. Tu vas l'adorer, tu vas voir. Il est fantastique.

Le dimanche, les mets délicats qu'elles avaient commandés furent disposés sur la table, ainsi qu'une bouteille de champagne bien frais. Les jeunes femmes faisaient les cent pas en attendant l'arrivée d'Alfred.

A deux heures la sonnette retentit, et Paige courut ouvrir la porte. C'était Alfred. Les traits un peu tirés, un peu amaigri. Mais c'était son Alfred. A côté de lui se tenait une jeune femme brune d'une trentaine d'années.

— Paige ! lança Alfred.

Paige se jeta dans ses bras.

— Voici Alfred Turner, annonça-t-elle fièrement en se tournant vers ses amies. Alfred, je te présente Honey Taft et Kat Hunter.

— Ravi de vous connaître, dit Alfred.

Il se tourna vers la femme à côté de lui.

— Je vous présente Karen Turner. Ma femme.

Les trois jeunes femmes se figèrent.

— Ta femme ? demanda Paige dans un souffle.

— Oui, ma femme.

Il regarda Paige et fronça les sourcils.

— Tu n'as pas... reçu ma lettre ?

— Quelle lettre ?

— La lettre que je t'ai envoyée, il y a deux ou trois semaines.

— Non.

— Oh, je... je suis désolé. Je t'expliquais que... mais évidemment, si tu ne l'as pas reçue...

Sa voix faiblit.

— Je suis vraiment désolé, Paige. Nous avons été séparés pendant si longtemps que je... et puis j'ai rencontré Karen... tu sais ce que c'est...

— Je sais ce que c'est, bien sûr, répéta Paige stupidement.

Puis elle se tourna vers Karen, se forçant à sourire.

— J'espère que vous serez très heureuse avec Alfred.

— Je l'espère aussi.

Il y eut un silence gêné.

— Mon chéri, je crois que nous ferions mieux de partir, annonça Karen.

— Je crois que oui, dit Kat.

Alfred passa la main dans les cheveux de Paige.

— Je suis vraiment désolé. Je ne voulais pas...

— Au revoir, Alfred.

— Au revoir, Paige.

Les trois femmes regardèrent partir les jeunes mariés.

— Quel salaud ! lança Kat. Comment peut-on faire une chose aussi ignoble ?

Les yeux de Paige brillaient de larmes.

— Il ne... Il ne voulait pas... Il a dû tout m'expliquer dans sa lettre...

Honey serra Paige dans ses bras.

— On devrait faire une loi pour castrer tous les hommes !

— Alors là, je dis oui, approuva Kat en levant son verre.

— Excusez-moi, dit Paige en se précipitant dans sa chambre.

Elle ferma la porte et ne réapparut plus de toute la journée.

V

Au cours des mois suivants, Paige vit très peu Kat et Honey. Elles prenaient ensemble un petit déjeuner éclair à la cafétéria, et se croisaient de temps en temps dans les couloirs. Elles se parlaient par billets qu'elles se laissaient dans l'appartement.

— Le dîner est dans le frigo.
— Le micro-ondes est HS.
— Désolée, je n'ai pas eu le temps de nettoyer.
— Et si on allait dîner toutes les trois samedi soir ?

Les horaires impossibles continuaient de mettre à rude épreuve l'endurance des internes.

Paige ne détestait pas avoir à subir cette pression. Cela lui évitait de trop penser à Alfred et à tous ces rêves qui ne se matérialiseraient jamais. Toutefois, elle n'arrivait pas à l'oublier. La blessure refusait de se refermer. A longueur de temps, elle se torturait l'esprit :

Et si j'étais restée avec Alfred en Afrique ?
Et s'il était venu avec moi à Chicago ?
Et s'il n'avait pas rencontré Karen ?
Et si...

Un vendredi, tandis que Paige se changeait dans le vestiaire, elle s'aperçut que quelqu'un avait écrit « salope » au marker sur sa blouse.

Le lendemain, elle ne put mettre la main sur ses notes. Le bloc où elle consignait toutes les données sur ses malades avait disparu. *Peut-être l'ai-je égaré ?* tenta-t-elle de se rassurer.

Mais elle avait du mal à s'en convaincre.

Hors de l'hôpital, le monde cessait d'exister. Elle savait que l'Iraq avait envahi le Koweït, mais cela restait très abstrait, comparé aux besoins d'un jeune patient de quinze ans qui était en train de mourir d'une leucémie. Le jour de la réunification des deux Allemagnes, Paige se démenait pour sauver la vie d'un diabétique. Margaret Thatcher fut réélue Premier ministre de Grande-Bretagne, mais chose plus importante ce jour-là, le malade de la chambre 214 avait été capable de se lever.

Les collègues de Paige lui apportaient un grand soutien moral. A quelques exceptions près, ils étaient tous des médecins dévoués, qui soulageaient la souffrance et sauvaient des vies. Paige les regardait faire des miracles tous les jours, et cela l'emplissait de fierté.

La partie la plus stressante de son travail, c'étaient les tours de garde aux urgences. Les salles d'urgence débordaient toujours de gens souffrant de tous les maux possibles et imaginables.

Les journées interminables de travail et la pression quotidienne mettaient en charpie les nerfs des médecins et des infirmières qui travaillaient aux urgences. Le taux de divorce parmi le corps médical était extraordinairement élevé, et les liaisons extraconjugales monnaie courante.

Tom Chang était l'une des victimes du système. Il se confia à Paige, alors qu'ils prenaient un café tous les deux.

— Je peux supporter les horaires, expliqua Chang, mais pas ma femme. Elle dit qu'elle ne me voit jamais et que je suis devenu un étranger pour notre petite fille. Elle a raison. Je ne sais plus quoi faire.

— Ta femme est venue voir comment ça se passe à l'hôpital ?
— Non.
— Pourquoi ne pas l'inviter à déjeuner ici, Tom ? Elle pourrait voir ce que tu fais, et à quel point c'est important.
Le visage de Chang s'illumina.
— C'est une bonne idée ! Merci, Paige. C'est ce que je vais faire. Je serais content de te la présenter. Tu ne voudrais pas te joindre à nous ?
— Bien sûr, avec plaisir.

Sye, l'épouse de Chang, était une charmante jeune femme, dotée de cette beauté orientale sur laquelle le temps semble ne pas avoir de prise. Chang lui fit visiter l'hôpital, puis il l'emmena déjeuner à la cafétéria avec Paige.
Paige savait que Sye avait passé son enfance à Honk Kong.
— Vous aimez San Francisco ? demanda Paige.
Il y eut un court moment d'hésitation.
— C'est une ville qui ne manque pas d'intérêt, répondit poliment Sye, mais je m'y sens étrangère. C'est trop grand, trop bruyant.
— Mais Honk Kong est loin d'être une petite ville tranquille, à ce qu'il paraît ?
— Je suis née dans un petit village à une heure de Honk Kong. Là-bas, c'est très calme. Pas de bruit, pas de voitures. Et tout le monde se connaît.
Elle jeta un regard vers son mari.
— Nous étions très heureux là-bas, tous les trois. L'île de Llama est très belle. Il y a des plages de sable blanc, des petites fermes, et un petit village de pêcheur nommé Sak Kwu Wan. C'était un endroit si paisible.
Sa voix se teinta d'une amère nostalgie.
— Mon mari et moi passions beaucoup de temps ensemble, comme une vraie famille. Ici, je ne le vois jamais.
— Mrs. Chang, dit Paige, je sais que c'est un moment difficile pour vous, mais dans quelques années, Tom pourra se mettre à son compte, et il aura, alors, beaucoup plus de temps à vous consacrer.

Tom prit la main de sa femme.

— Il faut me croire. Cet enfer sera vite oublié, Sye. Je te demande encore un peu de patience.

— Entendu.

Mais il n'y avait guère de conviction dans sa voix.

Pendant que Chang parlait, un homme entra dans la cafétéria. Il se tenait à la porte et Paige ne voyait que son dos. Son cœur cessa de battre. *Alfred!* Mais l'homme se retourna. C'était un parfait inconnu.

Chang dévisagea Paige.

— Ça ne va pas ?

— Si si, ça va, mentit Paige.

Il faut que je l'oublie. Tout est fini. Mais le souvenir de ces années merveilleuses continuait de la hanter. Elle songeait à leurs joies, à leur plaisir d'être ensemble, à l'amour qu'ils éprouvaient l'un pour l'autre. *Comment pourrais-je oublier tout ça ? Impossible. A moins de demander à un collègue de me lobotomiser ?*

Paige croisa Honey dans le couloir. Elle était hors d'haleine et semblait soucieuse.

— Tout va bien ? demanda Paige.

Honey se força à sourire :

— Oui, oui. Très bien, répondit-elle avant de s'éloigner à toutes jambes.

Honey avait été nommée dans le service du Dr Charles Isler, qui avait la réputation de faire marcher ses troupes à la baguette.

— Je vous ai expressément demandée dans mon service, docteur Taft, lui avait dit Isler le premier jour. Le Dr Wallace m'a parlé de vos brillants antécédents à la faculté. Je crois savoir que vous comptez vous spécialiser en médecine ?

— C'est exact.

— Parfait. Alors vous resterez avec nous pendant trois ans.

Les visites commencèrent.

Le premier patient était un jeune Mexicain. Le Dr Isler, ignorant les autres internes, se tourna vers Honey.

— Ce cas est intéressant, n'est-ce pas, docteur Taft ? Ce malade a tous les symptômes classiques : anorexie, perte de poids, goût métallique dans la bouche, fatigue, anémie, hyper-irritabilité, et trouble de la coordination. Quel serait votre diagnostic ? demanda-t-il en souriant, sûr d'entendre la bonne réponse.

Honey hésita un instant.

— Eh bien, cela peut être diverses sortes de choses...

Le Dr Isler la regarda, d'un air surpris.

— Enfin, c'est un cas évident de...

— D'intoxication au plomb, lança l'un des internes.

— Exact, répliqua Isler.

Honey esquissa un sourire.

— Une intoxication au plomb, bien sûr.

Le Dr Isler se tourna de nouveau vers Honey :

— Et quel serait le traitement requis, selon vous ?

Honey répondit par l'évasive :

— Il y a divers traitements possibles...

— Si le patient a été exposé à de fortes doses, commença un autre interne, il conviendra de prévenir tout risque d'encéphalopathie.

Isler hocha la tête.

— Exact. C'est justement le traitement que nous lui avons prescrit. Nous stoppons la déshydratation et les troubles d'ordre électrolytique, et nous traitons l'intoxication par un agent chélateur.

Il dévisagea Honey, qui hocha la tête en signe d'assentiment.

Le patient suivant était un vieil homme de quatre-vingts ans. Ses yeux étaient injectés de sang et ses paupières encollées.

— Nous allons soigner vos yeux très prochainement, le rassura le médecin. Comment vous sentez-vous ?

— Oh, pas trop mal pour un vieux débris comme moi.

Le Dr Isler tira la couverture, découvrant les genoux et les chevilles enflés de l'homme. La plante de ses pieds montrait de curieux ulcères.

— Cet enflement est causé par l'arthrite, annonça Isler à ses internes.

Il se tourna vers Honey.

— Compte tenu des lésions et de la conjonctivite, je suis certain que vous pouvez nous donner un diagnostic, docteur Taft.

— Eh bien, commença péniblement Honey, cela peut être, en fait...

— C'est le syndrome de Reiter, intervint un interne. La cause est inconnue. Il est généralement accompagné par une faible fièvre.

— Quel est le pronostic, docteur Taft ?

— Le pronostic ? répéta-t-elle stupidement.

— Il reste incertain, répondit l'interne. On peut traiter toutefois par des anti-inflammatoires.

— Parfait, répondit le Dr Isler.

Ils visitèrent encore une dizaine de patients. A la fin, Honey s'approcha du Dr Isler.

— Je pourrais vous parler un instant, docteur Isler ?

— Bien sûr. Venez dans mon bureau.

Lorsqu'ils furent installés dans la pièce, Honey se lança :

— Je sais que je vous ai déçu.

— Je dois reconnaître que vous m'avez passablement surpris, étant donné vos...

— Je sais, docteur Isler, l'interrompit Honey. Je n'ai pas fermé l'œil de la nuit. Pour dire la vérité, j'étais trop impatiente de travailler avec vous... pas moyen de trouver le sommeil.

Il la regarda d'un air étonné.

— Oh, je comprends. Je me doutais bien qu'il y avait une raison à ce qui s'est passé ce matin... vos antécédents à la faculté sont si brillants. Qu'est-ce qui vous a incitée à devenir médecin ?

Honey baissa les yeux un instant, puis répondit doucement :

— Mon petit frère a été blessé dans un accident. Les médecins ont fait tout ce qu'ils ont pu pour le sauver... mais il est mort dans mes bras. Son agonie fut longue et douloureuse, et je me suis sentie si impuissante. C'est à ce moment-là que j'ai décidé de passer ma vie à soulager la souffrance.

Des larmes perlèrent dans ses yeux.
Elle est si fragile, pensa le Dr Isler.
— Vous avez bien fait de venir me parler.
Honey releva les yeux vers lui. *Il m'a crue*, songea-t-elle. *Ils me croient tous.*

VI

De l'autre côté de la ville, dans un autre quartier, journalistes et équipes de télévision attendaient que Lou Dinetto sorte du tribunal, souriant et saluant de la main, comme un seigneur condescendant parmi ses paysans.

Deux gardes du corps l'encadraient. Le premier, long et maigre, était surnommé l'Ombre. L'autre, taillé comme une armoire à glace, s'appelait Rhino.

Comme à son habitude, Lou Dinetto portait des vêtements élégants et coûteux. Un costume de soie gris avec une cravate bleue assortie et des chaussures en crocodile. La coupe du costume avait été soigneusement étudiée pour lui donner une apparence élancée alors qu'il était plutôt petit, avec des pattes courtes et arquées. Au grand bonheur des journalistes, il avait toujours un sourire à leur adresse ou un mot d'esprit pour faire leurs choux gras. Dinetto avait été poursuivi en justice trois fois sous des chefs d'accusation divers — incendie volontaire, escroquerie, meurtre... — et à chaque fois il en était sorti libre comme l'air.

Sur les marches du tribunal, un des reporters lui lança :

— Est-ce que vous pensiez être acquitté cette fois encore, Mr. Dinetto ?

Dinetto se mit à rire.

— Bien sûr ! Je ne suis qu'un brave homme d'affaires. Le gouvernement passe son temps à me persécuter. C'est sa marotte ! C'est pour cette raison, entre autres, que nous payons autant d'impôts.

Une caméra de télévision était braquée sur lui. Lou Dinetto lança un sourire vers l'objectif.

— Mr. Dinetto, savez-vous pourquoi deux témoins à charge ne se sont pas présentés au tribunal ?

— C'est évident. Ce sont d'honnêtes citoyens qui ont, au dernier moment, refusé de commettre un faux témoignage.

— Le gouvernement prétend que vous êtes le chef de la Mafia de la côte Ouest et que c'est vous qui vous êtes organisé pour...

— La seule chose que j'organise, c'est la place des clients dans mon restaurant. Je me soucie du confort de chacun.

Il adressa un large sourire à la foule des journalistes.

— Au fait, je vous invite tous à venir y dîner ce soir. Gratuitement.

Il se dirigea vers une limousine noire garée le long du trottoir. Tout le monde se précipita dans son sillage :

— Mr. Dinetto, une question !... Mr. Dinetto !...

— Je vous verrai à mon restaurant ce soir, mesdames et messieurs. Vous connaissez l'adresse !

Et Lou Dinetto s'installa dans la voiture, avec force sourires et saluts de la main. Rhino ferma la portière et alla s'asseoir sur le siège avant. L'Ombre se glissa derrière le volant.

— Bravo, patron ! dit Rhino. Vous savez les mener par le bout du nez tous ces connards !

— Où on va ? demanda l'Ombre.

— A la maison. J'ai besoin d'un bain chaud et d'un bon steak.

La voiture démarra.

— Cette histoire de témoins ne me dit rien qui vaille, dit Dinetto. Tu es sûr qu'ils... ?

— Sauf s'ils peuvent parler sous l'eau, patron.

— Très bien, répondit Dinetto en hochant la tête d'un air satisfait.

La voiture filait de long de la rue Fillmore.

— Vous avez vu la tête du procureur quand le juge a déclaré le non-lieu ? lança Dinetto.

Un petit chien surgit juste devant la limousine. L'Ombre braqua brutalement pour l'éviter en écrasant les freins. La voiture sauta sur le trottoir et termina sa course contre un lampadaire. Sous le choc, la tête de Rhino heurta violemment le pare-brise.

— Qu'est-ce que tu fous, nom de Dieu ? hurla Dinetto. Tu veux me tuer ?

— Pardon, patron, répondit l'Ombre en tremblant. C'est un chien qui s'est jeté devant la voiture...

— Et selon toi, sa vie est plus importante que la mienne ? Pauvre crétin !

Rhino gémissait. Son front était fendu d'une large entaille. Il saignait abondamment.

— Nom de Dieu ! Regarde ce que tu as fait ! s'écria Dinetto.

— C'est rien, marmonna Rhino.

— Tu parles que c'est rien !

Dinetto se tourna vers l'Ombre.

— Emmenons-le à l'hôpital.

L'Ombre passa la marche arrière et fit descendre la voiture du trottoir.

— L'Embarcadero est tout près. On va le déposer aux urgences.

— D'accord, patron.

Dinetto se renfonça dans son siège.

— Tout ça pour un chien, dit-il d'un air dégoûté.

Kat était de garde aux urgences quand Dinetto, l'Ombre et Rhino firent leur entrée. Rhino saignait toujours autant.

— Hé, vous là-bas ! lança Dinetto en apercevant Kat.

Kat leva les yeux.

— C'est à moi que vous parlez ?

— Vous voyez quelqu'un d'autre ici ? Cet homme est blessé. Occupez-vous de lui.

— Il y a six autres personnes avant lui, répondit Kat calmement. Il attendra son tour.

— Il n'attendra rien du tout. Vous allez le soigner, et vite.

Kat s'approcha de Rhino et l'examina. Elle pressa un morceau de coton sur la blessure.

— Tenez cette compresse comme ça. Je reviens.

— J'ai dit de le soigner immédiatement, dit Dinetto d'un ton sec.

— Vous êtes aux urgences, rétorqua Kat en faisant volte-face, et je suis le médecin de garde ici. Alors soit vous attendez calmement, soit vous partez, c'est clair ?

— Attention, vous ne savez pas à qui vous parlez, ma petite dame, commença l'Ombre. Vous feriez mieux de faire ce qu'il vous dit. Ce monsieur est Lou Dinetto.

— Bien, maintenant que les présentations sont faites, lança Dinetto, allez vous occuper de cet homme.

— Puisque vous avez un problème auditif, répondit Kat, je vais répéter. Soit vous attendez comme tout le monde, soit vous partez. Maintenant, j'ai du travail.

Rhino voulut s'en mêler.

— Attention à ce que...

— Ça suffit ! intervint Dinetto.

Il regarda de nouveau Kat, et changea de ton.

— Docteur, je vous serais reconnaissant de bien vouloir vous occuper de lui le plus vite possible.

— Je ferai de mon mieux, répondit Kat en installant Rhino sur un brancard. Allongez-vous. Je reviens dans une minute.

Elle regarda Dinetto.

— Il y a des chaises là-bas.

Dinetto et l'Ombre la regardèrent se diriger vers les autres malades qui attendaient leur tour à l'autre bout de la salle.

— Seigneur, dit l'Ombre, elle ne sait absolument pas à qui elle a affaire.

— Je ne pense pas que ça changerait grand-chose, répondit Dinetto. Cette fille en a dans le ventre.

Kat revint un quart d'heure plus tard.

— Vous avez de la chance de n'avoir pas eu de commotion cérébrale, annonça-t-elle après avoir examiné Rhino. C'est une vilaine blessure.

Dinetto regarda Kat suturer adroitement la plaie.

— Ça va cicatriser sans problème, déclara-t-elle. Revenez dans cinq jours pour que je vous retire les fils.

Dinetto examina le front de Rhino.

— C'est du joli travail !

— Merci, dit Kat. A présent, si vous voulez bien m'excuser...

Dinetto la rappela.

— Attendez !

Il se tourna vers l'Ombre.

— Donne-lui un billet de cent.

L'Ombre sortit de sa poche un billet de cent dollars.

— Tenez.

— Il faut payer à la réception.

— Ce n'est pas pour l'hôpital. C'est pour vous.

— Non. C'est inutile.

Dinetto regarda fixement Kat qui s'éloignait déjà pour aller s'occuper d'un autre malade.

— Peut-être que ça n'était pas assez, patron, dit l'Ombre.

Dinetto secoua la tête.

— Cette fille a du répondant. J'aime ça.

Il resta un instant silencieux.

— Evans, notre toubib, prend sa retraite, c'est bien ça ?

— Ouais.

— Très bien. Je veux que tu me fasses un petit topo sur cette fille. Je veux tout savoir sur elle.

— Pourquoi, patron ?

— Pour tenir les rênes. Je pense qu'elle pourrait nous être très utile.

VII

Ce sont les infirmières qui dirigent tous les hôpitaux du monde. Margaret Spencer, l'infirmière en chef, travaillait à l'hôpital de San Francisco depuis vingt ans, et connaissait toutes les ficelles, officielles comme officieuses. Elle régnait sur tout l'hôpital et malheur aux médecins qui osaient passer outre son autorité. Elle savait qui se droguait ou buvait, qui était incompétent, et qui méritait son soutien. Elle avait la charge des élèves infirmières, des infirmières de salle et de celles qui œuvraient dans les blocs opératoires. C'était elle qui décidait qui serait affecté à telle ou telle opération, et comme parmi les infirmières on trouvait le meilleur comme le pire, les chirurgiens avaient intérêt à être dans les petits papiers de Margaret Spencer. Selon son humeur, elle pouvait assigner une infirmière totalement incapable lors d'une ablation rénale compliquée, ou au contraire, si elle aimait bien le chirurgien, lui envoyer la meilleure de son staff pour une simple opération des amygdales. Parmi tous les préjugés que nourrissait Margaret Spencer, sa violente antipathie à l'encontre des femmes médecins d'une part et des Noirs d'autre part était légendaire.

Le sort voulut que Kat soit les deux à la fois.

La vie de Kat n'était pas facile à l'hôpital. Rien n'était dit ou fait ouvertement, mais le racisme se manifestait à tous les échelons de manière insidieuse. Les infirmières qu'elle choisissait n'étaient jamais libres, celles qu'on lui affectait étaient quasi incompétentes. On la faisait systématiquement ausculter des hommes porteurs de maladies vénériennes. Au début, cela lui parut normal, mais quand on lui en donna six à voir le même jour, elle commença à avoir des soupçons.

— Cela t'arrive souvent d'avoir à soigner des hommes atteints de maladies vénériennes ? demanda-t-elle à Paige pendant la pause-déjeuner.

Paige réfléchit un instant.

— J'en ai eu un la semaine dernière. Un aide-infirmier.

Ça ne peut plus durer, pensa Kat.

Margaret Spencer avait décidé de se débarrasser de Kat Hunter en lui rendant la vie impossible ; mais c'était sans compter avec ses compétences de médecin. Peu à peu, Kat s'imposait parmi les gens avec qui elle travaillait. Elle avait une habileté naturelle qui impressionnait ses collègues comme ses malades. Mais c'est le coup du sang de cochon qui marqua la victoire définitive de Kat — un événement qui allait rester dans les annales de l'hôpital.

Un jour, au cours des visites matinales, Kat se trouvait avec un médecin du nom de Dundas. Ils étaient au chevet d'un malade dans le coma.

Dundas expliquait le cas aux jeunes internes.

— Je vous présente Mr. Lévy. Il a eu un accident de voiture et a perdu beaucoup de sang. Il lui faut une transfusion d'urgence. Or, l'hôpital est à court de sang en ce moment. Cet homme a une famille, mais personne ne veut lui donner son sang. Ça me met hors de moi.

— Où est sa famille ? demanda Kat.

— Dans la salle d'attente, répondit Dundas.

— Ça ne vous ennuie pas que j'aille leur parler ? demanda Kat.

— Ça ne servira à rien. J'ai déjà essayé. Ils ne veulent rien savoir.

Quand les visites furent terminées, Kat se rendit dans la salle d'attente. La femme et les enfants de Lévy étaient là. Les garçons portaient la kippa et les rouflaquettes rituelles.

Kat s'adressa à la femme.

— Mrs. Lévy ?

Elle se leva.

— Comment va mon mari ? Est-ce que le docteur va l'opérer ?

— Oui, dit Kat.

— Parfait, mais pas question de donner notre sang, je vous préviens. C'est bien trop dangereux aujourd'hui, avec le sida et toutes ces maladies.

— Mrs. Lévy, on n'attrape pas le sida en donnant son sang. C'est imposs...

— Ne me racontez pas d'histoires. Je lis les journaux. Je sais de quoi je parle.

Kat l'observa un moment.

— J'en suis persuadée. De toute façon, ça n'a plus aucune importance, Mrs. Lévy. L'hôpital est à court de sang, mais nous avons résolu le problème.

— Tant mieux.

— Nous allons donner du sang de cochon à votre mari.

Mère et fils regardèrent Kat bouche bée.

— Quoi ?

— Du sang de cochon, répéta Kat d'un ton guilleret. Ça ne lui fera pas de mal, à défaut de lui faire du bien !

Elle fit mine de partir.

— Attendez ! cria Mrs. Lévy.

Kat s'arrêta.

— Oui ?

— Je... euh... un instant, s'il vous plaît.

— Mais certainement.

Un quart d'heure plus tard, Kat alla trouver Dundas.

— Ne vous en faites plus pour Mr. Lévy. La mère et les fils ne demandent qu'à donner leur sang.

L'histoire fit le tour de tout l'hôpital. Les médecins et infirmières qui ignoraient Kat jusqu'à présent mirent un point d'honneur à bavarder avec elle.

Quelques jours plus tard, Kat entra dans la chambre de Tom Leonard, un malade qui souffrait d'un ulcère. Il était en train d'engloutir un déjeuner gargantuesque qu'il venait de se faire livrer.

— Qu'est-ce que vous faites ? s'empressa d'intervenir Kat.

Il leva les yeux et sourit.

— Je fais un repas digne de ce nom, pour changer. Vous en voulez ? Il y en a largement assez pour deux.

Kat appela une infirmière.

— Oui, docteur ?

— Faites-moi disparaître immédiatement cette nourriture ! Mr. Leonard doit suivre un régime draconien. Vous n'avez pas lu sa fiche ?

— Si, mais il a insisté pour...

— Enlevez-moi tout ça, je vous prie.

— Hé, une minute, protesta Leonard. Cette bouillie qu'on me donne à l'hôpital est immangeable.

— Vous la mangerez si vous voulez guérir de votre ulcère.

Kat se tourna vers l'infirmière.

— Allez, emportez tout ça !

Une demi-heure après, Kat fut convoquée dans le bureau de l'administrateur.

— Vous m'avez demandée, docteur Wallace ?

— Oui. Asseyez-vous. Tom Leonard est un de vos malades, n'est-ce pas ?

— C'est exact. Je l'ai trouvé aujourd'hui en train de manger un sandwich au pastrami et aux cornichons, une salade de pommes de terre épicée, et...

— Et vous le lui avez enlevé.

— Bien sûr.

Wallace prit un air pénétré.

— Docteur, vous ignorez peut-être que Tom Leonard fait partie du conseil d'administration de l'hôpital ? Nous tenons à le contenter... vous voyez ce que je veux dire ?

Kat le regarda et répondit d'un air têtu :

— Pas vraiment.

— Je vous demande pardon ? dit Wallace en fronçant les sourcils.

— Il me semble que le meilleur moyen de contenter Tom Leonard, c'est de lui rendre la santé. Il ne guérira pas s'il maltraite ainsi son estomac.

— Pourquoi ne pas le laisser lui-même prendre cette décision ?

Kat se leva.

— Parce que je suis son médecin. Ceci étant posé, vous aviez autre chose à me dire ?

— Je... euh... Non. C'est tout.

Kat sortit du bureau.

Benjamin Wallace resta assis, abasourdi. *Ah ! les femmes !...*

On appela Kat durant une nuit de garde :

— Docteur Hunter, il me semble que vous devriez venir à la 320.

— J'arrive.

La malade qui occupait la chambre 320 s'appelait Mrs. Molloy. C'était une femme de quatre-vingts ans qui avait un cancer incurable. Comme Kat approchait de la chambre, elle entendit le son d'une querelle. Elle entra.

Mrs. Molloy était dans son lit, engourdie par un puissant sédatif, mais réveillée. Son fils et ses deux filles étaient avec elle. Le fils parlait.

— Je vous dis que nous allons partager l'héritage en trois.

— Non, répliqua l'une des filles. C'est Laurie et moi qui nous sommes occupées de maman. Qui a fait la cuisine ? Qui a fait le ménage ? C'est nous ! Nous méritons bien cet argent et...

— Je suis sa chair et son sang, autant que vous ! hurla l'homme.

Mrs. Molloy gisait dans son lit, impuissante, entendant toute la conversation.

Kat était furieuse.

— Excusez-moi !

L'une des femmes la toisa.

— Revenez plus tard, mademoiselle. Vous voyez que nous sommes occupés.

— Cette femme est ma malade, rétorqua Kat. Je vous donne dix secondes pour sortir de cette pièce. Vous pouvez aller discuter dans la salle d'attente. Sortez d'ici sur-le-champ, ou j'appelle les vigiles pour vous jeter dehors.

L'homme voulut dire quelque chose, mais l'air mauvais de Kat l'arrêta.

— Allons parler dehors, dit-il à ses sœurs en haussant les épaules.

Kat les regarda sortir de la pièce, puis se tourna vers Mrs. Molloy allongée dans son lit.

— Ils ne pensaient pas un mot de ce qu'ils disaient, lui dit-elle doucement.

Elle s'assit au bord du lit, prit la main de la vieille dame et la regarda s'enfoncer dans le sommeil.

Nous allons tous mourir, voulait-elle lui dire. *La seule vraie manière de mourir, c'est de s'enfoncer doucement dans cette bienheureuse nuit.*

Kat était en train de soigner un malade quand un aide-soignant vint la chercher dans la salle commune.

— On vous appelle d'urgence au téléphone, docteur.

Kat fronça les sourcils.

— Merci.

Elle se tourna vers le malade qui avait tout le corps plâtré, et les jambes suspendues à une poulie.

— Je reviens tout de suite.

Kat prit le téléphone posé sur le bureau du poste des infirmières.

— Allô !

— Salut, petite sœur.

— Mike !

Elle était toute joyeuse de l'entendre, mais immédiatement sa joie céda le pas à l'inquiétude.

— Mike, je t'ai dit de ne jamais m'appeler ici. Tu as le numéro de l'appartement pour...

— Je suis désolé. Mais ça ne pouvait pas attendre. J'ai un petit problème.

Kat savait ce qui allait suivre.

— J'ai emprunté de l'argent à un type pour investir dans une affaire et...

— Et ça s'est cassé la figure, poursuivit Kat sans même chercher à connaître la nature de l'affaire en question.

— Ouais. Et maintenant il veut que je le rembourse.

— Combien, Mike ?

— Eh bien... si tu pouvais m'envoyer cinq mille...

— Quoi !

Intriguée, l'infirmière de garde tendit l'oreille.

Cinq mille dollars...

— Je ne les ai pas, répondit Kat en baissant la voix. Je... je peux t'envoyer la moitié maintenant et le reste dans quelques semaines. Ça ira ?

— On fera aller. J'ai horreur de t'embêter, petite sœur, mais tu sais ce que c'est.

Kat ne le savait que trop bien. Son frère avait vingt-deux ans et se trouvait toujours mêlé à des affaires louches. Il faisait partie d'une bande de voyous, et Dieu seul savait ce qu'ils trafiquaient. Mais Kat se sentait coupable. *Tout ça est ma faute,* pensait-elle. *Si je ne l'avais pas abandonné en m'enfuyant de la maison...*

— Je ne veux pas que tu aies d'ennuis, Mike. Je t'aime.

— Moi aussi, je t'aime, Kat.

Il faut que je trouve cet argent, se dit Kat. *Mike est tout ce que j'ai au monde.*

Le Dr Isler était ravi de garder Honey Taft dans son équipe. Il lui avait pardonné ses réponses ineptes et, en réalité, il était plutôt flatté de lui inspirer une telle crainte. Mais depuis lors, chaque fois qu'elle faisait les visites avec lui, elle restait en retrait et ne se portait jamais volontaire pour répondre à ses questions.

Une demi-heure après la tournée des malades, le Dr Isler rendit visite à Benjamin Wallace.

— Qu'y a-t-il ? demanda l'administrateur.

— C'est au sujet du Dr Taft.

Wallace le regarda, sincèrement étonné.

— Taft ? Elle a les meilleures recommandations que j'aie jamais vues.

— C'est bien ce qui m'ennuie, répondit Isler. Des internes m'ont rapporté qu'elle fait de mauvais diagnostics et des erreurs graves. J'aimerais bien savoir ce qui se passe.

— Je ne comprends pas. Elle vient d'une excellente école de médecine.

— Peut-être devriez-vous appeler le directeur de cet établissement, suggéra Isler.

— C'est Jim Pearson. C'est un brave homme, je le connais. Je vais l'appeler.

Quelques minutes plus tard, Wallace avait Jim Pearson au téléphone. Après avoir échangé quelques plaisanteries, Wallace aborda le fond du problème :

— Je vous appelle au sujet de Betty Lou Taft.

Il y eut un instant de silence.

— Oui ?

— Elle nous pose quelques problèmes, Jim. Elle a été reçue ici à cause de vos chaudes recommandations.

— C'est vrai.

— D'ailleurs j'ai votre rapport sous les yeux. Vous dites que c'est l'une des plus brillantes élèves que vous ayez jamais eues.

— C'est exact.

— Et qu'elle fera honneur à la profession.

— Oui.

— Vous n'aviez aucun doute quant à ses...

— Aucun, répondit fermement Pearson. Absolument aucun. Elle est probablement un peu nerveuse. Elle est très émotive, mais si vous lui donnez une petite chance, je suis sûr qu'elle sera très bien.

— Parfait. Nous allons lui donner une autre chance, dans ce cas. Merci du renseignement.

— Mais de rien.

Jim Pearson resta là, se méprisant pour ce qu'il venait de faire.

Mais je dois avant tout préserver ma femme et mes enfants.

VIII

Honey Taft était née, pour son malheur, dans une famille de gagneurs. Son père, outre le fait d'avoir un charme irrésistible, était le fondateur et le président-directeur général d'une grande société de Memphis ; sa mère, qui rivalisait de charme avec son mari, était une brillante généticienne, et les sœurs aînées d'Honey étaient aussi belles et parfaites que leurs ambitieux géniteurs. Les Taft était l'une des familles les plus influentes de Memphis.

Honey était née par accident, alors que ses sœurs jumelles avaient six ans.

— Honey est notre petite erreur, avouait sa mère à ses amies. Je voulais me faire avorter, mais Fred s'y est opposé. Maintenant, il s'en mord les doigts !

A l'inverse de ses sœurs si brillantes, Honey restait en tout dans une déprimante moyenne. Les jumelles avaient parlé à neuf mois, Honey n'articula son premier mot qu'à près de deux ans.

— Honey est l'idiote de la famille, lançait son père en riant. C'est le vilain petit canard des Taft. Et je doute qu'elle ne se transforme un jour en cygne.

Honey n'était ni belle ni laide. Elle était ordinaire, avec un visage hâve, des cheveux d'un blond sale, et une silhouette sans attrait particulier. Ce qui était remarquable chez Honey, c'était sa gentillesse — une indéfectible gentillesse. Autant dire que ce trait de caractère n'était pas particulièrement apprécié chez la famille de battants qu'étaient les Taft.

Depuis sa plus tendre enfance, Honey ne cherchait qu'à faire plaisir à ses sœurs et à ses parents pour s'attirer leur affection. Peine perdue. Ses parents se souciaient uniquement de leur carrière et ses grandes sœurs ne s'intéressaient qu'aux concours de beauté et à leurs études. Et pour comble d'infortune, Honey était d'une timidité rare. Sciemment ou non, sa famille avait planté en elle l'idée qu'elle leur était inférieure.

Aux bals du lycée, Honey faisait toujours tapisserie. Personne ne l'accompagnait, personne ne l'invitait à danser. Elle souriait et tentait de faire bonne figure pour cacher sa détresse, de crainte d'essuyer les moqueries de ses camarades. Elle voyait ses sœurs partir avec les plus beaux garçons de l'école et remontait toute seule dans sa chambre, pour faire laborieusement ses devoirs, en contenant ses larmes.

Les week-ends, et pendant les vacances d'été, Honey gagnait de l'argent de poche en faisant du baby-sitting. Elle adorait s'occuper d'enfants, et les enfants étaient fous d'elle.

Pendant ses temps libres, elle partait se promener à Memphis. Elle visitait Graceland, la maison où Elvis Presley avait vécu, et descendait Beale Street, la rue où le blues était né. Elle arpentait le Pink Palace Museum et le Planetarium, avec ses dinosaures rugissants. Elle allait au grand aquarium de la ville.

Et Honey était toujours seule.

Elle ne pouvait savoir que sa vie était sur le point de basculer.

Bon nombre de ses camarades de classe avaient des histoires amoureuses. Elles en parlaient tout le temps.

— Tu as déjà couché avec Ricky ? C'est le meilleur au lit !...
— Joe te fait vraiment prendre ton pied...
— Je suis sortie avec Tony, hier soir. Je suis épuisée. Quelle bête de sexe ! Je le revois ce soir...

Honey les écoutait parler, pleine d'envie et de regret, avec l'impression au fond d'elle qu'elle ne connaîtrait jamais ça. *Qui pourrait bien vouloir de moi ?*

Un vendredi soir, il y avait bal au lycée. Honey comptait ne pas s'y rendre.

— Tu sais que je me fais du souci pour toi, lui annonça son père. Tes sœurs m'ont dit que tu fais tapisserie, et que tu ne veux pas aller au bal parce que personne ne veut t'y emmener.

Honey se mit à rougir.

— C'est faux, lança-t-elle. J'y vais et j'ai quelqu'un pour m'emmener !

Pourvu qu'il ne me demande pas qui c'est, pria-t-elle.

Par chance, il ne posa aucune question.

Honey se retrouva donc au bal, assise dans un coin, en train de regarder les autres danser et prendre du bon temps.

Et c'est alors que le miracle se produisit.

Roger Merton, le capitaine de l'équipe de football et le garçon le plus prisé de l'école, était en train de se disputer avec sa petite amie sur la piste de danse. Il était visiblement ivre.

— Tu n'es qu'un ignoble individu ! lançait-elle.

— Et toi, une salope !

— Va te faire foutre.

— Ne me le dis pas deux fois, Sally. Je peux trouver qui je veux. Juste en claquant des doigts.

— Vas-y donc ! cria-t-elle de fureur en quittant la piste.

Honey avait tout entendu. Merton l'aperçut.

— Pourquoi est-ce que tu me regardes comme ça ? tenta-t-il d'articuler.

— Pour rien, répondit Honey.

— Je vais lui montrer à cette salope ! Tu crois peut-être que je vais me dégonfler ?

— Non... non.

— Elle va le regretter, crois-moi. Allez, viens boire un coup.

Honey hésita. Merton était déjà bien saoul.

— Eh bien, c'est que...
— Allez, c'est dit ! Viens, j'ai une bouteille dans ma voiture.
— Franchement, je ne crois pas que...

Mais il avait déjà saisi le bras d'Honey et l'entraînait dehors. Elle se laissa faire de peur de provoquer un scandale devant tout le monde.

Une fois sur le parking, Honey tenta de se dégager.

— Ecoute, Roger, je ne pense pas que ce soit une bonne idée. Je...
— T'es une poule mouillée ou quoi ?
— Non, mais je...
— Alors viens.

Il l'entraîna jusqu'à sa voiture et ouvrit la portière. Honey eut un moment d'hésitation.

— Monte donc !
— Rien qu'une minute, le prévint-elle.

Elle monta dans la voiture parce qu'elle ne voulait pas mettre Roger en colère. Il s'installa à côté d'elle.

— On va lui montrer, à cette conne, hein ?

Il sortit une bouteille de bourbon.

— Tiens, bois un coup.

Honey avait bu une fois de l'alcool et elle avait détesté ça. Mais elle ne voulait pas contrarier Roger. Elle le regarda et avala une petite gorgée.

— T'es une chouette fille, annonça-t-il. T'es nouvelle, hein ?

Honey suivait pourtant trois cours dans la même classe que lui...

— Non, répondit-elle, je...

Roger se pencha sur elle et se mit à lui caresser les seins.

Honey sursauta et le repoussa.

— Hé, tout doux. Tu ne veux pas me faire plaisir ? demanda-t-il.

Ce fut la formule magique. Honey ne demandait qu'à faire plaisir et s'il fallait en passer par là, alors...

C'est donc sur la banquette arrière de la voiture de Merton qu'Honey eut sa première relation sexuelle. Et cette expérience lui ouvrit des horizons insoupçonnés. Elle n'avait pas particulièrement apprécié la chose, mais quelle importance au fond ? Ce qui comptait, c'est que Merton avait apprécié — à un point, en fait, qui dépassait tout entendement... Il semblait être tombé en pleine extase. Honey n'avait jamais vu personne montrer autant de plaisir. *Voilà donc comment on peut rendre un homme heureux*, songea Honey.

Cela allait devenir une profession de foi.

Honey ne pouvait chasser de ses pensées le miracle qui venait de se produire. Elle était étendue sur son lit, se souvenant du membre dressé de Merton qui allait et venait en elle, de plus en plus vite, puis de ses gémissements, *Oh oui, oui... tu es fantastique, Sally...*

Et Honey ne s'était pas même formalisée pour cette inversion de prénoms. Elle avait fait plaisir au capitaine de l'équipe de foot ! Au garçon le plus convoité du lycée ! *Je ne sais même pas ce que j'ai fait exactement*, songea Honey. *Il faut que j'apprenne...*

Et ce fut la seconde profession de foi d'Honey.

Le lendemain matin, Honey se rendit au Pleasure Chest, une boutique porno sur la rue Poplar, et y acheta une dizaine de livres sur l'érotisme. Elle les rapporta discrètement à la maison pour les lire au secret de sa chambre. Et ce fut la révélation.

Elle parcourut à toute allure les pages du *Jardin aux mille senteurs*, des *Kama-sutra*, de l'art tibétain de l'amour, des *Voies de l'extase*, et repartit acheter d'autres manuels. Elle lut les écrits de Gedun Chopel et les confessions secrètes de Kanchinatha.

Elle étudia dans le détail les clichés des trente-sept positions et découvrit ce que signifiait la Demi-Lune, le Cercle, la Fleur de Lotus, le Nuage Brisé, et les diverses formes de baisers.

Honey était une spécialiste des huit types de caresses buccales, des seize plaisirs et de leurs voies mystérieuses, et de l'extase du Collier de Perles. Elle savait aider un homme à atteindre le *karuna*, pour intensifier son plaisir. En théorie, du moins.

Honey était maintenant prête à mettre son savoir en pratique.

Les *Kama-sutra* consacraient sept chapitres aux produits aphrodisiaques. Puisque Honey ne savait où se procurer de l'*Hedysarum Gangeticum*, du *Kshirika*, ou du *Xanthochymus Pictorius*, elle dut inventer quelques substituts.

Lorsque Honey vit Roger Merton en classe la semaine suivante, elle s'approcha de lui et lui annonça :

— C'était vraiment bien l'autre soir. On recommencera ?

Il lui fallut un moment pour reconnaître Honey.

— Oh ! Bien sûr. Pourquoi pas ? Mes vieux ne sont pas là ce soir. Tu pourrais passer vers huit heures.

Lorsque Honey arriva chez les Merton ce soir-là, elle avait apporté avec elle un petit pot de sirop d'érable.

— Qu'est-ce que tu fais avec ça ? demanda Merton.

— Je vais te montrer, répondit Honey.

Ce qui fut dit, fut fait.

Le lendemain, Merton était intarissable à propos d'Honey.

— Elle est incroyable, racontait-il à ses copains. Vous ne pouvez pas savoir ce qu'elle peut faire avec du sirop d'érable tiède !

L'après-midi même, une dizaine de garçons prenaient rendez-vous avec Honey. A partir de ce jour, elle était de sortie tous les soirs. Les garçons étaient contents, et Honey aussi.

Ses parents étaient ravis de voir la soudaine popularité de leur fille.

— Il lui a fallu un peu de temps pour sortir de sa chrysalide, annonçait fièrement son père, mais maintenant c'est une véritable Taft !

Honey avait toujours de mauvaises notes en mathématiques, et la dernière interrogation écrite avait été une catastrophe. Son professeur, Mr. Janson, était célibataire et habitait à côté de l'école. Honey lui rendit visite un soir. Il ouvrit la porte et la regarda d'un air étonné.

— Honey ! Qu'est-ce que tu fais là ?

— J'ai besoin d'aide, répondit Honey. Mon père va me tuer

si je rate l'examen. J'ai apporté avec moi quelques problèmes de maths, et je me demandais si vous pouviez m'aider à les résoudre...

Il hésita un instant.

— C'est peu orthodoxe, mais pourquoi pas...

Mr. Janson aimait bien Honey. Elle était différente des autres filles de la classe. Elles étaient inattentives et dissipées, alors qu'Honey se montrait sensible et attentionnée, toujours prête à faire plaisir. Il regrettait simplement qu'elle n'eût pas la moindre aptitude en mathématiques.

Mr. Janson s'assit à côté d'elle sur le canapé et commença à lui expliquer les arcanes des logarithmes.

Honey n'avait cure des logarithmes. Elle se rapprocha insensiblement de Mr. Janson. Sa bouche frôla son cou, ses oreilles, et avant qu'il eût le temps de comprendre ce qui se passait, elle lui ouvrit sa braguette.

Il la regarda, éberlué.

— Mais qu'est-ce que tu fais ?

— J'ai eu envie de vous la première fois que je vous ai vu, souffla Honey.

Elle ouvrit son sac à main et sortit une bombe de crème Chantilly.

— Qu'est-ce que c'est que ça ?

— Je vais vous montrer...

Et Honey eut un A à son devoir de maths.

Ce n'était pas seulement les accessoires qui faisaient le succès d'Honey. C'était également sa science poussée de l'érotisme qu'elle avait glanée çà et là dans de vieux grimoires. Elle ravissait ses partenaires avec des techniques oubliées, vieilles de mille ans, qui dépassaient tout entendement. Avec elle, le mot « extase » prenait une nouvelle signification.

Les notes d'Honey grimpèrent en flèche, et elle se retrouva encore plus populaire que ne l'étaient ses sœurs à son âge. Honey dînait au Private Eye, et au Bombay Bicycle Club, on l'invitait au Ice Capades sur la grande avenue de Memphis. Les garçons l'emmenaient faire du ski dans les montagnes de Cedar Cliff et du ski nautique à Landis Airport.

A l'université, la popularité d'Honey ne fit que s'accroître.

— Tu vas bientôt passer tes examens, lui annonça un soir son père, au dîner. Il est temps de penser à ton avenir. Tu sais ce que tu veux faire plus tard ?

— Je veux être infirmière, répondit-elle sans hésitation.

Le visage de son père s'empourpra de colère.

— Tu veux dire « docteur », sans doute ?

— Non, papa, je...

— Tu es une Taft, ma fille. Si tu veux faire de la médecine, tu seras médecin. C'est clair ?

— Oui, papa.

Honey était sérieuse lorsqu'elle avait annoncé à son père son désir d'être infirmière. Elle adorait s'occuper des gens, les aider, les nourrir. Elle était terrifiée à l'idée de devenir médecin, d'être responsable de la vie d'autrui. Mais elle n'avait pas le droit de décevoir son père. *Tu es une Taft, ma fille !*

Les notes d'Honey ne lui permettaient pas d'intégrer une école de médecine, mais c'était sans compter avec les relations du père. Il était membre bienfaiteur de la faculté de Knoxville. Il eut un entretien avec Jim Pearson, son directeur.

— C'est une grande faveur que vous me demandez, dit Pearson. Voilà ce que je vous propose. Je vais prendre Honey à l'essai. Si au bout de six mois nous considérons qu'elle n'a pas le niveau, nous serons dans l'obligation de lui demander de quitter l'école.

— Ça me va. Vous allez voir, elle va vous surprendre.

Il ne croyait pas si bien dire.

Le père d'Honey s'était arrangé pour qu'elle loge à Knoxville, chez son cousin le révérend Douglas Lipton.

Douglas Lipton était le pasteur de l'église baptiste. Il avait soixante ans, et était marié à une femme de dix ans son aînée.

Le pasteur se faisait une joie de recevoir Honey.

— C'est une bouffée d'air frais dans cette maison, disait-il à sa femme.

Jamais il n'avait vu quelqu'un aussi empressé à faire plaisir.

Honey ne s'en sortait pas trop mal à l'école de médecine, mais elle manquait de motivation. Elle suivait les cours dans le seul but d'être agréable à son père.

Les professeurs d'Honey l'aimaient bien. Il y avait une authentique gentillesse chez elle qui leur donnait envie de la voir réussir.

Curieusement, elle était médiocre en anatomie. Au bout de la huitième semaine, son professeur en cette matière la convoqua.

— J'ai bien peur que nous devions nous séparer de vous, lui dit-il à regret.

Je ne peux pas échouer, songea Honey. *Il faut que je réussisse pour mon père. Que conseillent les* Kama-sutra *en pareilles circonstances ?*

Honey se rapprocha de son professeur.

— Je suis venue ici pour vous. J'avais tellement entendu parler de vous.

Elle se rapprocha encore.

— Vous êtes mon modèle...

Toujours plus près...

— Devenir médecin est toute ma vie...

Plus près...

— Je vous en prie, aidez-moi...

Une heure plus tard, lorsque Honey ressortit du bureau, elle avait en poche les réponses du prochain examen.

Avant même la fin de ses études de médecine, Honey avait séduit plusieurs professeurs. Il y avait quelque chose de touchant chez elle auquel aucun homme ne pouvait résister. Tous avaient l'impression que c'était elle qui tombait sous leur charme, et ils se sentaient coupables d'abuser ainsi de l'innocence d'une jeune fille.

Le Dr Jim Pearson fut le dernier à succomber. Il était intrigué par tout ce qu'on racontait sur elle. On disait qu'elle avait au lit des talents cachés. Il convoqua un jour Honey pour parler de ses notes. Elle apporta avec elle une boîte de sucre en poudre, et avant la fin de l'après-midi, le Dr Pearson était pris au piège, comme les autres. Honey lui donnait une nouvelle jeunesse, réveillait ses sens. Il avait l'impression d'être un roi antique qui avait fait de cette jeune fille son esclave.

Il évitait de penser à sa femme et à ses enfants.

Honey adorait le révérend Douglas Lipton. Elle était agacée d'entendre sa femme passer son temps à le critiquer alors qu'elle était frigide et incapable de lui donner du plaisir. Honey était triste pour le pasteur. *Il ne mérite pas ça*, se disait-elle. *Il a besoin de réconfort.*

Une nuit, alors que Mrs. Lipton était partie rendre visite à sa sœur, Honey entra dans la chambre du pasteur. Elle était nue.

— Douglas...

L'homme ouvrit les yeux.

— Honey ? Qu'est-ce qu'il y a ? Tu es malade ?

— Non, répondit-elle. Je peux vous parler ?

— Bien sûr, dit-il en tendant la main pour allumer la lampe.

— Non, n'allumez pas la lumière, lança-t-elle en se glissant dans son lit.

— Qu'est-ce qui se passe ? Tu ne te sens pas bien ?

— Je me fais du souci.

— A quel sujet ?

— Je me fais du souci pour vous. Vous méritez d'être aimé. Je veux vous faire l'amour.

Cette fois, il était tout à fait réveillé.

— Seigneur ! lança-t-il. Mais tu n'es qu'une enfant. Ce n'est pas sérieux.

— Si, ça l'est. Votre femme ne vous donne pas le moindre amour...

— Honey, c'est impossible ! Tu ferais mieux de rentrer dans ta chambre et de...

Il sentait son corps nu pressé contre le sien.

— Honey, nous ne pouvons faire une chose pareille. Je suis...

La bouche d'Honey se referma sur la sienne, son corps roula sur le sien et le pasteur fut emporté par ses sens. Elle passa la nuit dans son lit.

A six heures du matin, la porte de la chambre s'ouvrit. Mrs. Lipton resta un moment figée sur place, le regard rivé sur leurs corps enlacés, puis elle ressortit sans un mot.

Deux heures plus tard, le révérend Douglas Lipton se donnait la mort dans son garage.

Lorsque Honey apprit la nouvelle, elle fut effondrée de chagrin, incapable d'accepter la réalité.

Le shérif eut un entretien avec Mrs. Lipton, puis il partit trouver Honey :

— Par égard pour sa famille, nous dirons que le révérend Douglas Lipton s'est suicidé pour des raisons inconnues, mais vous avez intérêt à quitter la ville au plus vite, et à ne jamais y remettre les pieds...

Honey fut nommée à l'Embarcadero County Hospital de San Francisco.

Avec les plus chaudes recommandations du Dr Jim Pearson.

IX

Paige avait perdu toute notion du temps. Il n'y avait ni début ni fin ; les jours et les nuits se suivaient dans un flot monotone. L'hôpital était devenu son seul univers. Le monde extérieur n'existait plus, comme s'il appartenait désormais à une autre galaxie.

Noël arriva, une nouvelle année commença. Au-dehors, les troupes américaines libéraient le Koweït de l'emprise de l'Iraq.

Pas un mot d'Alfred. *Il va tôt ou tard s'apercevoir qu'il a fait une erreur*, se disait Paige. *Il va me revenir.*

Les coups de fil anonymes en pleine nuit avaient cessé aussi brusquement qu'ils avaient commencé. Paige se sentait soulagée ; aucune nouvelle menace ou incident mystérieux n'était survenu. Elle avait l'impression que ce n'était qu'un mauvais rêve — un mauvais rêve, toutefois, qui avait bel et bien été réel.

La vie continuait sur le même rythme frénétique. Il n'y avait pas le temps de faire connaissance avec les patients. Ils n'étaient que vésicules biliaires, foies éclatés, fémurs fracturés, vertèbres brisées.

L'hôpital était une jungle remplie de démons mécaniques — des poumons artificiels, des écrans de contrôle, des canons à rayon X, des scanners de toutes sortes. Et chaque machine émettait un son qui lui était propre. Il y avait des sifflements, des bourdonnements, les grésillements du haut-parleur, le tout mêlé dans une cacophonie assourdissante.

La deuxième année marquait une étape dans la vie des jeunes internes. Les anciens se voyaient affublés de responsabilités encore plus grandes et regardaient les nouveaux venus arriver, avec un mélange de mépris et d'arrogance.
— Les pauvres diables, lança Kat à Paige. Ils ne savent pas ce qui les attend.
— Ils ne vont pas tarder à le découvrir.

Paige et Honey commençaient à se faire du souci pour Kat. Elle perdait du poids, et semblait très déprimée. Au beau milieu d'une conversation, le regard de Kat se perdait soudain dans le vide, comme si elle était hantée par de sombres pensées. De temps en temps, elle recevait de mystérieux appels téléphoniques, et après chacun d'eux, elle semblait complètement abattue.
Paige et Honey voulurent en parler avec elle.
— Tout va bien ? demanda Paige. Tu sais que l'on t'aime. Et si tu as le moindre problème, nous sommes là pour t'aider.
— Merci. C'est gentil, mais vous ne pouvez rien faire pour moi. Il s'agit d'un problème d'argent.
Honey la regarda étonnée.
— Comment peux-tu avoir des problèmes d'argent ? Nous n'allons jamais nulle part, nous n'avons pas le moindre temps libre pour faire du shopping, nous...
— Ce n'est pas pour moi. C'est pour mon petit frère.
Paige et Honey ignoraient que Kat avait un frère.
— Il vit à San Francisco ? demanda Honey.
Kat hésita avant de répondre.
— Non. Il est toujours dans l'Est. A Detroit. Il faudrait que je vous le présente, un jour.
— Ce serait bien. Qu'est-ce qu'il fait ?

— Il fait des affaires, répondit Kat évasivement. Il est dans une mauvaise passe, en ce moment, mais Mike saura bien redresser la barre. Comme d'habitude.
Pourvu que je dise vrai, songea Kat.

Harry Bowman était une nouvelle recrue. C'était un homme toujours gai et de bonne humeur, prêt à tout instant à rendre service.
— Je fais une petite fête demain soir, annonça-t-il un jour à Paige. Je serais ravi de te compter parmi nous, avec le Dr Hunter et le Dr Taft. Ce sera très sympa, tu verras.
— Avec joie, répondit Paige. Qu'est-ce qu'on apporte ?
Bowman éclata de rire.
— Rien du tout.
— Vraiment ? Une bouteille de vin peut-être, ou...
— Pas question ! Ça se passe dans mon petit appartement et c'est moi qui invite.
Le petit appartement de Bowman se révéla être un somptueux logement de dix pièces, meublé de mobilier ancien.
Les trois femmes écarquillèrent les yeux d'étonnement.
— Mon Dieu ! lança Kat. Où est-ce que tu as trouvé tout ça ?
— J'ai eu l'intelligence d'avoir un père doué pour les affaires, répondit Bowman. Il m'a tout légué à sa mort.
— Et tu travailles quand même à l'hôpital ? s'enquit Kat, incrédule.
Bowman esquissa un sourire.
— J'aime mon métier.
Le buffet était constitué de caviar Beluga, de terrines, de saumon fumé écossais, d'huîtres, de crabes farcis, de crudités avec une sauce à l'échalote, et de champagne à volonté.
Bowman avait dit vrai. Elles passèrent une très bonne soirée.
— On ne sait comment te remercier, annonça Paige au moment de s'en aller.
— Vous êtes libres samedi ? demanda-t-il aux trois jeunes femmes.
— Oui, répondit Paige.

— J'ai un petit bateau à moteur. Ça vous dirait de faire une balade ?
— Avec joie.

A quatre heures du matin, le téléphone sonna dans la salle de garde, tirant Kat d'un profond sommeil.
— Docteur Hunter. Salle d'urgence n° 3... Salle n° 3...
Kat se leva, luttant contre la fatigue. Elle se frotta les yeux et prit l'ascenseur pour descendre aux urgences.
Une aide-soignante l'attendait à la porte.
— Il est sur le brancard dans le coin là-bas. Il souffre beaucoup.
Kat se dirigea vers lui.
— Je suis le docteur Hunter, dit-elle d'une voix ensommeillée.
— Bon Dieu, toubib. Il faut m'arranger ça, gémit-il. J'ai mal au dos à en crever.
Kat étouffa un bâillement.
— Depuis combien de temps souffrez-vous ?
— Depuis deux semaines, environ.
Kat le regarda, surprise.
— Deux semaines ? Pourquoi n'êtes-vous pas venu plus tôt ?
Il tenta de bouger, et grimaça de douleur.
— Pour dire la vérité, je n'aime pas les hôpitaux.
— Pourquoi venir aujourd'hui, dans ce cas ?
Son visage s'éclaira :
— Il va y avoir un grand tournoi de golf, et si vous ne me remettez pas sur pied, je ne pourrai pas y participer.
Kat prit une profonde inspiration.
— Un tournoi de golf ?
— Ouais.
Elle tenta de garder son calme.
— Vous voulez un conseil ? Rentrez chez vous. Prenez deux aspirines et appelez-moi demain matin si ça ne va pas mieux.
Elle fit demi-tour et quitta la salle, le laissant bouche bée.

Le petit bateau à moteur d'Harry Bowman était en fait un yacht de quinze mètres.

— Bienvenue à bord ! lança-t-il en accueillant les trois femmes.

Honey regarda le bateau avec admiration.

— Il est superbe, annonça Paige.

Ils naviguèrent dans la baie pendant trois heures, profitant de cette belle journée ensoleillée. Cela faisait des semaines qu'elles n'avaient pas eu l'occasion de se détendre.

Ils jetèrent l'ancre au large de l'île Angel.

— Voilà la vraie vie ! lança Kat pendant le délicieux déjeuner que leur avait réservé Bowman. Je voudrais ne jamais retourner à terre.

— Bonne idée, renchérit Honey.

Ce fut une journée idyllique.

— Je ne sais pas comment te remercier, dit Paige lorsqu'ils rentrèrent au port.

— Tout le plaisir était pour moi, répondit Bowman en lui tapotant le bras. On recommencera. Quand vous voudrez. Vous serez toujours les bienvenues, toutes les trois.

Quel homme charmant, se dit Paige.

Honey aimait travailler à la maternité. C'était une aile de l'hôpital pleine d'espoir et de joie, un hymne continuel à la vie.

Les jeunes mères étaient nerveuses et inquiètes. Les habituées étaient pressées d'en finir.

— Je vais enfin pouvoir apercevoir mes orteils ! lui lança l'une d'elles au moment de s'installer sur la table de travail.

Si Paige avait tenu un journal, elle aurait marqué d'une croix rouge la journée du 15 août. Ce jour-là, elle faisait la connaissance de Jimmy Ford.

Jimmy travaillait comme aide-soignant à l'hôpital. Jamais Paige n'avait connu plus gentil sourire et plus belle joie de vivre. Il était petit et fluet, avec un air adolescent, bien qu'il eût en fait vingt-cinq ans. Chaque fois qu'il traversait un couloir, il laissait dans son sillage une bouffée de gaieté. Rien ne semblait pouvoir atteindre sa bonne humeur.

Il faisait les courses pour tout le monde. Il n'avait aucun sens de la hiérarchie et traitait médecins, infirmières et hommes de service de façon identique.

Jimmy adorait raconter des blagues.

— Tu connais celle du malade plâtré dans son lit ? Le type d'à côté lui demande ce qu'il faisait avant.

» Le type répond : Je lavais les carreaux à l'Empire State Building.

» L'autre lui demande alors : Quand est-ce que vous avez laissé tomber ?

» Arrivé au vingtième étage.

Jimmy lançait alors un grand sourire et s'en allait en courant rendre service à quelqu'un d'autre.

Il adorait Paige.

— Je serai docteur un jour. Comme toi.

Il lui apportait de petits cadeaux — des bonbons, des œufs au chocolat. Une blague accompagnait chaque présent.

— Un type débarque à Houston et demande à un passant le plus court chemin pour aller à l'hôpital.

» En disant quelque chose contre le Texas ! répond l'autre.

Même les blagues les plus mauvaises devenaient drôles avec Jimmy. Il arrivait à l'hôpital à la même heure que Paige. Il la rattrapait à moto et lui lançait :

— Un malade demande à son médecin : Mon opération est risquée ?

» Le chirurgien répond : Non, pour deux cents dollars, faut pas demander la lune !

Et Jimmy disparaissait.

Chaque fois que Kat, Paige et Honey avaient un jour de congé, elles partaient se promener à San Francisco. Elles visitaient les musées, flânaient dans les allées du Japanese Tea Garden. Elles allaient sur le port et prenaient le *cable car*[1]. Elles allaient voir des pièces au Curran Theater, et dînaient au

---

1. Sorte de tramway tracté par un câble, en raison du relief accidenté de la ville. *(N. d. T.)*

restaurant Maharani de la rue Post. Tous les serveurs étaient indiens et, au grand étonnement de Kat et Honey, Paige leur parlait en hindī.

— *Hum Hindustani baht bahut ocho bolta hi.*

À partir de ce moment, on les reçut comme des reines.

— Où as-tu donc appris à parler indien ? demanda Honey.

— C'est de l'hindī, précisa Paige.

» Nous vivions...

Elle marqua un instant d'hésitation puis se reprit :

— J'ai vécu un moment en Inde, répondit-elle simplement.

Cette époque était toujours aussi vivace dans sa mémoire. Elle se revoyait avec Alfred, en train d'admirer le Taj Mahal à Agra. *Le chah Jahan l'a construit pour sa femme. Ça lui a pris vingt ans de sa vie, Alfred.*

Je te construirai un Taj Mahal, Paige. Peu importe le temps que cela me prendra...

Je vous présente Karen Turner. Ma femme.

Elle entendit prononcer son nom. Elle sursauta.

— Paige ?... Ça va ? demanda Kat l'air inquiet.

— Oui. Très bien.

Les horaires impossibles continuèrent. Une autre année passa, et une autre encore, dans le même train-train quotidien. L'hôpital semblait coupé du monde extérieur. Les guerres, les famines et les catastrophes dans de lointains pays semblaient peu de chose comparées au combat pour la vie qu'elles devaient mener vingt-quatre heures sur vingt-quatre.

Lorsque Kat et Paige se croisaient dans un couloir, elles échangeaient un sourire et quelques mots.

— Ça boume ?

— Et toi, tu as pu dormir un peu, ces derniers temps ?

— Dormir ? Je ne sais même plus ce que ça veut dire !

Elles s'éloignaient d'un pas lourd, vers d'autres nuits, d'autres jours, tentant de supporter la pression incessante, avalant un sandwich sur le pouce, un gobelet de café soluble.

Kat souffrait en plus de harcèlement sexuel en tout genre.

Non seulement de la part des médecins, mais également des patients. Tous écopaient de la même réponse. *Aucun homme ne me touchera jamais.*

Et elle y croyait dur comme fer.

Au beau milieu de la matinée, elle reçut un nouveau coup de fil de Mike.

— Salut, petite sœur.

Kat connaissait déjà les raisons de cet appel. Elle lui avait envoyé tout l'argent qu'elle pouvait, mais elle savait que ce ne serait pas assez. Ce n'était jamais assez.

— Je suis désolé de te déranger, Kat. Vraiment. Mais j'ai quelques petits ennuis, dit-il avec une certaine tension dans la voix.

— Mike... tout va bien ?

— Oh, oui. Rien de grave. C'est simplement que je dois de l'argent à quelqu'un qui commence à s'impatienter et je me demandais si...

— Je vais voir ce que je peux faire, répondit Kat avec lassitude.

— Merci, je savais que je pouvais compter sur toi, petite sœur. Je t'aime.

— Je t'aime aussi, Mike.

— Vous savez ce qu'il nous faudrait ? annonça un jour Kat.

— Un mois de sommeil ? répondit Honey à tout hasard.

— Des vacances ! Voilà ce qu'il nous faut. Pouvoir descendre les Champs-Elysées, regarder les vitrines de tous ces magasins de luxe.

— Ça c'est bien vrai et tout en première classe ! ajouta Paige en pouffant de rire. On passerait nos journées à dormir et nos nuits à faire la fête.

Honey éclata de rire :

— C'est une bonne idée.

— Dans un mois ou deux, on aura droit à quelques jours de congé, fit remarquer Paige. On pourrait peut-être partir quelque part toutes les trois ?

— Génial ! lança Kat avec enthousiasme. On pourrait passer, samedi, dans une agence de voyages ?

Elles passèrent le reste de la semaine à parler voyages :

— Je meurs d'envie d'aller à Londres. Avec un peu de chance, on pourrait peut-être croiser la reine.

— Moi, je veux aller à Paris. On dit que c'est la ville la plus romantique du monde.

— Moi, je rêve de faire un tour en gondole à Venise sous le clair de lune.

Nous pourrions aller à Venise pour notre lune de miel, avait dit Alfred. *Ça te plairait, Paige ?*

Oh, oui ! Elle se demandait si Alfred avait emmené Karen à Venise.

Le samedi matin, elles poussèrent la porte de la Corniche Travel Agency sur la rue Powell.

— Quel genre de voyages vous intéresse ? demanda d'un air affable la femme derrière le comptoir.

— Nous aimerions aller en Europe — Londres, Paris, Venise...

— C'est une charmante idée. Nous avons quelques formules économiques qui...

— Non, non, non, lança Paige en adressant un sourire à Honey, nous voulons un voyage en première classe.

— Absolument. Des avions en première classe, renchérit Kat.

— Des hôtels de première classe, ajouta Honey.

— Dans ce cas, je ne saurais trop vous recommander le Ritz à Londres, le Crillon à Paris, le Sipriani à Venise, et...

— Vous n'avez pas quelques brochures à nous donner ? l'interrompit Paige. Nous pourrions les étudier tranquillement et faire notre choix.

— Mais bien entendu, répondit l'hôtesse.

Paige regarda un prospectus.

— Vous organisez des voyages en yacht aussi ?

— C'est exact.

— Génial ! On en louera peut-être un.

— Excellente idée.

L'hôtesse tendit une poignée de dépliants à Paige.

— Dès que vous aurez fait votre choix, prévenez-moi et je me ferai un plaisir de m'occuper de vos réservations.

— A très bientôt, promit Honey en s'en allant.

Lorsqu'elles se retrouvèrent sur le trottoir, Kat éclata de rire.

— Rêver ne fait de mal à personne, n'est-ce pas ?

— Tu verras, la rassura Paige, un jour ou l'autre nous nous offrirons ce voyage.

X

Seymour Wilson, le médecin en chef de l'hôpital était à bout de nerfs. On lui demandait chaque jour l'impossible. Il y avait trop de malades, pas assez de médecins et d'infirmières, et les journées étaient trop courtes. Il avait l'impression d'être le capitaine d'un navire en train de couler, et de courir partout pour tenter de colmater les fuites.

Pour le moment, le problème le plus urgent à régler était le cas d'Honey Taft. Alors que certains médecins semblaient beaucoup l'aimer, des internes et des infirmières dignes de foi ne cessaient de répéter que le Dr Taft était une incapable.

Wilson se résolut à rendre visite à Benjamin Wallace.

— Je veux la renvoyer, lui annonça-t-il. Les internes avec lesquels elle fait les visites me disent qu'elle est totalement incompétente.

Wallace se souvenait d'Honey. C'était celle qui avait les meilleures notes sur son dossier et les plus hautes recommandations.

— Je ne comprends pas, dit-il. Il doit y avoir une erreur.

Il resta pensif durant un moment.

— Voilà ce que je te propose, Seymour. Quel est le médecin le plus chien de toute votre équipe ?

— Ted Allison.

— Très bien. Demain matin, tu envoies Taft faire les visites avec Allison. Demande-lui un rapport. S'il dit que c'est une incapable, je la renverrai.

— Ça me semble honnête, répondit Wilson. Merci, Ben.

A l'heure du déjeuner, Honey annonçait à Paige qu'elle allait faire le lendemain matin les visites avec le Dr Allison.

— Je le connais, dit Paige. Il a une sale réputation.

— C'est ce qu'on m'a dit, répondit Honey, l'air préoccupé.

Au même moment, dans une autre partie de l'hôpital, Seymour Wilson s'entretenait avec Ted Allison. Allison avait vingt-cinq ans de maison derrière lui et avait gardé de son séjour dans la marine un goût certain pour les « coups de pied au cul ».

— Je veux que tu surveilles Taft de près, lui ordonna Wilson. Si elle ne fait pas le poids, elle est renvoyée. Compris ?

— Compris.

Il avait hâte d'y être. Tout comme Seymour Wilson, Allison haïssait les mauvais médecins. De plus, il était profondément convaincu que si les femmes voulaient vraiment faire carrière dans la médecine, elles n'avaient qu'à être infirmières. Cela avait bien réussi à Florence Nightingale !

Le lendemain matin à six heures, les internes se rassemblèrent dans le hall pour commencer les visites. Le groupe était composé du Dr Allison, de son assistant Tom Benson, et de cinq internes, dont Honey Taft.

Allison regarda Honey. *C'est parti, ma cocotte. On va voir ce que tu as dans le ventre.*

— Allons-y ! lança-t-il.

La première malade dans la salle n°1 était une jeune fille. Elle était enveloppée dans de grosses couvertures. Elle dormait.

— Bien, ordonna Allison. Vous allez tous lire sa fiche.

Les internes commencèrent à étudier le dossier de la malade. Allison se tourna vers Honey.

— Cette malade a de la fièvre, des frissons, une grande faiblesse générale, et elle ne s'alimente plus. Elle a de la température, elle tousse et elle fait une congestion pulmonaire. Quel est votre diagnostic, Taft ?

Honey fronça les sourcils et resta silencieuse.

— Alors ?

Honey réfléchit.

— Alors je dirais qu'elle est probablement atteinte de psittacose, la maladie des perroquets.

Allison la regarda d'un air surpris.

— Qu'est-ce... Qu'est-ce qui vous fait dire ça ?

— Elle a tous les symptômes de la psittacose et j'ai lu qu'elle travaille à mi-temps dans une boutique d'animaux. La psittacose est transmise par des perruches ou des perroquets malades.

Allison hocha la tête à contrecœur.

— C'est... C'est très bien. Quel est le traitement à suivre ?

— Prendre de la tétracycline pendant dix jours, rester au lit, et boire beaucoup.

Allison se tourna vers le groupe.

— Vous avez entendu ? Taft a tout à fait raison.

Ils se dirigèrent vers le malade suivant.

— En examinant la fiche, annonça Allison, vous allez constater qu'il a des tumeurs mésothéliales, des épanchements de sang, et qu'il est en état d'épuisement général. Quel est votre diagnostic ?

— On dirait une forme de pneumonie, proposa un interne, plein d'espoir.

— Cela pourrait être un cancer, avança un autre.

Allison se tourna vers Honey.

— Et vous, quel est votre diagnostic ?

Honey parut méditer la question un instant.

— A première vue, je dirais qu'il s'agit d'une pneumoconiose fibrogène, une forme d'asbestose. Sa fiche indique qu'il travaille dans une fabrique de tapis.

Ted Allison ne put cacher son admiration.

— Excellent ! Excellent ! Et savez-vous, par hasard, le traitement à suivre ?

— Pour cette maladie, il n'en existe encore aucun, malheureusement.

Ce n'était que le début. Le plus impressionnant restait encore à venir. Dans les deux heures qui suivirent, Honey diagnostiqua un cas rare du syndrome de Reiter-Fiesser-Leroy, une polycythémie causée par une ostéite déformante, et un cas de malaria.

A la fin des visites, Allison serra la main d'Honey.

— On ne m'impressionne pas facilement, docteur, mais je peux vous annoncer qu'une belle carrière vous attend.

Honey rougit.

— Merci, docteur Allison.

— Je vais en faire part tout de suite à Ben Wallace, dit-il en s'éloignant.

Tom Benson, l'assistant d'Allison, lança un sourire à Honey.

— Je te retrouve dans une demi-heure, ma belle, lui murmura-t-il.

Paige fuyait comme la peste le Dr Kane — 007. Mais à la moindre occasion, Kane demandait que Paige soit son assistante en salle d'opération. De jour en jour, il se montrait plus pressant et grossier.

— Comment ça, vous ne voulez pas sortir avec moi ? Vous êtes maquée avec un autre type ?

Ou alors :

— Je suis peut-être petit, ma belle, mais pas de partout. Vous voyez ce que je veux dire ?

Elle en arrivait à abhorrer l'idée de travailler avec lui. Elle l'avait vu plusieurs fois faire des opérations inutiles et enlever des organes sains.

Un jour, alors qu'ils se dirigeaient vers la salle d'opération, Paige lui demanda :

— On opère quoi, aujourd'hui ?

— Son portefeuille.

Il vit l'expression de Paige.

— Je plaisante, chérie.

Plus tard, Paige laissa libre cours à sa colère :

— Il ferait mieux de travailler dans une boucherie, lança-t-elle à Kat. On devrait lui interdire d'opérer.

Après une opération du foie particulièrement inutile, Kane-007 se tourna vers Paige et secoua la tête.

— Je ne sais pas s'il va s'en sortir. Dommage.

Paige ne pouvait plus contenir sa fureur. Elle décida d'en parler à Tom Chang.

— Il faudrait le dénoncer ! lui dit-elle. C'est un assassin !

— Calme-toi.

— Je ne peux pas ! Il ne faut pas laisser opérer un homme comme lui. C'est criminel. Il devrait être traduit devant l'ordre des médecins.

— Ça servirait à quoi ? Il faudrait que d'autres médecins témoignent contre lui, or aucun ne voudra le faire. C'est une petite communauté, Paige, et nous devons tous y survivre, bon gré, mal gré. Il est presque impossible d'amener un docteur à témoigner contre un de ses collègues. Nous sommes tous à la merci d'un accident, et nous avons trop besoin les uns des autres. Allez, viens. Oublie ça. Je t'invite à déjeuner.

Paige soupira.

— D'accord, acquiesça-t-elle à contrecœur. Mais ce monde est pourri.

Au cours du déjeuner, Paige lui demanda :

— Comment ça va, toi et Sye ?

Il ne répondit pas tout de suite.

— Je... Nous avons des problèmes. Mon travail est en train de détruire notre mariage. Je ne sais plus quoi faire.

— Je suis sûre que ça va s'arranger, dit Paige.

— Il y a intérêt, lança-t-il avec une soudaine hargne.

Paige le regarda, saisie.

— Si elle s'en va, je me tue.

Le matin suivant, 007 devait procéder à une ablation du rein.

— Le Dr Kane a demandé que vous le secondiez au bloc 4, annonça le chef de service à l'arrivée de Paige.

Elle eut soudain la bouche sèche. Elle ne supportait plus l'idée d'être près de lui.

— Vous ne pourriez pas trouver quelqu'un d'autre ?...
— Il vous attend.
— Très bien, soupira Paige.

Lorsque Paige entra dans la salle d'opération, l'intervention avait déjà commencé.

— J'ai besoin d'un petit coup de main, chérie, annonça-t-il.

Le ventre du malade avait été badigeonné de teinture d'iode, et le quart supérieur droit de l'abdomen avait été incisé, juste sous les côtes. *Jusqu'ici tout va bien,* se dit Paige.

— Scalpel !

L'infirmière tendit l'outil tranchant au Dr Kane.

Il leva les yeux.

— Envoyez la musique.

Un instant après, on entendit le son d'un CD.

007 continuait à inciser.

— Mettez quelque chose de plus entraînant.

Il regarda Paige.

— Vous pouvez commencer à cautériser, mon chou.

Mon chou ! Paige serra les dents et prit un électrocoagulateur. Elle commença à cautériser les artères pour réduire le flux de sang dans l'abdomen. L'opération se déroulait normalement. *Dieu merci,* pensa Paige.

— Compresse !

L'infirmière s'exécuta dans la seconde.

— Bien. Aspirez maintenant !

Il dégagea le rein.

— Ah ! Voilà le petit démon, lança fièrement Kane. Aspirez encore !

Il enleva le rein avec un forceps.

— Parfait. Recousons tout ça maintenant !

Cette fois, tout s'était bien passé, et pourtant Paige avait un mauvais pressentiment. Elle regarda le rein de plus près. Il paraissait sain. Elle fronça les sourcils, se demandant si...

Tandis que Kane commençait à recoudre la plaie, Paige courut vers le mur lumineux où étaient accrochées les radios du malade. Elle les regarda un moment...

— O mon Dieu ! lâcha-t-elle dans un souffle.

La radio avait été accrochée recto verso. 007 s'était trompé de rein.

Une demi-heure plus tard, Paige alla trouver Benjamin Wallace dans son bureau.

— Il a enlevé un rein en bonne santé et a laissé celui qui était malade ! expliqua-t-elle en tremblant de rage. On devrait le mettre en prison !

Benjamin Wallace essaya de l'apaiser.

— Paige, je suis d'accord avec vous, c'est regrettable. Mais ce n'était nullement intentionnel de sa part. C'est une erreur, et...

— Une erreur ?... Ce malheureux va se retrouver sous dialyse le restant de sa vie. Quelqu'un doit payer !

— Je vous promets qu'il y aura une enquête.

Paige savait ce que cela signifiait. Un groupe de savants allait examiner l'affaire, mais sous le sceau du secret. Personne n'aurait vent des conclusions de l'enquête, ni le malade ni le public.

— Docteur Wallace, je ne peux...

— Paige... vous faites partie de notre équipe. Il faut faire preuve de solidarité.

— Kane n'a pas sa place dans cet hôpital. Ni dans aucun autre.

— Regardez la situation en face. S'il était congédié, cela nous ferait une mauvaise réputation, et tout l'hôpital en souffrirait. Nous serions probablement poursuivis pour une quantité de vices de forme.

— Et les malades ?

— Nous allons surveiller davantage le Dr Kane.

Il se pencha vers elle.

— Je vais vous donner un conseil, Paige. Pour vous lancer dans le privé, vous aurez besoin du soutien de tous les autres médecins. Sans eux, vous n'y arriverez pas. Si vous faites cavalier seul et tirez à vue sur vos collègues, ils ne risquent pas de vous envoyer de la clientèle. Ça, je peux vous l'assurer.

— Alors, vous n'allez rien faire ? lança Paige en se relevant.

— Je vous l'ai dit, nous allons créer une commission d'enquête.

— Et c'est tout ?

— C'est tout.

— Ce n'est pas juste, lança-t-elle à Kat et à Honey pendant la pause déjeuner.

— Qui t'a dit que la vie était juste ? rétorqua Kat en secouant la tête.

Paige jeta un regard circulaire sur la salle aseptisée de la cafétéria.

— Cet endroit me déprime. Tout le monde est malade.

— Ils ne seraient pas là, sinon, lui fit remarquer Kat.

— Et si on faisait une petite fête ? suggéra Honey à brûle-pourpoint.

— Une petite fête ? En quel honneur ?

— On pourrait se faire livrer un bon repas ? lança Honey avec enthousiasme. Avec du bon vin et tout le reste ! Je crois que nous avons tous besoin de nous remonter le moral.

— Tu sais, dit Paige après réflexion, ce n'est pas une si mauvaise idée. C'est d'accord !

— Marché conclu ! Je m'occupe de tout, leur dit Honey. On fera ça demain, après les visites.

Dans le couloir, Kane vint à la rencontre de Paige. Sa voix était glaciale.

— Alors, voilà qu'on veut jouer les vilaines ? Il va falloir apprendre à vous taire, ma petite.

Il s'éloigna.

Paige le regarda disparaître, incrédule. *Wallace lui a répété ce que j'ai dit. Il n'aurait pas dû. « ...Si vous faites cavalier seul et tirez à vue sur vos collègues, ils ne risquent pas de vous envoyer de la clientèle... » Et si le cas se représentait ?* se demanda-t-elle. *Eh bien, je ferais la même chose, et plutôt deux fois qu'une !*

La nouvelle qu'une fête allait avoir lieu se répandit rapidement. Tous les internes étaient conviés. On commanda un somptueux dîner chez Ernie, et on fit livrer du vin d'une boutique voisine. La fête devait commencer à cinq heures, dans le foyer des médecins.

Nourriture et boissons arrivèrent à quatre heures et demie. C'était somptueux : des plateaux de fruits de mer avec des homards et des crevettes, un assortiment de terrines, des boulettes de viande, des pâtes, des fruits et des gâteaux. A cinq heures et demie, quand Paige, Kat et Honey poussèrent la porte du foyer, la pièce était déjà bondée de médecins, d'internes et d'infirmières ravis, qui mangeaient et s'amusaient beaucoup.

— Tu as eu une idée géniale, lança Paige à Honey.

— Merci, répondit-elle touchée par le compliment.

Une annonce retentit dans les haut-parleurs :

— On demande le Dr Finley et le Dr Ketler, aux urgences. Stat.

Les deux médecins, qui trempaient alors leurs crevettes dans la mayonnaise, se regardèrent en soupirant et quittèrent précipitamment la pièce.

Tom Chang rejoignit Paige.

— On devrait faire ça chaque semaine, dit-il.

— C'est vrai. C'est...

Il y eut encore une nouvelle annonce :

— Docteur Chang... Chambre 7... Docteur Chang... Chambre 7...

Et une minute plus tard :

— Docteur Smythe... Urgences n° 2... Docteur Smythe... Urgences n° 2.

Les annonces étaient incessantes. En une demi-heure, la presque totalité des médecins et des infirmières avait été appelée pour des affaires pressantes. Honey, puis Paige et Kat entendirent à leur tour leurs noms.

— Ce n'est pas croyable ! lança Kat. Il y a des gens qui ont un ange gardien pour veiller sur eux... Mais nous, nous avons écopé d'un diable gardien... et il ne nous lâche pas d'une semelle !

Ces paroles allaient se révéler prophétiques.

Le lundi matin suivant, alors que Paige quittait l'hôpital et s'apprêtait à monter dans sa voiture, elle s'aperçut que deux de ses pneus avaient été crevés. Elle les regarda, n'en croyant pas ses yeux. *Il va falloir apprendre à vous taire, ma petite !*

En arrivant à la maison, elle lança à Kat et Honey :

— Faites attention à Kane. C'est un malade !

XI

Kat fut réveillée par la sonnerie du téléphone. Sans ouvrir les yeux, elle chercha à tâtons le combiné et décrocha.
— Allô !
— Kat ? C'est Mike.
Elle se redressa, le cœur battant.
— Mike, tu vas bien ?
Elle l'entendit rire.
— Mieux que jamais, petite sœur. Merci à toi et à ton ami.
— Mon ami ?
— Mr. Dinetto.
— Qui ?
Kat, abrutie de sommeil, essaya de se souvenir.
— Lou Dinetto. Il m'a vraiment sauvé la mise, tu sais.
Kat était perdue.
— Mike, je ne...
— Tu te souviens des types à qui je devais de l'argent ? Eh bien, Dinetto m'en a débarrassé. C'est un grand bonhomme. Et il t'admire énormément, Kat.
Kat avait complètement oublié l'incident avec Dinetto, mais il lui revint soudain à l'esprit : *Vous ne savez pas à qui vous parlez, ma petite dame. Vous feriez mieux de faire ce qu'il vous dit. Ce monsieur est Lou Dinetto.*

— Je vais t'envoyer de l'argent, Kat, poursuivait Mike. Ton ami m'a trouvé du boulot. Ça paie vraiment bien.

Mon ami ? Kat s'inquiéta.

— Mike, écoute-moi. Il faut que tu fasses attention.

Elle l'entendit rire de nouveau.

— Ne te bile pas pour moi. Tu te souviens quand je te disais que tout s'arrangerait un jour ? Eh bien, j'avais raison.

— Fais bien attention à toi, Mike. Ne...

La communication fut coupée.

Kat ne put se rendormir. *Dinetto ! Comment avait-il su pour Mike, et pourquoi l'aidait-il ?*

La nuit suivante, lorsque Kat quitta l'hôpital, une limousine noire l'attendait garée le long du trottoir. L'Ombre et Rhino se tenaient à proximité.

Comme Kat s'apprêtait à les dépasser, Rhino l'appela.

— Montez, docteur. Mr. Dinetto veut vous voir.

Kat le regarda longuement. Rhino avait l'air patibulaire, mais c'était l'Ombre qui la terrorisait le plus. Son calme avait quelque chose qui glaçait le sang. En d'autres circonstances Kat ne serait jamais montée dans la voiture, mais l'appel de Mike l'avait intriguée. Et inquiétée.

On la mena à un petit appartement à la périphérie de la ville.

— C'est gentil d'être venue, docteur Hunter, annonça Dinetto. Je vous en suis reconnaissant. Un de mes amis a eu un petit accident et je voudrais que vous l'examiniez.

— Qu'est-ce que vous fabriquez avec Mike ? lui demanda-t-elle.

Il prit un air innocent pour répondre.

— Rien. J'ai su qu'il avait un petit problème, et je l'ai fait régler.

— Comment... Comment avez-vous entendu parler de lui ? Comment avez-vous su qu'il était mon frère et...

— Dans ma profession, répondit-il en esquissant un sourire, nous nous connaissons tous. Nous nous entraidons. Mike a eu de mauvaises fréquentations, alors je lui ai donné un petit coup de main. Vous devriez m'en être reconnaissante.

— Je le suis, dit Kat. Vraiment.

— Très bien ! Vous connaissez le dicton : « Une main lave l'autre » ?

— Je refuse de faire quoi que ce soit d'illégal, annonça Kat en secouant la tête.

Dinetto parut blessé.

— Illégal ? Je ne vous demanderais jamais de faire une chose pareille. Un ami a eu un petit accident et il déteste les hôpitaux. J'aimerais que vous l'examiniez. Vous voulez bien ?

Dans quoi suis-je en train de me fourrer ? s'inquiéta Kat.

— Entendu, répondit-elle.

L'ami de Dinetto était salement amoché. Il gisait sur le lit, inconscient.

— Qu'est-ce qui lui est arrivé ?

Dinetto la regarda.

— Il est tombé dans les escaliers.

— Il faudrait l'emmener à l'hôpital.

— Je vous l'ai dit, il n'aime pas les hôpitaux. J'ai tout ce qu'il faut ici pour le soigner. D'habitude, je fais appel à un autre médecin, mais il a eu un petit ennui.

Ces derniers mots lui donnèrent le frisson. Tout ce qu'elle voulait, c'était fuir au plus vite de cet endroit et ne plus jamais entendre parler de Dinetto. Mais dans la vie, il y avait toujours un prix à payer. Kat enleva son manteau et se mit au travail.

Echange de bons procédés.

XII

En quatre années d'internat, Paige avait participé à des centaines d'opérations. Elle connaissait sur le bout des doigts les procédures chirurgicales pour les interventions de la vésicule biliaire, de la rate, du foie, de l'appendice, et, plus excitant encore, du cœur. Mais elle était frustrée de ne pas opérer elle-même. *Qu'ont-ils fait de leur belle formule : « regarder, faire, et montrer » ?*

La réponse arriva le jour où George Englund, le chef du département de chirurgie, la fit appeler.

— Paige, il y a une hernie à opérer demain matin à sept heures et demie, salle d'op n° 3.

Elle le nota.

— Très bien. Qui va opérer ?

— Vous.

— D'accord, je...

Elle s'arrêta brusquement.

— *Moi* ?

— Oui. Ça vous ennuie ?

Le sourire de Paige illumina la pièce.

— Non, docteur ! Au contraire, je... Merci !

— Vous êtes prête à présent. Le malade sera entre de

Rien n'est éternel

bonnes mains avec vous, j'en suis sûr. Le petit chanceux en question s'appelle Walter Herzog. Chambre 314.
— Herzog. Chambre 314. Entendu.
Elle sortit rapidement.

Paige n'avait jamais ressenti une telle excitation. *Je vais faire ma première opération ! Je vais tenir une vie humaine entre mes mains. Et si je n'étais pas prête ? Et si je faisais une erreur ? Les choses peuvent toujours mal tourner. On ne sait jamais...*
Ce débat intérieur mit Paige dans un état de panique avancée.
Elle alla à la cafétéria et s'assit devant une tasse de café. *Ça va aller. J'ai assisté à des douzaines d'opérations de ce type. Il n'y a pas de quoi s'affoler. Il est entre de bonnes mains, c'est sûr.* Son café bu, elle avait retrouvé son calme et elle était prête à faire face à son premier patient.

Walter Herzog était un homme d'une soixantaine d'années, chauve, et très nerveux. Quand Paige entra dans sa chambre avec des fleurs, elle le vit couché sur le lit, les mains crispées sur son ventre.
— Mademoiselle... Je veux voir un docteur.
Paige s'approcha du lit et lui tendit le bouquet.
— Je suis votre chirurgien. C'est moi qui vais vous opérer.
Il regarda tour à tour les fleurs puis Paige.
— Vous êtes *quoi* ?
— Ne vous inquiétez pas, vous êtes en de bonnes mains, dit Paige d'un ton apaisant.
Elle prit la fiche accrochée au pied de son lit et l'examina.
Pourquoi m'a-t-elle apporté des fleurs ? se demandait-il.
— Qu'est-ce qui est écrit ? demanda l'homme anxieusement.
— Que tout se passera très bien.
— C'est vraiment vous qui allez m'opérer ? insista-t-il la gorge nouée.
— Oui.
— Vous paraissez si... si jeune.

Paige tapota gentiment son bras.

— Je n'ai encore jamais perdu un malade.

Elle jeta un regard circulaire sur la chambre.

— Vous êtes bien installé ? Voulez-vous que je vous apporte quelque chose à lire ? Un livre, un journal ? Des bonbons ?

Il l'écoutait d'un air inquiet.

— Non, je n'ai besoin de rien.

Pourquoi était-elle si gentille avec lui ? Elle lui cachait quelque chose, c'était sûr.

— Très bien. Alors à demain matin, dit Paige gaiement.

Elle nota quelque chose sur un papier et le lui tendit.

— C'est mon numéro de téléphone personnel. Appelez-moi si vous avez besoin de moi ce soir. Je serai chez moi.

Après la visite de Paige, le malheureux Walter Herzog était à ramasser à la petite cuillère.

Quelques minutes plus tard, Jimmy trouva Paige au foyer.

Il s'avança vers elle avec un grand sourire.

— Félicitations ! J'ai entendu dire que tu allais faire ta première opération.

Les bruits courent vite, songea-t-elle.

— Oui.

— Je ne connais pas ce type, mais je peux te dire qu'il a une sacrée veine. Si quelque chose m'arrivait, c'est toi que je voudrais comme chirurgien, et personne d'autre.

— Merci, Jimmy.

Comme d'habitude, il avait une histoire drôle dans sa musette :

— Tu connais celle du type qui a mal aux pieds ? Il était trop radin pour aller chez un médecin, alors quand un de ses amis lui dit qu'il a exactement la même douleur, il lui dit : « Cours chez le toubib et répète-moi, mot pour mot, ce qu'il t'aura dit. »

» Mais le lendemain, il apprend que son ami est mort. Le type se précipite alors à l'hôpital et se fait faire toutes sortes d'analyses. Il y en a au moins pour cinq mille dollars. On ne trouve rien d'anormal. Il appelle alors la veuve de son ami et lui demande, inquiet :

» — Est-ce que Chester a beaucoup souffert avant de mourir ?

» — Non, répond-elle. Il n'a même pas vu le camion qui l'a renversé !

Jimmy s'était déjà volatilisé, sans demander son reste.

Paige était trop excitée pour dîner et préféra s'entraîner à faire des points de suture. Une paire de draps en fit les frais.

Je vais bien dormir cette nuit, pour être en forme demain matin.

Mais elle passa une nuit blanche, à faire et refaire l'opération dans sa tête.

Il y a trois sortes de hernies : la hernie réductible, où il est possible de replacer les viscères dans leur logement abdominal ; la hernie non réductible, où les adhérences empêchent de remettre les organes à leur place ; et la plus dangereuse de toutes, la hernie étranglée, où le resserrement du col de la hernie bloque l'irrigation sanguine de l'organe touché, causant de graves dommages.

La hernie de Walter Herzog était de type réductible.

A six heures du matin, Paige se garait sur le parking réservé au personnel de l'hôpital. Une Ferrari rouge flambant neuve occupait la place voisine. Paige se demanda vaguement à qui elle pouvait appartenir. C'était forcément quelqu'un de riche.

A sept heures, elle aidait Walter Herzog à retirer son pyjama et à enfiler la classique blouse stérile de couleur bleue. L'infirmière lui avait déjà donné un sédatif pour qu'il se détende en attendant le chariot qui l'emmènerait au bloc opératoire.

— C'est ma première opération, annonça Walter Herzog.

Pour moi aussi, songea Paige.

La chariot arriva, et Walter Herzog fut emmené vers la salle d'opération n° 3. Paige marchait à côté de lui, et son cœur battait si fort qu'elle avait peur qu'il ne l'entende.

La salle n° 3 était l'une des plus grandes salles d'opération. Elle contenait un moniteur cardiaque, un poumon artificiel et une belle panoplie d'équipement. A l'arrivée de Paige, l'équipe médicale préparait déjà le matériel nécessaire. Il y avait un assistant, un anesthésiste, deux internes, et trois infirmières.

Ils attendaient tous avec impatience de voir comment allait s'en sortir la nouvelle pour sa première intervention.

Paige se dirigea vers la table d'opération. On avait rasé et badigeonné d'antiseptique le bas-ventre de Walter Herzog. Des draps stériles entouraient la région à opérer.

Herzog ouvrit les yeux et lui demanda d'une voix ensommeillée :

— Je ne vais pas y rester, hein ?

Paige sourit.

— Allons donc ! Je tiens pas à gâcher mon palmarès !

L'anesthésiste était prêt à faire la péridurale. Elle le regarda, prit une profonde inspiration, et hocha la tête.

C'était parti.

— Scalpel !

Alors qu'elle allait commencer à inciser, elle entendit l'aide-infirmière dire quelque chose.

— Quoi ?

— Voulez-vous de la musique, docteur ?

C'était la première fois qu'on le lui proposait. Elle sourit.

— D'accord. On va se mettre un peu de Jimmy Buffet.

Dès qu'elle eut commencé à inciser, sa nervosité disparut. Elle avait l'impression d'avoir fait ça toute sa vie. Avec habileté, elle se fraya au scalpel un chemin à travers les premières couches de graisse et de muscle pour atteindre le siège de la hernie. En sourdine, elle entendait les mélodies familières et apaisantes de Jimmy Buffet envahir la pièce.

— Compresse...

» Bistouri électrique...

» Nous y voilà...

» On dirait qu'on arrive juste à temps...

» Clamp...

» Nettoyez...

Paige était entièrement absorbée par son travail. Repérer le sac herniaire... Le dégager... Replacer le contenu dans la cavité abdominale... Attacher la base du sac... Refermer l'orifice inguinal...

Une heure et vingt minutes s'étaient écoulées depuis la première incision, et l'opération était terminée.

Paige aurait pu être épuisée, mais elle se sentait au contraire en pleine forme. Elle avait envie de clamer sa joie au monde entier.

Une fois Walter Herzog recousu, l'infirmière se tourna vers Paige :

— Docteur Taylor ?
— Oui ?
— C'était du beau travail.

— Qu'est-ce qu'on va faire aujourd'hui ? demanda Kat, un dimanche où les jeunes femmes étaient toutes trois en congé.

Paige eut une idée.

— Il fait si beau. Et si on allait en voiture à Tree Park ? On pourrait emporter un pique-nique et déjeuner sur l'herbe.
— Génial ! lança Honey.
— Alors allons-y, approuva Kat. Qu'est-ce qu'on attend ?

La sonnerie du téléphone retentit. Elles regardèrent fixement l'appareil.

— Je croyais qu'on avait aboli l'esclavage ! s'indigna Kat. Ne décrochez pas. C'est notre jour de congé.

Mais Paige la corrigea.

— Pour nous, il n'y a jamais de congé.

Kat alla décrocher le téléphone.

— Docteur Hunter, j'écoute...

Au bout de quelques instants, elle tendit l'appareil à Paige.

— C'est pour toi.

Paige prit le téléphone d'un air résigné.

— Docteur Taylor... Oh, bonjour, Tom... Quoi ?... Non, j'allais sortir... Je vois... D'accord. Je serai là dans un quart d'heure.

Elle raccrocha. *Adieu le pique-nique.*

— C'est grave ? demanda Honey.

— Oui, on est sur le point de perdre un malade. J'essaierai d'être de retour pour le dîner.

Dans le parking des médecins, Paige se gara à côté de la Ferrari toute neuve. *Combien d'opérations faut-il faire pour s'offrir un engin comme ça ?*

Vingt minutes plus tard, elle entrait dans la salle d'attente réservée aux visiteurs. Un homme vêtu d'un costume sombre était assis sur une chaise et regardait par la fenêtre.

— Mr. Newton ?

— Oui, répondit-il en se levant de son siège.

— Je suis le docteur Taylor. Je viens de voir votre petit garçon. Il a été admis pour des douleurs abdominales.

— Oui. Je vais le ramener à la maison.

— J'ai bien peur que non. Peter a une rupture de la rate. Il faut lui faire une transfusion d'urgence et l'opérer, sinon il va mourir.

Le père secoua la tête.

— Nous sommes témoins de Jéhovah. Le Seigneur ne le laissera pas mourir, et je ne le laisserai pas souiller par le sang de quelqu'un d'autre. C'est ma femme qui l'a amené ici. Elle sera punie.

— Mr. Newton, je crois que vous ne saisissez pas la gravité de la situation. Si nous ne l'opérons pas immédiatement, il va mourir.

L'homme la regarda en souriant.

— C'est mal connaître les voies de Dieu.

Paige se mit en colère.

— Je ne connais peut-être pas grand-chose des voies de Dieu, mais je sais ce qu'est un éclatement de la rate.

Elle lui tendit un papier.

— Comme il est mineur, vous devez signer cette décharge pour lui.

— Et si je ne signe pas ?

— Alors nous ne pourrons pas l'opérer.

Il hocha la tête.

— Vous croyez votre pouvoir plus grand que celui du Seigneur ?

Paige le regardait fixement.

— Vous ne voulez pas signer ?

— Non. Mon fils sera guéri par une force plus puissante que la vôtre. Vous verrez.

Lorsque Paige revint dans la salle commune, le petit Peter Newton, âgé de six ans, était tombé dans le coma.

— Il ne s'en sortira pas, annonça Chang. Il a perdu trop de sang. Qu'est-ce qu'on fait ?

Paige prit une décision.

— Emmène-le à la salle d'opération. Stat.

Chang la regarda d'un air surpris.

— Son père a changé d'avis ?

Paige hocha la tête.

— Oui. Il a changé d'avis. Allons-y.

— Bravo ! Je lui ai parlé pendant une heure et je n'ai pas pu le convaincre. Il disait que Dieu allait s'en occuper.

— C'est ça. Dieu s'en occupe.

Deux heures et quatre litres de sang plus tard, l'opération s'achevait avec succès. Le petit garçon avait retrouvé la vie. Paige lui caressa le front doucement.

— Il va s'en sortir.

Un aide-soignant fit irruption dans la salle.

— Docteur Taylor ? Le Dr Wallace veut vous voir immédiatement.

Benjamin Wallace était tellement furieux qu'il en perdait la voix.

— Comment avez-vous pu agir de façon si monstrueuse ? Vous avez fait, sans autorisation, une transfusion de sang et une opération ! C'est illégal !

— J'ai sauvé la vie d'un petit garçon !

Wallace prit une profonde inspiration.

— Il fallait demander une autorisation au tribunal.

— Je n'avais pas le temps. Dix minutes de plus, et il était mort. A l'évidence, Dieu avait d'autres chats à fouetter à ce moment-là.

Wallace marchait de long en large.

— Qu'allons-nous faire à présent ?

— Demander l'autorisation.

— Et pourquoi ? Vous avez *déjà fait* l'opération.

— J'antidaterai la déclaration d'une journée. Personne ne s'en rendra compte.

Wallace parut manquer d'air. Il s'essuya le front.

— Seigneur ! Ça pourrait me coûter ma place.

Paige le regarda un long moment, puis fit demi-tour et se dirigea vers la porte.

— Paige... ?

Elle s'arrêta.

— Oui ?

— Ne faites plus jamais ça, c'est compris ?

— Promis, sauf si je ne peux pas faire autrement, le rassura-t-elle.

XIII

Tous les hôpitaux sont un jour ou l'autre confrontés au problème du vol de drogues. La loi oblige à signer un reçu chaque fois qu'on sort le moindre narcotique de la pharmacie, mais quelles que soient les mesures de sécurité mises en place, les drogués trouvent toujours un moyen pour passer au travers.

L'Embarcadero County Hospital avait justement affaire à un sérieux problème de ce genre. Margaret Spencer alla s'en plaindre à Benjamin Wallace.

— Je ne sais plus quoi faire. Notre stock de Phentanyl diminue à vue d'œil.

Le Phentanyl est un narcotique et un anesthésiant qui entraîne très vite la dépendance du sujet.

— Il en manque combien ?

— Beaucoup. Si cela se limitait à quelques flacons de temps en temps, on trouverait certainement une explication, mais ça devient régulier. Plus d'une douzaine de boîtes disparaissent chaque semaine.

— Qui pourrait les prendre ? Vous avez une idée ?

— Non. J'ai parlé avec les gens de la sécurité. Ils sont perplexes.

— Qui a accès à la pharmacie ?

— Presque tout le monde, c'est bien le problème. La plupart des anesthésistes, des infirmières et des chirurgiens y ont quasiment libre accès.

Wallace resta pensif.

— Merci de m'en avoir parlé. Je vais voir ce que je peux faire.

— Merci, docteur.

Margaret Spencer s'en alla.

Je n'ai vraiment pas besoin de ça en ce moment. Wallace était furieux. Une réunion du conseil d'administration devait avoir lieu prochainement et il y avait déjà assez de problèmes à traiter. Ben Wallace connaissait les statistiques : aux Etats-Unis, plus de dix pour cent des médecins devenaient un jour ou l'autre alcooliques ou drogués. Leur facilité d'accès aux drogues était une tentation. Il leur suffisait d'ouvrir un placard, de prendre la drogue dont ils avaient besoin et de trouver une seringue pour se l'injecter. Un drogué pouvait avoir besoin d'une piqûre toutes les deux heures.

Et voilà que son hôpital était touché par ce fléau. Il fallait faire quelque chose avant la réunion. *Ça ferait tache sur mon CV.*

Comment démasquer le coupable ? A qui demander de l'aide ? Il fallait trouver quelqu'un de confiance. Et marcher sur des œufs... Il était sûr en tout cas que ni le Dr Taylor ni le Dr Hunter n'étaient impliquées dans ces vols. Finalement, après mûres et douloureuses réflexions, il décida de faire appel à elles.

Il les convoqua donc dans son bureau.

— J'ai une faveur à vous demander.

Il leur fit part de la disparition suspecte du Phentanyl.

— Je vous demande d'ouvrir l'œil. Si l'un des médecins avec qui vous travaillez quitte son poste au beau milieu d'une opération, ou si vous remarquez d'autres comportements suspects, je veux que vous me le disiez. Sautes d'humeur, états dépressifs, surexcitation subite, retards, pertes de mémoire sont autant de signes révélateurs. Mais tout ceci doit rester entre nous, c'est compris ?

Elles acquiescèrent.

— Cet hôpital est immense, lança Kat une fois dans le couloir. Il faudrait s'appeler Sherlock Holmes !
— Pas la peine d'être un génie... répondit Paige d'un air abattu. Je sais qui c'est.

Paige aimait beaucoup Mitch Campbell. C'était un homme d'une cinquantaine d'années aux cheveux grisonnants. Il était aimable, toujours de bonne humeur, et c'était l'un des meilleurs chirurgiens de l'hôpital. Récemment, Paige avait remarqué qu'il avait toujours quelques minutes de retard et que ses mains s'étaient mises à trembler. Dès qu'il en avait le loisir, il demandait à Paige d'être son assistante, et il la laissait faire la plus grande partie du travail. Souvent, au cours d'une opération, ses mains se mettaient à trembler et il lui tendait alors le scalpel.
— Vous voulez bien terminer à ma place ? Je ne me sens pas très bien, lui disait-il avant de quitter la salle d'opération.
Paige s'était beaucoup inquiétée à son sujet. A présent, tout s'éclairait. Que devait-elle faire ? Le dénoncer ? Campbell serait aussitôt renvoyé de l'hôpital, et, pis encore, sa carrière serait fichue. Mais d'un autre côté, si elle ne disait rien, elle mettait en danger la vie des malades. *Je pourrais peut-être parler avec lui ? Lui dire que je suis au courant, et insister pour qu'il se fasse soigner.*
— C'est un vrai dilemme, reconnut Kat. Il est sympa et c'est un bon médecin. Tirer la sonnette d'alarme, c'est fiche sa vie en l'air, mais ne pas réagir, c'est faire courir un risque aux malades. A ton avis, que sera sa réaction si tu le mets au pied du mur ?
— Il va probablement nier, Kat. C'est classique.
— Ouais. Je n'aimerais pas être à ta place.

Le lendemain, Paige devait assister Campbell. *J'espère que je me trompe. Faites qu'il ne soit pas en retard et qu'il ne s'en aille pas en cours d'opération !*
Mais Campbell arriva avec un quart d'heure de retard, et au milieu de l'opération, il demanda à Paige de le remplacer.

Paige prit sa décision. *Je vais lui parler. Je ne peux pas ruiner sa carrière.*

Le matin suivant, Paige et Honey croisèrent Harry Bowman sur le parking, au volant de la fameuse Ferrari rouge.

— C'est à toi ce bijou ? Ça doit coûter une coquette somme !

— Si vous voulez tout savoir, lança-t-il en riant, cela dépasse largement vos moyens !

Paige regarda fixement la voiture en songeant au duplex, aux réceptions somptueuses, au bateau... *J'ai eu l'intelligence d'avoir un père doué pour les affaires. Il m'a tout légué à sa mort.* Et pourtant, Bowman travaillait dans un hôpital public. Pourquoi ?

Dix minutes plus tard, elle était dans le bureau du personnel et parlait à Karen, la secrétaire.

— Tu peux me rendre un service, Karen ? Ça restera entre nous, promis juré. Harry Bowman m'a demandé de sortir avec lui, mais je le soupçonne d'être marié. Tu veux bien me laisser jeter un coup d'œil sur son dossier ?

— Tous des obsédés, je te dis ! Ils n'en ont jamais assez. Bien sûr que tu peux regarder son dossier. Je ne vois pas pourquoi on se gênerait, avec ces salauds !

Elle ouvrit un classeur et trouva rapidement la chemise qu'elle cherchait.

Paige parcourut rapidement les feuillets. Sa fiche d'inscription indiquait qu'il venait d'une petite université du Middle West et, à en croire son dossier scolaire, il avait décroché son diplôme à l'arraché. Il était anesthésiste.

Son père était coiffeur.

Honey Taft restait une énigme pour la plupart des médecins de l'hôpital. Pendant les visites du matin elle paraissait, pour le moins, manquer d'assurance. Mais l'après-midi, c'était une tout autre personne. Elle avait une connaissance surprenante de chaque cas, et ses diagnostics étaient sûrs et précis.

Deux médecins s'interrogeaient à son sujet.

— C'est à n'y rien comprendre. Le matin, les plaintes affluent de toutes parts. Elle ne cesse de faire des bourdes. Elle me fait penser à ces stagiaires abruties à qui tu dis de donner trois pilules au malade de la chambre 4, et qui en refilent quatre à celui de la chambre 3 !

L'autre éclata de rire.

— Ça, c'est le Dr Taft, le matin. Mais l'après-midi elle est absolument géniale. Ses diagnostics sont justes, elle fait des remarques brillantes, et rien ne lui échappe. Elle doit prendre une pilule magique qui ne fonctionne que l'après-midi.

» Tout ça me dépasse, lâcha-t-il en se grattant la tête.

Le Dr Nathan Ritter était imbu de sa personne et très à cheval sur les principes. Il lui manquait certes l'étincelle du génie, mais il était compétent et dévoué à sa profession, et attendait les mêmes qualités de la part de ceux qui travaillaient avec lui.

Pour son malheur, Honey fut assignée à son équipe.

La première salle qu'ils visitèrent était occupée par une douzaine de malades. L'un d'eux finissait son petit déjeuner. Ritter consulta la fiche.

— Docteur Taft, il est écrit ici que c'est votre malade.

Honey hocha la tête.

— Oui.

— Ce matin, il doit avoir une bronchoscopie.

— C'est exact.

— Et vous l'autorisez à manger ?... lança Ritter d'un ton cinglant. Avant une bronchoscopie ?

— Ce pauvre homme n'a rien eu à manger depuis...

Le chef de service s'adressa à son assistant.

— Annulez la broncho !

Furibond, il se tourna vers Honey, prêt à laisser exploser sa colère... mais il parvint à se contenir.

— Bien. Continuons.

Le malade suivant était un Portoricain qui toussait beaucoup. Ritter l'examina.

— Qui s'occupe de ce malade ?

Honey s'avança.

— C'est moi.

Il fronça les sourcils.

— Son infection devrait être guérie depuis longtemps.

Il regarda la fiche.

— Vous lui donnez cinquante milligrammes d'ampicilline quatre fois par jour ?

— C'est exact.

— Eh bien non, c'est faux ! C'est cinq cents milligrammes qu'il faut lui donner, quatre fois par jour. Vous avez oublié un zéro.

— Je suis désolée, je...

— Pas étonnant que l'infection ne disparaisse pas ! Vous allez immédiatement modifier la prescription.

— Oui, docteur.

Arrivant à un autre patient soigné par Honey, le Dr Ritter se retourna vers elle, d'un air irrité.

— On doit lui faire une coloscopie. Où est la radio ?

— La radio ? Quelle radio ? Oh, j'ai bien peur d'avoir oublié d'en demander une.

Ritter la contempla longuement, sans dire un mot.

La matinée se poursuivit, de mal en pis : le malade suivant gémissait de douleur, les larmes aux yeux.

— J'ai si mal. Qu'est-ce que j'ai, bon Dieu ?

— Nous ne savons pas, répondit Honey.

Ritter lui lança un regard furieux.

— Docteur Taft, voulez-vous me suivre ? lança Ritter en entraînant Honey dans le couloir.

» Ne dites jamais à un malade que vous ne savez pas. Jamais. Vous êtes la seule personne à qui il peut se raccrocher ! Si vous ne savez pas quoi répondre, inventez quelque chose. Compris ?

— Ça ne me paraissait pas honnête de...

— Je ne vous demande pas si c'est honnête ou non. Faites ce qu'on vous dit. Un point c'est tout.

Ils passèrent en revue une hernie hiatale, une hépatite, une maladie d'Alzheimer, et une vingtaine d'autres maux. Dès la fin des visites, Ritter alla trouver Benjamin Wallace dans son bureau.

— Nous avons un sérieux problème.
— Qu'est-ce qu'il se passe, Nathan ?
— Une de nos internes. Honey Taft...
Encore ?
— Qu'est-ce qu'elle a fait ?
— C'est une calamité.
— Mais elle a de telles recommandations...
— Ben, il faut s'en débarrasser, sinon l'hôpital court à la catastrophe. Elle va finir par nous tuer un patient ou deux, je te le dis.
— Entendu, annonça Wallace après un moment de réflexion. On va lui faire quitter l'hôpital.

Paige avait opéré toute la matinée. Dès qu'elle eut un moment de pause, elle alla trouver Benjamin Wallace, pour lui faire part de ses soupçons au sujet d'Harry Bowman.
— Bowman ? Vous êtes sûre ? Je veux dire... Je n'ai vu chez lui aucun signe de dépendance.
— Il ne la consomme pas, il la vend. Il vit comme un milliardaire, alors qu'il n'a qu'un salaire d'interne.
Ben Wallace hocha la tête.
— Très bien. Je vais vérifier. Merci, Paige.
Il fit appeler Bruce Anderson, le chef de la sécurité.
— Nous avons peut-être identifié le voleur. Surveillez de près le Dr Harry Bowman.
— Bowman ?
Anderson tâcha de dissimuler sa surprise. Bowman comblait les gardiens de havanes et d'une myriade de petits cadeaux. Ils l'adoraient.
— Fouillez-le si vous le voyez sortir de la pharmacie.
— Entendu, docteur.

Quelques jours plus tard, Harry Bowman se dirigeait vers la pharmacie. Il avait des commandes. Beaucoup de commandes. Tout avait commencé par un heureux hasard. A l'époque, il travaillait à Ames, dans un petit hôpital de l'Iowa, luttant pour survivre avec son salaire d'interne. Il aimait le champagne, et ne pouvait s'offrir que de la bière. Et puis le Destin lui avait souri.

L'un de ses malades, qui avait été renvoyé chez lui, lui téléphona un matin.

— Docteur, je souffre terriblement. Il faut que vous me donniez un calmant.

— Vous voulez que je vous fasse revenir à l'hôpital ?

— Non, je veux rester à la maison. Vous ne pourriez pas m'apporter quelque chose ?

Bowman réfléchit.

— D'accord. Je ferai un saut chez vous en rentrant.

Il arriva avec un flacon de Phentanyl.

— Formidable ! lança le malade en lui prenant le médicament des mains. Tenez...

Et il lui tendit une liasse de billets.

Bowman le regarda, surpris.

— Mais vous ne me devez rien.

— Vous plaisantez ? Ce truc-là vaut de l'or. J'ai plein d'amis qui paieraient une fortune pour en avoir.

C'est ainsi que cela avait commencé. En deux mois, Harry Bowman gagna beaucoup d'argent, au-delà de toutes ses espérances. Malheureusement, l'administrateur de l'hôpital eut vent de cette histoire. Comme il redoutait un scandale, il proposa à Bowman d'étouffer l'affaire si celui-ci s'éclipsait discrètement.

Je suis bien content d'être parti. Le marché de San Francisco est bien plus juteux.

Bruce Anderson se tenait devant la porte de la pharmacie. Il lui fit un signe de tête.

— Salut, Bruce.

— Bonsoir, docteur Bowman.

Quand il en ressortit, cinq minutes plus tard, Anderson vint vers lui.

— Excusez-moi, mais je dois vous fouiller.

Harry Bowman le regarda, les yeux écarquillés.

— Me fouiller ? Moi ? Qu'est-ce qui se passe, Bruce ?

— Je suis désolé, docteur. Nous avons reçu l'ordre de fouiller tous ceux qui sortent d'ici.

Bowman était indigné.

— Je n'ai jamais entendu pareille sottise ! Je m'y refuse catégoriquement !

— Alors je vais devoir vous demander de m'accompagner jusqu'au bureau du Dr Wallace.

— Parfait ! Ça va chauffer pour vous quand il va apprendre ça.

Bowman entra comme un ouragan dans le bureau de Wallace.

— Qu'est-ce que c'est que cette histoire, Ben ? Ce type voulait me fouiller !

— Et vous avez refusé ?

— Absolument.

Wallace tendit la main vers le téléphone.

— Très bien. Je vais dans ce cas demander à la police de San Francisco de le faire...

Il commença à composer un numéro.

Bowman s'affola.

— Hé, attendez ! Ce n'est pas la peine.

Son visage s'éclaira brusquement, comme si un éclair de compréhension venait de lui traverser l'esprit...

— Ça y est, j'y suis ! Je sais de quoi il s'agit !

Il tira de sa poche un flacon de Phentanyl.

— C'est à cause de ça, hein ? J'en avais besoin pour une opération, et...

Wallace restait de marbre.

— Videz vos poches.

Un masque de désespoir s'abattit sur Bowman.

— Mais enfin, pourquoi...

— Videz vos poches.

Deux heures plus tard, la brigade des stupéfiants de San Francisco avait les aveux signés de Bowman ainsi que les noms de ses clients.

En apprenant la nouvelle, Paige décida d'aller voir Mitch Campbell. Elle le trouva assis devant un bureau. Il avait posé ses mains sur la table, et Paige vit qu'elles étaient agitées de tremblements.

Il ramena promptement ses mains sur son ventre.

— Bonjour, Paige. Comment allez-vous ?
— Très bien, Mitch. Je peux vous parler deux minutes ?
— Asseyez-vous.
Elle s'installa en face de lui.
— Depuis quand avez-vous la maladie de Parkinson ?
Son visage pâlit.
— Quoi ?
— C'est bien ça, n'est-ce pas ? Et vous essayez de le cacher.
Il y eut un silence pesant.
— Je... je... Oui. Mais je... je ne peux renoncer à ce métier. Je ne peux pas. C'est toute ma vie.
Paige se pencha vers lui :
— Vous pouvez toujours être médecin, lui dit-elle d'un air grave, mais vous ne devez plus opérer.
Il parut vieux, tout à coup.
— Je sais. J'ai failli tout plaquer, l'année dernière.
Il sourit tristement.
— Je suppose que le moment est venu. Vous allez le dire au Dr Wallace ?
— Non, répondit doucement Paige. C'est vous, qui allez le lui dire.

Alors que Paige déjeunait à la cafétéria, Tom Chang vint s'installer à sa table.
— Je viens d'apprendre ce qui s'est passé. Bowman ! Incroyable ! Tu as du flair.
— Tu parles ! rétorqua-t-elle en secouant la tête. J'ai failli me tromper de coupable.
Chang resta un moment silencieux.
— Ça va, Tom ?
— Un « Ça va » te suffit, ou tu veux la vérité ?
— Nous sommes amis. Je veux la vérité.
— Mon mariage est fichu.
Ses yeux s'étaient brusquement remplis de larmes.
— Sye est partie. Elle est rentrée chez ses parents.
— Oh, je suis désolée.
— Ce n'est pas sa faute. Nous ne vivions plus comme un

couple. Elle m'a dit que j'étais marié avec l'hôpital, et elle a raison. Je passe toutes mes journées et toutes mes nuits ici, à m'occuper d'inconnus, au lieu de rester avec les miens.

Paige essaya de l'apaiser.

— Elle va revenir. Ça va s'arranger.

— Non. Pas cette fois.

— Vous avez essayé d'en parler, de voir quelqu'un...

— Elle refuse.

— Je suis navrée, Tom. Si je peux faire quoi que ce soit pour...

Elle entendit son nom dans les haut-parleurs.

— Docteur Taylor, chambre 410...

Paige se sentit soudainement inquiète.

— Il faut que j'y aille, Tom.

C'était la chambre de Sam Bernstein — l'un de ses malades préférés, un charmant septuagénaire, qui avait été admis pour un cancer incurable de l'estomac. La plupart des malades se plaignaient sans arrêt, mais Sam Bernstein faisait exception. Paige admirait son courage et sa dignité. Sa femme et ses grands fils venaient régulièrement le voir, et Paige s'était mise à aimer toute la famille.

Sam Bernstein avait scotché une note sur l'écran de contrôle du monitoring cardiaque : « Ne pas réanimer en cas d'arrêt du cœur. »

Une infirmière se tenait près du lit.

— C'est fini, docteur. Je n'ai pas appelé d'équipe de réa parce que...

Sa voix se perdit.

— Vous avez très bien fait, la rassura Paige. Merci.

— Je peux être utile à quelque chose... ?

— Non. Je vais m'en occuper.

Paige resta un long moment près du lit à contempler ce corps qui avait été un homme, qui avait ri, qui avait eu une famille et des amis. Il avait travaillé durement toute sa vie, il avait pris soin de ceux qu'il aimait. Et à présent...

Elle ouvrit le tiroir où il avait rangé ses affaires. Il y avait une montre bon marché, un trousseau de clés, quinze dollars en liquide, un dentier et une lettre adressée à sa femme. Voilà tout ce qui restait de la vie d'un homme.

Paige ne parvenait pas à surmonter sa tristesse.
— Cet homme était si gentil. Pourquoi... ?
Kat essaya de l'apaiser.
— Paige, tu ne dois pas avoir un rapport affectif avec tes malades. Tu vas y laisser trop de plumes.
— Je sais. Tu as raison, Kat. Mais c'est que... Ça va si vite, tu ne trouves pas ? Ce matin on bavardait ensemble, et demain on l'enterre.
— Tu ne comptais tout de même pas y aller ?
— Bien sûr que non.

Les obsèques eurent lieu au Hills of Eternity Cemetery.
Selon la religion juive, l'enterrement devait avoir lieu dès que possible après le décès. D'ordinaire, on célébrait les funérailles le lendemain.
Le corps de Sam Bernstein était enveloppé d'un *takhrikim,* un linceul blanc, les épaules couvertes du *talet* rituel. Sa famille entourait la tombe. Le rabbin entonna une litanie funèbre.
— *Hamakom y'nathaim etkhem b'tokh sh'ar availai tziyon veeyeurshalayim.*
Un homme debout près de Paige, la voyant troublée, traduisit pour elle.
— « Que le Seigneur te prenne en Son sein, avec tous les pénitents de Sion et de Jérusalem. »
Au grand étonnement de Paige, les membres de la famille se mirent à déchirer leurs vêtements tout en psalmodiant.
— *Barush ata adonai elohainu melech haolam dayan haemet.*
— Qu'est-ce qu'ils font ?
— C'est une preuve de respect envers le défunt, lui souffla à l'oreille son voisin. « Poussière tu étais et poussière tu redeviendras, mais ton âme revient vers Dieu qui te l'a donnée. »
La cérémonie prit fin.

Le lendemain, Kat croisa par hasard Honey dans le couloir. Elle semblait inquiète.

— Ça ne va pas ?
— Je suis convoquée chez Wallace. Je dois être à deux heures dans son bureau.
— Tu sais pourquoi ?
— J'ai été lamentable, l'autre jour, aux visites. Je crois que c'est pour ça et Ritter ne me passe rien. C'est un monstre.
— C'est bien possible. Mais je suis sûre que tout ira bien.
— Je ne sais pas. J'ai un mauvais pressentiment.

A deux heures pile, elle arrivait au bureau de Benjamin Wallace, avec un petit pot de miel dans son sac. La secrétaire était partie déjeuner, mais la porte du Dr Wallace était ouverte.
— Entrez, docteur Taft.
Honey entra, l'air penaud.
— Fermez la porte, je vous prie.
Elle ferma la porte.
— Asseyez-vous.
Honey s'assit face à lui. Elle tremblait.
J'ai l'impression de martyriser un pauvre petit animal. Mais ce qui doit être fait doit être fait.
— Je crains d'avoir de mauvaises nouvelles à vous apprendre.

Une heure plus tard, Honey retrouvait Kat au solarium. Elle s'affala dans un fauteuil, sourire aux lèvres.
— Tu as vu Wallace ?
— Oh, oui. Nous avons bavardé un long moment. Tu savais que sa femme l'a quitté en septembre dernier ? Ils étaient mariés depuis quinze ans. Il a deux grands enfants d'un autre mariage, mais il ne les voit presque jamais. Le pauvre chou est tout seul maintenant.

DEUXIÈME PARTIE

XIV

Une autre année passa, et les trois amies inaugurèrent l'an 1994 à l'Embarcadero County Hospital. Rien n'avait changé dans leur vie, si ce n'était le nom de leurs patients.

En traversant le parking, Paige se rappela Harry Bowman et sa Ferrari rouge. *Combien de vies détruites par le poison qu'il vendait ?* Toutes les drogues sont si attirantes. Et, au bout du compte, tellement meurtrières.

Jimmy Ford vint rendre visite à Paige avec un petit bouquet de fleurs.
— C'est en quel honneur, Jimmy ?
Il rougit.
— Une envie, c'est tout. Tu es au courant que je vais me marier ?
— Pas possible ! Mais c'est merveilleux ! Et qui est l'heureuse élue ?
— Elle s'appelle Betsy. Elle travaille dans une boutique de mode. Nous voulons avoir une demi-douzaine d'enfants, et la

première des filles s'appellera Paige. J'espère que ça ne te dérange pas ?

— Me déranger ? Je suis flattée, au contraire.

— Tu la connais celle du médecin qui annonce à son malade qu'il lui reste deux semaines à vivre ? lança-t-il brusquement pour dissimuler son émotion.

» — Mais je n'aurai pas le temps de trouver l'argent pour vous payer, répond le malade.

» — Bon, d'accord, dit le médecin, je vous donne deux semaines de plus.

Et sur ces mots, Jimmy disparut.

Paige se faisait du souci pour Tom Chang. Il avait des sautes d'humeur qui le faisaient passer de l'euphorie à la dépression la plus profonde.

— Tu te rends compte, lançait-il avec enthousiasme, que la plupart des gens qui sont ici mourraient sans nous ? Nous avons le pouvoir de recoller les morceaux et de faire repartir la machine.

Mais le lendemain, c'était le discours inverse.

— Nous nous racontons des histoires, Paige. Nos malades guériraient bien plus vite sans nous. Nous sommes des hypocrites qui prétendons connaître toutes les réponses. Alors que nous ne savons rien.

Paige le regarda attentivement.

— Tu as des nouvelles de Sye ?

— Je lui ai parlé hier. Elle ne reviendra pas ici. Elle veut toujours divorcer.

Paige posa la main sur son bras.

— Je suis vraiment désolée, Tom.

— Le passé est le passé, répondit-il en haussant les épaules. Ça ne me fait plus rien. Plus maintenant. Je trouverai une autre femme.

Il sourit.

— Et j'aurai un autre enfant. Tu verras.

Paige n'en croyait pas ses oreilles...

Ce soir-là, elle en discuta avec Kat.

— Tom Chang m'inquiète. Est-ce que tu as parlé avec lui récemment ?
— Oui.
— Il t'a paru normal ?
— Aucun homme ne me paraît normal.
Paige était quand même tourmentée.
— Invitons-le à dîner demain soir.
— D'accord.
Quand le lendemain matin Paige arriva à l'hôpital, on lui annonça qu'un gardien avait découvert le corps de Tom Chang dans une salle du sous-sol... il était mort... une absorption massive de somnifères.
Paige était au bord de la crise nerveuse.
— J'aurais pu le sauver. Il appelait au secours depuis un bon moment, et je n'ai pas su l'entendre.
— Tu n'avais aucun moyen de le sauver, Paige, rétorqua Kat. Tu n'étais ni la cause du problème, ni la solution. Sans sa femme et son enfant, il ne voulait plus vivre. C'est aussi simple que ça.
Paige sécha ses larmes.
— J'exècre cet endroit. Sans cette pression et ces horaires de dingues, sa femme ne l'aurait jamais quitté.
— Mais elle l'a fait, répondit Kat avec douceur. C'est comme ça.

Paige n'avait encore jamais assisté à des obsèques chinoises. C'était un spectacle extraordinaire. Tôt le matin, une foule de gens commença à se regrouper devant le funérarium de Green Street, dans Chinatown. Ils formèrent un cortège, et, comme pour une parade, une fanfare se mit à jouer. A la tête de la procession, des gens en deuil brandissaient une immense photo de Tom Chang.
Accompagné de la musique, le cortège se mit en marche à travers les rues de San Francisco, suivi par le corbillard. La plupart des gens allaient à pied, mais les plus âgés suivaient en voiture.
La procession semblait tourner en rond, allant de rue en rue sans but précis.

— Qu'est-ce qui se passe ? demanda Paige à l'un de ses voisins.

L'homme se courba légèrement en signe de salut et lui répondit :

— Notre coutume veut que nous passions devant les lieux que le défunt fréquentait. Les restaurants, les boutiques qu'il aimait, les maisons où il avait des amis...

— Je vois.

Le cortège s'arrêta finalement devant l'hôpital.

Le voisin de Paige se tourna vers elle.

— C'est ici que travaillait Tom Chang. C'est ici qu'il a trouvé le bonheur.

Non, pensa Paige, *c'est ici qu'il l'a perdu.*

Un matin, Paige aperçut Alfred Turner dans Market Street. Son cœur tressauta dans sa poitrine. Elle n'avait pas cessé de penser à lui. Il traversait la rue. Mais lorsque Paige arriva au carrefour, le feu était passé au vert. Elle n'en tint pas compte et fonça tête baissée vers le trottoir d'en face, sous un concert de klaxons et d'injures en tout genre.

Une fois la rue traversée, elle courut à perdre haleine et le saisit par la manche.

— Alfred...

L'homme se retourna. C'était un inconnu.

Maintenant que Paige et Kat étaient en quatrième année d'internat, elles opéraient régulièrement.

Kat était spécialisée en neurochirurgie et ne cessait de s'émerveiller devant ces milliards de microprocesseurs appelés neurones qui peuplent le cerveau. Elle adorait son travail.

Elle avait un grand respect pour la plupart des médecins avec qui elle travaillait. C'étaient de remarquables chirurgiens, dotés d'une grande habileté. Mais certains d'entre eux lui rendaient la vie difficile. Ils voulaient sortir avec elle, et ses refus étaient ressentis comme autant de défis à relever.

— Voilà miss cul d'acier, entendait-elle murmurer.

Ce jour-là, elle assistait le Dr Kibler. Une petite incision avait été pratiquée dans le cortex et Kibler introduisait la canule en caoutchouc dans le ventricule latéral gauche, une cavité située au milieu de l'hémisphère gauche du cerveau. Kat maintenait l'incision ouverte à l'aide d'un petit écarteur. Toute son attention était focalisée sur le bon déroulement de l'opération.

Kibler lui jeta un coup d'œil tout en poursuivant son travail.

— Vous connaissez l'histoire de l'ivrogne qui entre dans un bar en disant : « Donnez-moi à boire, vite ! » Le barman lui répond : « Je ne peux pas, vous êtes déjà ivre. »

Il continuait à enfoncer la canule.

— « Si vous ne me donnez pas à boire, je me tue. »

Le liquide cérébro-spinal du ventricule commença à s'écouler du conduit en caoutchouc.

— « Bon, voilà ce que je vous propose, dit le barman. J'ai trois services à vous demander. Si vous arrivez à les faire, vous aurez une bouteille. »

Tout en parlant, Kibler injecta quinze millilitres d'air dans le ventricule, et fit une radiographie frontale et sagittale.

— « Un : vous voyez le type taillé comme une armoire à glace, là-bas, dans le coin ? Je n'arrive pas à m'en débarrasser. Vous allez le jeter dehors. Deux : dans mon bureau, j'ai un crocodile apprivoisé qui a une rage de dents. Il est tellement méchant qu'aucun vétérinaire ne peut l'approcher. Enlevez-lui sa dent. Et enfin, il y a ici une toubib du contrôle sanitaire qui veut me faire fermer boutique. Si vous arrivez à la baiser, vous avez la bouteille. »

Une infirmière aspirait le sang du champ opératoire.

— L'ivrogne jette dehors le gros costaud, et entre dans le bureau où se trouve le crocodile. Il en sort un quart d'heure plus tard, couvert de sang et les vêtements en lambeaux, et demande : « Bon, où est la fille qui a une rage de dent ? »

Kibler partit d'un grand éclat de rire.

— Vous avez compris ? Il a baisé le crocodile au lieu de la doctoresse. Remarquez, par les temps qui courent, c'est mieux que rien !

Kat eut une furieuse envie de le gifler.

Quand l'opération fut terminée, elle alla se réfugier dans la salle de garde pour se calmer. *Je ne laisserai pas ces salauds m'humilier plus longtemps. Pas question !*

Paige acceptait parfois de sortir avec certains médecins de l'hôpital, mais refusait tout engagement sentimental. Son aventure malheureuse avec Alfred l'avait profondément blessée ; on ne l'y prendrait plus, s'était-elle juré.

Elle passait donc à l'hôpital la plus grande partie de ses jours et de ses nuits. Son emploi du temps était exténuant, mais elle travaillait en chirurgie, et elle adorait ça.

Un matin, elle fut convoquée par George Englund, le chef du service de chirurgie.

— Vous entrez dans votre année de spécialisation. En chirurgie cardio-vasculaire, je crois ?

— C'est exact, acquiesça-t-elle.

— Eh bien, j'ai une bonne nouvelle pour vous. Vous avez entendu parler du Dr Barker ?

Paige écarquilla les yeux.

— Lawrence Barker ? Le célèbre Dr Barker ?

— Lui-même.

Tout le monde savait qui était le Dr Barker. C'était l'un des plus grands chirurgiens du monde.

— Il est revenu la semaine dernière d'Arabie Saoudite, où il était allé opérer le roi. C'est un vieil ami, et il a accepté d'offrir ses services à l'hôpital, à raison de trois jours par semaine.

— Fantastique ! s'exclama Paige.

— Et j'ai décidé que vous ferez partie de son équipe.

Paige en eut le souffle coupé.

— Je... je ne sais pas quoi dire. Je vous remercie infiniment.

— Quelle chance pour vous ! Vous allez beaucoup apprendre avec lui.

— Sûrement ! Merci, George. Je vous suis très reconnaissante.

— Vous ferez les visites avec lui demain matin, à six heures.

— J'ai hâte de commencer.

Elle avait plus que hâte ; Paige avait toujours rêvé de travailler avec un grand médecin — et le Dr Lawrence Barker était le plus grand de tous ! Aucun autre ne lui arrivait à la cheville.

Elle n'avait jamais vu de photos de lui, mais l'imaginait très bien : grand et séduisant, avec des cheveux gris argenté, et des mains fines et délicates. Un homme chaleureux et doux. *Nous allons collaborer étroitement, et je vais lui devenir absolument indispensable. Je me demande s'il est marié ?*

Cette nuit-là, Paige fit un rêve érotique avec le Dr Barker. Ils étaient en train d'opérer, tout nus, et tout à coup, le Dr Barker lui dit : « J'ai envie de vous. » Une infirmière enleva le malade de la table d'opération, le Dr Barker souleva Paige dans ses bras et lui fit l'amour sur la table.

Paige se réveilla en tombant du lit.

Le lendemain matin à six heures, Paige attendait anxieusement dans le couloir du second étage en compagnie de Joël Philips, l'aîné des internes, et cinq autres collègues. Soudain, un petit homme au visage revêche déboucha au bout du couloir comme un ouragan. Il marchait penché, comme s'il luttait contre un vent violent.

— Qu'est-ce que vous attendez ? lança-t-il, une fois arrivé à leur hauteur. Allons-y !

Paige mit un moment à retrouver ses esprits. Elle courut pour rattraper le groupe. Tandis qu'ils longeaient le couloir, Barker donnait ses directives d'un ton sec.

— Vous allez prendre soin de trente à trente-cinq malades par jour. J'attends de vous des rapports précis et détaillés de chaque cas. C'est clair ?

— Oui, docteur, répondirent-ils dans un murmure.

Ils étaient arrivés dans la première salle commune. Barker se dirigea vers un lit occupé par un homme d'une quarantaine d'années. Ses manières brusques disparurent dans l'instant. Il posa doucement la main sur l'épaule du malade et sourit.

— Bonjour. Je suis le docteur Barker.

— Bonjour, docteur.

— Comment allez-vous ce matin ?

— J'ai mal à la poitrine.

Barker consulta la fiche du malade.
— Que dit la radio ? demanda-t-il à Philips.
— Rien de spécial. Il se remet doucement.
— Faites une nouvelle écho.
Philips en prit note.
Barker tapota le bras du malade en souriant.
— Ça s'annonce bien. Dans une semaine vous serez chez vous.
Puis, il se tourna vers les internes.
— Allez, remuez-vous ! lança-t-il. Nous avons encore du pain sur la planche !
Paige était stupéfaite. *Quel contraste ! C'est vraiment Dr Jekyll et Mr. Hyde !*
La malade suivante était une obèse à qui on avait mis un stimulateur cardiaque. Barker étudia sa fiche.
— Bonjour, Mrs. Shelby.
Le ton de sa voix était apaisant.
— Je suis le docteur Barker.
— Combien de temps allez-vous me garder ici ?
— Vous êtes si charmante que j'aimerais vous garder ici toute la vie, mais je suis marié.
Mrs. Shelby gloussa.
— Votre femme a bien de la chance.
Barker examina à nouveau sa fiche médicale.
— A mon avis, vous êtes prête à rentrer chez vous.
— Magnifique !
— Je repasserai vous voir cet après-midi.
Il se tourna vers les internes.
— Allons-y !
Ils le suivirent docilement dans une chambre privée occupée par un jeune Guatémaltèque. Ses parents l'entouraient, l'air anxieux.
— Bonjour ! lança Barker d'une voix chaleureuse.
Il examina la fiche du jeune homme.
— Comment te sens-tu ce matin ?
— Très bien, docteur.
— Pas de changement dans les analyses ? demanda-t-il à Philips.

— Non, docteur.
— Voilà une bonne nouvelle. Tiens bon, Juan.
— Est-ce que mon fils va guérir ? demanda la mère avec inquiétude.

Barker sourit.
— Nous ferons le maximum pour lui.
— Merci, docteur.

Barker sortit dans le couloir, suivi de près par le groupe. Il s'arrêta.
— Ce malade souffre d'une myocardite. Il a des accès de fièvre, des maux de tête et un œdème localisé. Parmi les génies que vous êtes, y en a-t-il un qui peut me dire l'origine la plus courante de cette maladie ?

Il y eut un silence général, puis Paige répondit d'un ton incertain :
— Il me semble que c'est congénital... héréditaire.

Barker l'encouragea d'un signe de tête.

Flattée, Paige enchaîna.
— Ça saute... attendez...

Elle essayait désespérément de se souvenir.
— Ça saute une génération et ça passe à travers les gènes de la mère.

Elle se tut et rougit de fierté.

Barker la fixa longuement du regard.
— Foutaises ! C'est la maladie de Chagas. Elle atteint les populations d'Amérique latine.

Il regarda Paige avec mépris.
— Bon Dieu ! Et vous vous dites médecin ?

Paige était cramoisie de honte.

Elle finit les visites dans un brouillard. Ils virent vingt-quatre malades, et Paige eut l'impression que le Dr Barker passait son temps à essayer de l'humilier. C'était toujours à elle qu'il posait des questions. Il la mettait à l'épreuve, la sondait. Si elle répondait bien, il ne la complimentait pas. Si elle se trompait, il l'invectivait.

— Je ne vous laisserais même pas opérer mon chien ! lança-t-il, à un moment donné, hors de lui.

Enfin le calvaire prit fin.

— Nous reprenons les visites à deux heures, les avertit le Dr Philips. N'oubliez pas vos calepins. Prenez des notes sur chaque malade, sans rien oublier.

Il regarda Paige avec compassion, s'apprêtant à dire quelques mots de réconfort, mais tourna les talons et rejoignit le Dr Barker. *Ce salaud, je ne veux plus le voir de ma vie,* pensa-t-elle.

Cette nuit-là, Paige était de garde. Elle courait d'une urgence à l'autre, en essayant désespérément d'endiguer le flot de catastrophes qui déferlait sur l'hôpital.

A une heure du matin, elle finit par s'endormir, épuisée. Elle n'entendit pas l'ambulance qui s'arrêtait brutalement devant l'entrée des urgences en faisant hurler sa sirène. Deux infirmiers se précipitèrent pour ouvrir les portes arrière du fourgon. Ils soulevèrent de la civière le blessé inconscient et le mirent sur un chariot avant de le conduire en courant dans la salle d'urgence n° 1.

L'hôpital avait été alerté par radio. Une infirmière courait à côté du blessé, tandis qu'une autre attendait en haut de la rampe. Soixante secondes plus tard, le blessé passait du chariot à la table d'examen.

C'était un homme jeune, mais il était tellement couvert de sang qu'il était presque impossible de discerner les traits de son visage.

Une infirmière commença à découper ses vêtements déchirés avec de grands ciseaux.

— On dirait qu'il a tous les os brisés.
— Il saigne comme un cochon qu'on vient d'égorger.
— Je ne sens pas son pouls.
— Qui est de garde ?
— Le Dr Taylor.
— Allez la chercher. Si elle se dépêche, elle a une chance de le trouver encore en vie.

Paige fut réveillée par la sonnerie du téléphone.

— Mmm... Allô !
— On a une urgence en salle 1, docteur. Je ne crois pas qu'il s'en sorte.

Paige se redressa instantanément.

— J'arrive.

Elle jeta un coup d'œil à sa montre. Une heure et demie. Elle sauta du lit de camp et courut vers l'ascenseur.

Une minute plus tard, elle pénétrait dans la salle. Au milieu de la pièce, sur la table d'examen, gisait le blessé couvert de sang.

— Qu'est-ce qui est arrivé ?

— Accident de moto. Il a été renversé par un bus. Il ne portait pas de casque.

Paige s'approcha du corps inerte, et, avant même d'avoir vu son visage, elle eut un pressentiment.

Elle fut brusquement tout à fait réveillée.

— Placez trois cathéters, ordonna-t-elle. Mettez-le sous oxygène. Il faut du sang, immédiatement. Appelez le central pour connaître son groupe.

L'infirmière la regarda d'un air surpris.

— Vous le connaissez ?

— Oui. Il s'appelle Jimmy Ford.

Elle passa la main sur le crâne de Jimmy.

— Il y a un gros œdème. Je veux un scanner et une radio du cerveau. Il faut mettre le paquet. Je veux qu'il tienne le coup !

— Entendu, docteur.

Pendant les deux heures qui suivirent, Paige fit tout ce qui était en son pouvoir pour sauver Jimmy Ford. La radio révéla une fracture du crâne, une contusion du cerveau, une fracture de l'humérus et de nombreuses déchirures. Mais on ne pouvait rien faire avant qu'il ait repris des forces.

A trois heures et demie du matin, Paige jugea qu'elle ne pouvait rien faire de plus pour le moment. Il respirait mieux, et son pouls était stabilisé. Elle baissa les yeux vers le corps inanimé. *Nous voulons avoir une demi-douzaine d'enfants, et la première des filles s'appellera Paige. J'espère que ça ne te dérange pas ?*

— Appelez-moi au moindre changement.

— Ne vous inquiétez pas, docteur. Nous allons veiller sur lui.

Paige retourna à la salle de garde. Elle était épuisée, mais elle ne put trouver le sommeil tant elle était angoissée pour Jimmy.

Le téléphone sonna de nouveau. Elle eut à peine la force de soulever le combiné.

— Allô !

— Docteur, il faut que vous veniez au troisième étage. Stat. Je crois qu'un des malades du Dr Barker fait une attaque cardiaque.

— J'arrive.

Un des malades du Dr Barker. Paige respira profondément, sortit du lit en titubant de fatigue, s'aspergea le visage d'eau froide et se précipita vers le troisième étage.

Une infirmière l'attendait devant une chambre individuelle.

— C'est Mrs. Hearns. On dirait qu'elle fait un nouvel infarctus.

Paige entra.

Mrs. Hearns était âgée d'une cinquantaine d'années. Son visage conservait les traces d'une grande beauté, mais son corps était gros et flasque. Elle gémissait, les mains serrées sur sa poitrine.

— Je vais mourir... Je vais mourir... Je ne peux plus respirer.

Paige la rassura.

— Ne vous en faites pas, on va s'occuper de vous.

Elle se tourna vers l'infirmière.

— Vous avez fait un électro ?

— Elle ne veut pas que je m'approche. Elle dit qu'elle a trop peur.

Paige s'adressa à la malade.

— Il faut faire un électrocardiogramme.

— Non ! je ne veux pas mourir. Je vous en prie, ne me laissez pas mourir.

Paige se tourna vers l'infirmière.

— Appelez le Dr Barker. Demandez-lui de venir immédiatement.

L'infirmière sortit en courant.

Paige posa un stéthoscope sur la poitrine de Mrs. Hearns. Les battements cardiaques lui parurent normaux, mais elle ne voulait prendre aucun risque.

— Le Dr Barker sera là dans quelques minutes. Essayez de vous détendre.

— Je ne me suis jamais sentie aussi mal. J'ai un terrible poids sur la poitrine. Je vous en prie, ne me laissez pas seule.

— Je reste avec vous.

En attendant l'arrivée du Dr Barker, Paige appela l'unité de soins intensifs. L'état de Jimmy Ford n'avait pas changé, il était toujours dans le coma.

Barker arriva une demi-heure plus tard. Il s'était habillé à la hâte.

— Qu'est-ce qui se passe ?

— Je crois que Mrs. Hearns fait une nouvelle attaque cardiaque.

Barker s'approcha du lit.

— Vous avez fait un électro ?

— Elle ne veut pas qu'on la touche.

— Le pouls ?

— Normal. Pas de fièvre.

Barker posa un stéthoscope sur le dos de Mrs. Hearns.

— Respirez profondément.

Elle s'exécuta.

— Encore.

Mrs. Hearns émit un rot sonore.

— Excusez-moi.

Puis elle sourit.

— Oh ! ça va mieux.

Il la regarda longuement.

— Qu'avez-vous mangé ce soir ?

— Un hamburger.

— Seulement un hamburger ? C'est tout ? Un seul ?

— Deux.

— Rien d'autre ?

— Eh bien, comme d'habitude, avec des oignons et des frites.

— Et comme boisson ?

— Un milk-shake au chocolat.

— Votre cœur va bien. C'est votre appétit qui m'inquiète.

Il se tourna vers Paige.

— C'est une indigestion. Je veux vous parler, docteur.

Quand ils furent dans le couloir, il se mit à hurler.

— Nom de Dieu, qu'est-ce qu'ils vous ont appris dans votre école ? Vous n'êtes même pas fichue de faire la différence entre une cardialgie et un infarctus !

— Je pensais que...

— Le problème, c'est que vous en êtes incapable. Cela dépasse vos moyens ! Si jamais vous me réveillez encore au milieu de la nuit pour une indigestion, vous pouvez dire adieu à votre belle carrière. Je me suis bien fait comprendre, cette fois ?

Paige se raidit devant une telle humiliation.

— Donnez-lui donc du bicarbonate, *docteur,* lança-t-il sur un ton sarcastique, et vous la verrez guérie sur-le-champ. Je vous retrouve à six heures pour les visites, conclut-il avant de quitter l'hôpital d'un pas furieux.

Paige retourna dans la salle de garde et s'effondra sur le lit de camp.

Je vais tuer Lawrence Barker. Je vais le tuer à petit feu. Il sera très malade. Il aura des dizaines de tuyaux à travers le corps. Il me suppliera de mettre fin à ses souffrances mais je ne le ferai pas. Je le laisserai souffrir... Et sitôt qu'il commencera à se sentir mieux, je lui réglerai son compte !

XV

Tous les matins donc, Paige assistait le Dr Barker — le Monstre, tel qu'elle l'appelait secrètement. Elle avait participé à trois interventions à cœur ouvert, et malgré son inimitié à l'encontre de son chef de service, elle ne pouvait s'empêcher d'admirer son habileté de chirurgien. Elle le regardait médusée ouvrir la cage thoracique d'un malade, remplacer adroitement un cœur fatigué par un autre et recoudre le tout. L'opération entière durait moins de cinq heures.

Dans quelques semaines, ce malade pourra reprendre une vie normale. Pas étonnant que certains chirurgiens se prennent pour des dieux. Ils ont le pouvoir de ramener à la vie des moribonds.

De temps en temps, un cœur s'arrêtait de battre pour redevenir une masse de chair inerte. Et puis le miracle se produisait, et l'organe renaissait à la vie et recommençait à pulser un sang salvateur dans le corps d'un mourant.

Un matin, un malade devait recevoir une sonde à ballonnets dans l'aorte. Paige assistait Barker. Au moment de commencer, Barker se tourna vers elle.

— Allez-y ! lança-t-il.

Paige le regarda, surprise.

— Je vous demande pardon ?

— C'est une intervention simplissime. Vous pensez pouvoir vous en sortir ? lui demanda-t-il avec du mépris dans la voix.

— Oui, répondit Paige en serrant les dents.

— Très bien. Alors allez-y. Et dépêchez-vous ! s'énerva-t-il.

Barker regarda Paige insérer une canule dans l'artère du malade et la glisser jusqu'au cœur. Le travail fut effectué à la perfection, mais Barker ne lui fit pas le moindre compliment.

Qu'il aille au diable ! Je n'arriverai jamais à faire quelque chose de bien à ses yeux.

Paige injecta un colorant radio-opaque par l'intermédiaire de la canule. Ils se tournèrent vers l'écran de contrôle tandis que le colorant se diffusait dans les artères coronaires. Des images apparurent bientôt sur un écran. La fluoroscopie montrait le degré d'obstruction des artères et la localisation des bouchons et une caméra enregistrait les images radio pour une utilisation ultérieure.

— Du beau boulot, lui dit un médecin dans un sourire.

— Merci, répondit Paige avant de se tourner vers Barker.

— Trop lent ! Bien trop lent, grommela-t-il. avant de quitter le bloc opératoire.

Paige bénissait les jours où Barker était à son cabinet privé. Ne pas le voir pendant une journée, disait-elle à Kat, c'est comme passer une semaine à la campagne.

— Tu le hais à ce point ?

— C'est un grand chirurgien, mais humainement, il est en dessous de tout. C'est fou comme le nom des gens est représentatif de ce qu'ils sont ! Barker ne peut pas s'empêcher d'aboyer[1]. Il est comme un roquet !

— Tu devrais voir les perles dont j'ai hérité ! lança Kat en riant. Ils se prennent tous pour des apollons. Pourquoi faut-il qu'il y ait des hommes sur terre ! On serait si bien sans eux.

Paige la regarda un moment, mais s'abstint de faire le moindre commentaire.

Paige et Kat rendaient régulièrement visite à Jimmy Ford. Il

---

1. *To bark* : aboyer en anglais. *(N. d. T.)*

était toujours dans le coma. Il n'y avait rien d'autre à faire qu'attendre.

— Pourquoi faut-il toujours que ça arrive aux types bien ? soupira Kat.

— Si seulement je le savais...

— Tu crois qu'il va s'en sortir ?

Paige hésita un moment.

— On a fait tout ce qui était en notre pouvoir. Maintenant, c'est à Dieu de décider.

— Très drôle. Je croyais que c'était nous les dieux.

Le lendemain, alors que Paige s'apprêtait à faire la visite des malades, Kaplan, un médecin de l'équipe, vint à sa rencontre dans le couloir.

— C'est ton jour de chance, lança-t-il d'un air hilare. Tu vas hériter d'un nouvel étudiant en médecine.

— Ah oui ?

— Ouais. L'abruti.

— L'abruti ?

— Le neveu du grand chef. La femme de Wallace a comme neveu un abruti qui veut devenir médecin. Il s'est fait virer de ses deux dernières écoles de médecine. Et on l'a maintenant sur les bras. Aujourd'hui, c'est ton tour.

— Je n'ai pas que ça à faire, grommela Paige. Je suis en plein boum...

— Tu n'as pas le choix. Sois une bonne petite fille et le Dr Wallace te donnera des bons points, lança Kaplan en s'en allant.

Paige soupira et se dirigea vers la salle où les nouveaux internes attendaient de faire les visites. *Où il est l'abruti ?* Elle regarda sa montre. Il avait déjà trois minutes de retard. *Je lui donne une minute, pas une de plus.* Elle le vit enfin arriver. Un grand type svelte qui courait dans le couloir.

Il s'arrêta devant Paige, hors d'haleine, et dit :

— Excusez-moi, le Dr Wallace m'envoie vous dire que...

— Vous me faites perdre du temps ! lança Paige d'un ton sec.

— Je sais. Je suis désolé. Mais j'ai été retenu au...
— Peu importe. Comment vous appelez-vous ?
— Jason. Jason Curtis.
Il portait un veston.
— Où est votre blouse ?
— Ma blouse ?
— Personne ne vous a dit que l'on porte une blouse pendant les visites ?
Il la regarda, interloqué.
— Non. Je crains qu'il y ait une...
— Allez en chercher une tout de suite, dans le bureau de l'infirmière en chef, rétorqua Paige agacée. Et je vois que vous n'avez pas non plus de bloc-notes.
— Non.
Abruti ? c'est rien de le dire !
— Je vous attends en salle 1.
— Vous êtes sûre que...
— Dépêchez-vous !
Elle s'en alla avec son groupe, laissant Jason Curtis bouche bée.
Ils examinaient leur troisième malade lorsque Jason Curtis les rejoignit enfin, arborant une blouse blanche. Paige annonçait ses observations :
— ... il est assez rare que l'on rencontre des tumeurs au cœur en première génération. Il s'agit le plus souvent de tumeurs secondaires.
Elle se tourna vers Curtis.
— Vous pouvez nous dire les trois sortes de tumeurs du cœur que l'on rencontre ?
Il la regarda, paniqué.
— Je crains que non...
Evidemment !
— Tumeur de l'épicarde, du myocarde et de l'endocarde, annonça-t-elle.
Il lui fit un sourire.
— C'est très intéressant.
Seigneur ! Dr Wallace ou non, je vais te le virer celui-là, et vite !

Le groupe se dirigea vers le lit suivant. Une fois que Paige eut terminé d'examiner le malade, elle entraîna le groupe dans le couloir.

— Nous avons affaire ici à un dérèglement thyroïdien, avec fièvre et forte tachycardie. Les symptômes sont apparus après une intervention chirurgicale.

Elle se tourna vers Jason.

— Comment le traiter ?

Il réfléchit un moment puis annonça :

— Avec gentillesse ?

Paige explosa :

— Vous n'êtes pas sa mère ! Vous êtes son médecin ! Il faut le placer sous perfusion pour éviter la déshydratation, avec une solution iodée et des produits antithyroïdiens, et lui donner des sédatifs pour arrêter les convulsions.

Jason dodelina de la tête.

— Cela me semble bien.

Cela s'annonçait de mal en pis. Lorsque les visites furent terminées, Paige entraîna Jason à l'écart.

— Je peux vous parler franchement ?

— Bien sûr, répondit-il en souriant. J'en serais ravi.

— Trouvez-vous un autre métier.

Il la regarda en fronçant les sourcils.

— Vous pensez que je ne suis pas fait pour celui-là ?

— Honnêtement, non. Vous n'aimez pas ça, n'est-ce pas ?

— Pas vraiment.

— Alors pourquoi vous êtes-vous lancé là-dedans ?

— A vrai dire, on m'y a plutôt poussé.

— Eh bien, vous allez dire au Dr Wallace qu'il se trompe. Je pense que vous feriez mieux de changer de voie et de vous lancer dans autre chose.

— J'apprécie vraiment votre franchise, répondit Jason Curtis avec le plus grand sérieux du monde. Peut-être pourrions-nous en discuter plus longuement ? Vous êtes peut-être libre ce soir, à dîner ?

— Il est inutile d'en parler davantage, répondit sèchement Paige. Allez donc dire à votre oncle que...

A cet instant, le Dr Wallace arriva dans le couloir.

— Jason ! lança-t-il. Je vous cherche partout !

Il se tourna vers Paige.

— Je vois que vous avez fait connaissance...

— Oui, effectivement, répondit Paige avec sarcasme.

— Parfait. Jason est architecte. C'est lui qui a dessiné l'aile que nous sommes en train de faire construire.

Paige resta figée sur place.

— Il est... quoi ?

— Oui, architecte. Il ne vous l'a pas dit ?

Elle se sentit rougir. « *Personne ne vous a dit que l'on porte une blouse pendant les visites ? Pourquoi vous êtes-vous lancé là-dedans ? A vrai dire, on m'y a plutôt poussé.* »

Seigneur !

Paige avait envie de se cacher dans un trou de souris. Il l'avait tournée complètement en ridicule. Elle se carra devant Jason.

— Pourquoi ne m'avez-vous rien dit ?

Il la regarda, d'un air amusé.

— En fait, vous ne m'en avez guère laissé l'occasion.

— L'occasion de quoi ? s'enquit Wallace.

— Si vous voulez bien m'excuser... du travail m'attend, annonça Paige en serrant les dents.

— Et pour ce dîner, ce soir ?

— Je suis débordée. Je n'ai pas le temps de dîner, lança-t-elle.

Et Paige s'en alla.

Jason la regarda s'éloigner dans le couloir, avec une certaine admiration.

— Quelle femme !

— Oui, elle a du tempérament, c'est le moins que l'on puisse dire ! répondit Wallace. Et maintenant, si l'on allait dans mon bureau, discuter enfin de ces nouveaux plans ?

— Allons-y, répondit Jason, mais ses pensées étaient encore avec Paige.

Chaque année, au mois de juillet, un même rituel se déroulait dans tous les hôpitaux des Etats-Unis : l'arrivée des nouveaux internes s'apprêtant à affronter la dernière ligne droite qu'il leur restait à parcourir pour devenir de véritables médecins.

Les infirmières attendaient avec impatience le nouvel arrivage, faisant déjà leurs choix quant à ceux qui seraient de bons amants et ceux qui feraient de bons maris. Ce jour-là, lorsque débarqua le nouveau groupe d'internes, tous les regards féminins étaient rivés sur Ken Mallory.

Personne ne savait pourquoi Ken Mallory avait demandé son transfert d'un grand hôpital privé de Washington pour l'Embarcadero County Hospital de San Francisco. Il avait derrière lui cinq ans d'internat et était chirurgien de formation. Une rumeur disait qu'il avait dû quitter Washington d'urgence à cause d'une liaison avec la femme d'un sénateur du Congrès. Une autre rumeur prétendait qu'une infirmière s'était suicidée à cause de lui et qu'on lui avait demandé de quitter les lieux. La seule chose que toutes les infirmières s'accordaient à dire, c'était qu'il était l'homme le plus séduisant qu'elles aient jamais rencontré. Il était grand, avec un corps d'apollon, des cheveux blonds et un visage de star de cinéma.

Mallory s'intégra dans l'effervescence de l'hôpital comme s'il avait été là depuis toujours. Il usait et abusait de son charme ; dès son arrivée, les infirmières faisaient des pieds et des mains pour attirer son attention. Chaque nuit, les autres médecins le regardaient s'éclipser dans une salle de garde déserte avec une infirmière différente. Sa réputation de tombeur devint rapidement légendaire dans les murs de l'hôpital.

Paige, Kat et Honey avaient bien entendu remarqué son manège.

— Voir toutes ces infirmières se jeter à son cou est un spectacle sidérant, lança Kat en riant. Elles se battent comme des harpies pour avoir la faveur de la semaine.

— Il faut dire qu'il est effectivement très séduisant, reconnut Honey.

Kat secoua la tête.

— Non, je ne trouve pas.

Un matin, cinq ou six médecins étaient en train de se changer dans le vestiaire lorsque Mallory fit son entrée.

— On était en train de parler de toi, dit l'un d'eux. Tu dois être sur les rotules.

Mallory esquissa un sourire béat.

— Ce n'était pas désagréable.

Il avait passé la nuit avec deux infirmières.

— Tu nous fais prendre pour des eunuques, lança Grundy, l'un des internes. Il n'y a donc pas une fille qui puisse te résister à l'hôpital ?

— Je le crains, lança Mallory en éclatant de rire.

Grundy réfléchit un moment.

— Moi, je crois qu'il y en a une.

— Vraiment ? Qui donc ?

— Une interne. Elle s'appelle Kat Hunter.

Mallory hocha la tête.

— Ah oui, la jolie Noire ! Je l'ai remarquée. C'est un beau brin de fille. Et pourquoi ne pourrais-je pas la mettre dans mon lit ?

— Parce qu'on s'est tous cassé le nez. Je crois qu'elle n'aime pas les hommes.

— Peut-être n'a-t-elle pas encore rencontré le bon, suggéra Mallory.

Grundy secoua la tête.

— Non, tu n'as aucune chance.

On le défiait ouvertement.

— Eh bien, je vous parie que si !

— Tu es prêt à tenir les paris ? intervint un autre interne.

— Absolument. Pourquoi pas ? répondit Mallory dans un sourire.

— Entendu.

Le groupe s'approcha de Mallory.

— Je parie cinq cents dollars que tu ne te la fais pas.

— Pari tenu.

— Moi, je parie trois cents dollars.

— Moi aussi, je veux être de la partie. Je mets six cents, lança encore un autre.

A la fin, l'enjeu était de cinq mille dollars.

— Quelle est la date limite ? demanda Mallory.

Grundy réfléchit un moment.

— Disons un mois. Ça te semble honnête ?
— Tout à fait. C'est plus de temps qu'il ne m'en faut.
— Mais il faudra le prouver, répliqua Grundy. La belle devra reconnaître publiquement qu'elle a couché avec toi.
— Pas de problème, répondit Mallory avant de les regarder tous un à un. Préparez vos billets, bande de branleurs !

Un quart d'heure plus tard, Grundy aperçut Kat, Paige et Honey qui prenaient leur petit déjeuner à la cafétéria.
— Puis-je me joindre à vous, mesdames — pardon, chères consœurs ?
Paige releva la tête.
— Bien sûr.
Grundy s'assit et regarda Kat.
— Je regrette vraiment de devoir t'apprendre cette nouvelle, commença-t-il sur un ton d'excuse. Mais ça me fiche en rogne et je crois qu'il vaut mieux que tu sois au courant.
Kat l'étudia, perplexe.
— Que je sois au courant de quoi ?
Grundy poussa un soupir.
— C'est à propos de Ken Mallory, le nouveau...
— Eh bien quoi ?...
— Eh bien, il... Mon Dieu, c'est très embarrassant. Il a parié cinq mille dollars avec d'autres médecins qu'il te mettrait dans son lit avant un mois.
Le visage de Kat se durcit.
— Il a fait ça ?
— Je comprends que tu réagisses mal, répondit Grundy. J'ai été fou de rage en apprenant ce coup monté. Voilà, je voulais juste t'avertir. Il va te faire un sacré rentre-dedans, et je me suis dit qu'il valait mieux que tu saches ce qu'il y a derrière tout ça.
— Merci, répondit Kat. C'est gentil de m'avoir prévenue.
— C'est la moindre des choses.
Elles regardèrent Grundy s'en aller.
Dans le couloir, un autre interne attendait Grundy.
— Alors ? Comment ça s'est passé ?

— Comme sur des roulettes, répondit Grundy hilare. L'autre connard est grillé !

A table, Honey n'en revenait pas.
— C'est horrible !
Kat acquiesça.
— Des types comme lui, il faudrait leur faire une zobotomie ! Les poules auront des dents quand j'accepterai de sortir avec ce mufle !
Paige restait silencieuse, l'air pensif. Au bout d'un moment, elle prit la parole :
— Et si justement tu acceptais, Kat ?
Kat la regarda, éberluée.
— Pardon ?
Il y avait une lueur malicieuse dans les yeux de Paige.
— Pourquoi pas ? Puisque monsieur aime jouer, pourquoi ne pas le prendre à son propre jeu ?
Kat se pencha vers Paige.
— Continue, je t'écoute...
— Il a un mois pour gagner son pari, hein ? Lorsqu'il va te demander de sortir avec toi, montre-toi tout émoustillée. Il faut qu'il te croie folle de lui. Tu vas l'allumer comme ce n'est pas permis. La seule chose que tu devras t'interdire, ce sera d'aller au lit avec lui. La petite leçon que tu vas lui donner va lui coûter cinq mille dollars.
Kat songea à son beau-père. C'était, au fond, une façon comme une autre de se venger.
— Ça me plaît bien, répondit-elle finalement.
— Tu es sérieuse ? Tu serais prête à faire une chose pareille ? demanda Honey.
— Tout à fait.
Sans le savoir, elle venait de signer son arrêt de mort.

XVI

Jason Curtis n'arrivait pas à chasser Paige Taylor de ses pensées. Il téléphona à la secrétaire de Wallace.

— Bonjour. C'est Jason Curtis. Pouvez-vous me donner le numéro de téléphone du Dr Paige Taylor ?

— Certainement, Mr. Curtis. Un moment, je vous prie.

Un instant après, il avait le numéro personnel de Paige.

Ce fut Honey qui décrocha.

— Docteur Taft, j'écoute.

— Bonjour. Jason Curtis à l'appareil. Est-ce que le Dr Taylor est là ?

— Non. Elle est de garde à l'hôpital.

— Ah bon. Tant pis.

Honey sentit la déception de Jason.

— Si c'est urgent, je peux...

— Non, non.

— Je peux peut-être prendre un message et lui demander de vous rappeler ?

— Ce serait gentil.

Jason lui donna son numéro de téléphone.

— Je lui transmettrai le message.

— Merci.

— Jason Curtis a appelé, annonça Honey au retour de Paige. Il a l'air charmant. Il a laissé son numéro.
— Tu peux le mettre à la poubelle.
— Tu ne vas pas le rappeler ?
— Pas question.
— Tu t'accroches encore à Alfred, hein ?
— Bien sûr que non !
Et la conversation en resta là.

Jason attendit deux jours avant de décrocher de nouveau son téléphone.
Cette fois, il tomba sur Paige.
— Docteur Taylor à l'appareil.
— Oh ! Bonjour ! lança Jason. Ici le docteur Curtis.
— Docteur qui ?
— Vous ne vous souvenez peut-être pas de moi, répondit Jason d'un ton léger. J'ai fait la visite des malades avec vous, l'autre jour, et je vous avais invitée à dîner, et vous m'aviez dit que...
— J'étais débordée de travail. Et c'est toujours le cas. Au revoir, Mr. Curtis, lança-t-elle en raccrochant.
— Qui était-ce ? demanda Honey.
— Personne.

A six heures du matin, le lendemain, au moment où les internes se rassemblaient pour la visite, Jason Curtis fit son apparition, vêtu d'une blouse blanche.
— Je ne suis pas en retard, au moins ? lança-t-il avec enthousiasme. Vous avez vu ? J'ai ma blouse. Je ne voulais pas vous mettre une nouvelle fois en colère.
Paige poussa un soupir.
— Venez par ici, dit-elle en entraînant Jason dans le vestiaire des médecins. Qu'est-ce que vous faites ici ?
— Pour dire la vérité, je me faisais du souci pour certains malades que nous avions vus l'autre jour, répondit-il le plus sérieusement du monde. Je voulais m'assurer qu'ils allaient bien.

Paige bouillait intérieurement. Ce type commençait à être collant.

— Vous n'avez rien de mieux à faire en ce moment ? Construire quelque chose, par exemple ?

Jason la dévisagea un moment et répondit calmement.

— C'est justement ce que j'essaie de faire.

Il sortit une liasse de tickets de sa poche.

— Ecoutez, je ne connais pas vos goûts, alors j'ai pris des places pour le match des Giants ce soir, des places de théâtre, d'opéra et de concert. Faites votre choix. Ils ne sont ni repris, ni échangés.

Il n'était pas seulement collant, il était carrément exaspérant !

— Vous jetez souvent votre argent par les fenêtres ?

— Seulement quand je suis amoureux, répondit Jason.

— Pardon ?

Il lui tendit sa liasse de tickets sous le nez.

— Allez-y, faites votre choix.

Paige les prit tous d'un coup.

— Merci, répondit-elle d'un ton mielleux. Je vais les donner à mes anciens malades. Rares sont ceux qui ont la chance d'aller au théâtre ou à l'opéra.

Jason eut un grand sourire.

— Bonne idée ! J'espère que ça leur plaira. Vous voulez bien dîner avec moi, ce soir ?

— Non.

— Il faut bien que vous vous nourrissiez, de toute façon. Vous ne voulez vraiment pas ?

Paige se sentit un peu coupable, en songeant aux places de spectacle.

— J'ai peur de ne pas être de très bonne compagnie. J'étais de garde toute la nuit, et...

— On finira tôt. Parole de scout.

Paige soupira.

— Entendu, mais...

— Génial ! Je passe vous prendre chez vous ?

— Je finis mon service à sept heures.

— Je passerai vous chercher ici dans ce cas, répondit-il en

bâillant. Bien, maintenant je vais rentrer me coucher. C'est pas une heure pour se lever. Comment faites-vous pour tenir le coup ?

Paige le regarda s'éloigner et ne put s'empêcher de sourire.

A sept heures du soir, lorsque Jason arriva à l'hôpital, l'infirmière en chef lui dit qu'il pourrait trouver le Dr Taylor dans la salle de garde.

Jason longea le couloir jusqu'à la salle et trouva porte close. Il frappa. Pas de réponse. Il frappa encore, et ouvrit la porte, pour jeter un coup d'œil à l'intérieur. Paige était étendue sur le lit de camp, dormant d'un profond sommeil. Jason s'approcha et resta un long moment à la regarder. *Je vais vous épouser, belle demoiselle.* Il sortit de la pièce sur la pointe des pieds et referma la porte sans bruit derrière lui.

Le matin suivant, Jason était en pleine réunion lorsque sa secrétaire lui apporta un petit bouquet de fleurs. Sur la carte, il y avait écrit : « Désolée. Le marchand de sable est venu sans crier gare. » Jason éclata de rire. Il téléphona aussitôt à l'hôpital.

— Bonjour, c'est votre rendez-vous à l'appareil.

— Je suis vraiment désolée pour hier soir, dit Paige. Je suis confuse.

— Ce n'est rien. Mais j'ai une question à vous poser.

— Oui ?

— Vous pensez que l'autre va revenir ce soir avec ses sacs de sable ?

Paige rit.

— Allez savoir !

— On pourrait peut-être lui poser un lapin aujourd'hui ? Qu'est-ce que vous en dites ?

Elle hésita. *Je ne veux pas m'engager. Et cela n'a rien à voir avec Alfred !*

— Hou hou ! Vous êtes toujours là ?

— Oui, oui, je suis là.

Allez, un dîner n'engage à rien, décida Paige.
— Entendu, répondit-elle. C'est d'accord pour ce soir.
— Génial !

Kat regardait Paige s'habiller.
— Toi, tu as un rendez-vous galant ou je ne m'y connais pas. Qui est-ce ?
— C'est un docteur-architecte, répondit Paige.
— Un quoi ?
Paige lui raconta toute l'histoire.
— Ça a l'air de t'amuser. Il t'intéresse ?
— Pas vraiment.

La soirée fut très agréable. Jason se révéla de bonne compagnie. Ils parlèrent de tout et de rien, et ne virent pas le temps passer.
— Parlez-moi de vous, demanda Jason. Où avez-vous passé votre enfance ?
— Si je vous le dis, vous ne me croirez pas.
— Je vous croirai, promis juré.
— On parie ?
— Allez-y...
— Très bien. Au Congo, en Inde, en Birmanie, au Nigeria, au Kenya...
— Ça va, vous avez gagné.
— C'est pourtant la vérité. Mon père travaillait pour l'OMS.
— Qu'est-ce que c'est que ça ? On ne va pas jouer aux devinettes toute la soirée...
— L'Organisation mondiale de la santé. Il était médecin. J'ai passé mon enfance à voyager à travers la majeure partie du tiers-monde.
— Cela a dû être éprouvant.
— Au contraire. J'adorais ça. Le plus pénible, c'était que je n'avais jamais le temps de me faire des amis.
Nous n'avons besoin de personne, Paige. Nous serons toujours ensemble... Je vous présente Karen... ma femme... Elle s'empressa de chasser ce souvenir.

— Je connais beaucoup de langues étrangères, ainsi que pas mal de coutumes exotiques.
— Par exemple ?
— Eh bien...
Elle réfléchit un instant.
— Par exemple, en Inde, on croit à la réincarnation, et cette seconde vie dépend de la façon dont vous vous êtes comporté durant la première. Si vous étiez mauvais, vous reviendrez sur terre sous la forme d'un animal. Je me souviens que, dans un village, nous avions un chien, et je me demandais toujours ce qu'avait bien pu faire cet homme pour avoir été transformé en chien.
— Il a dû, sans doute, mordre quelqu'un, lança Jason.
Paige sourit.
— Et il y a ce qu'on appelle le *gherao*.
— Le *gherao* ?
— C'est un mode de punition très persuasif. La foule entoure un homme et...
Elle s'arrêta brusquement.
— Et ?
— Et c'est tout.
— C'est tout ?
— Les gens ne disent rien, ne font pas le moindre geste. Mais l'homme ne peut pas bouger, ni s'échapper. Il reste encerclé jusqu'à ce qu'il cède. Cela peut durer des heures et des heures. L'homme reste au milieu du cercle, mais les gens dans la foule se relaient. Une fois, un homme a tenté de s'échapper du *gherao*. Ils l'ont battu à mort.
Paige frissonna à l'évocation de ce souvenir. Ces gens, d'ordinaire amicaux et pacifiques, s'étaient métamorphosés en bêtes furieuses. « Allons-nous-en d'ici », avait crié Alfred. Il l'avait prise par le bras et entraînée à l'écart.
— C'est horrible, dit Jason.
— Le lendemain, mon père nous faisait quitter la région.
— J'aurais bien aimé connaître votre père.
— C'était un grand médecin. Il aurait pu faire fortune sur Park Avenue, mais l'argent ne l'intéressait pas. Son seul désir, c'était d'aider son prochain. *Comme Alfred*, songea-t-elle.

— Que lui est-il arrivé ?
— Il a été tué au cours d'une guerre tribale.
— C'est triste.
— Il adorait son métier. Au début, les indigènes étaient contre lui. La superstition était omniprésente. Dans les villages reculés d'Inde, tout le monde a un *jatak*, un horoscope composé par l'astrologue local, et chacun le suit à la lettre, expliqua Paige avec un sourire aux lèvres. J'adorais qu'on me fasse le mien.
— Est-ce qu'on vous disait que vous alliez épouser un bel et charmant architecte ?
Paige releva les yeux et rétorqua :
— Absolument pas.
La conversation prenait une tournure trop intime à son goût.
— Tenez, vous qui êtes architecte, ça va vous intéresser. J'ai passé mon enfance dans des huttes de torchis, avec un sol en terre battue et des toits de chaume où les souris et les chauves-souris adoraient se nicher. J'ai vécu dans des *tukuls* sans fenêtre avec des toits d'herbe. Et mon rêve, c'était de vivre un jour dans une maison douillette à deux étages, avec une véranda, une pelouse verte et une petite barrière blanche, et...
Paige s'interrompit.
— Je suis désolée. Je ne voulais pas être si bavarde, mais il ne fallait pas me lancer sur ce sujet.
— Au contraire, je suis ravi, répondit Jason.
Paige consulta sa montre.
— Mon Dieu ! Je ne pensais pas qu'il était si tard.
— On pourra recommencer un autre soir ?
Je ne veux pas lui donner d'illusions, se dit Paige. *Pas la moindre.* Elle songea à ce que lui avait dit Kat. *Tu t'accroches à un fantôme.* Elle releva les yeux vers Jason.
— Peut-être, répondit-elle.

Le lendemain matin, un livreur sonna à la porte. Paige le fit entrer.
— J'ai un paquet pour le Dr Taylor.
— C'est moi.

Le livreur la regarda d'un air surpris.
— Vous êtes médecin ?
— Oui, répondit Paige, gardant son calme. Je suis médecin. Ça vous pose un problème ?
Il haussa les épaules.
— Non, ma petite dame. Pas du tout. Si vous voulez bien signer ici...

Le paquet était étrangement lourd. Sa curiosité piquée au vif, Paige posa le paquet sur la table du salon et l'ouvrit. Elle trouva à l'intérieur la maquette d'une charmante maison flanquée d'une véranda. Devant, il y avait une petite pelouse entourée d'une barrière blanche. *Il a dû passer la nuit à faire ça*. Il y avait une carte, avec un petit mot :

Ma maison ☐
Notre maison ☐
Cochez la case correspondante, SVP.

Elle s'assit et contempla longuement la maquette. C'était la maison de ses rêves, mais pas le bon prince charmant.
Qu'est-ce qui me prend ? se demanda-t-elle. *Cet homme est adorable, séduisant et brillant*. Mais elle savait bien ce qui clochait. Jason n'était pas Alfred.
Le téléphone sonna. C'était Jason.
— On vous a livré votre maison ? demanda-t-il.
— Elle est superbe, dit Paige. Merci beaucoup.
— J'aimerais en construire une vraie pour vous. Vous avez rempli le QCM ?
— Non.
— Je suis un homme patient. Vous êtes libre ce soir ?
— Oui, mais il faut que je vous prévienne. Je vais opérer toute la journée, et ce soir, je serai à ramasser à la petite cuillère.
— On ne restera pas tard. Ça se passe chez mes parents, au fait.
— Oh, fit Paige, hésitant soudain.
— Je leur ai beaucoup parlé de vous.
— C'est gentil, répondit Paige.

Tout allait trop vite à son goût.

Je n'aurais pas dû accepter, se dit-elle en raccrochant. *Ce soir, je serai bonne à me mettre au lit, c'est tout.* Elle fut tentée de rappeler Jason pour annuler. *C'est trop tard pour faire marche arrière. Mais je m'en irai tôt.*

— Tu as l'air crevé, annonça Kat tandis que Paige s'habillait ce soir-là.
— Je le suis.
— Pourquoi sors-tu, dans ce cas ? Tu ferais mieux d'aller te mettre au lit. A moins que ce soit justement là où tu comptes finir ?
— Non. Pas ce soir.
— C'est encore ce Jason ?
— Oui. Il va me présenter ses parents.
— Ah là là ! fit Kat en secouant la tête.
— Ce n'est pas du tout ce que tu crois, rétorqua Paige. *Pas du tout.*

Les parents de Jason vivaient dans une charmante vieille demeure dans le district de Pacific Heights. Le père de Jason était un septuagénaire aux allures d'aristocrate. Sa mère, une femme chaleureuse, pleine d'un bon sens paysan. Ils mirent Paige aussitôt à l'aise.
— Jason nous a tant parlé de vous, dit Mrs. Curtis. Mais il nous avait caché que vous étiez si jolie.
— Merci.
Ils se rendirent dans la bibliothèque, décorée de maquettes d'immeubles que Jason et son père avaient conçues.
— A nous trois — Jason, son arrière-grand-père et moi — nous avons dû dessiner la moitié de San Francisco, annonça le père de Jason. Mon fils est un génie.
— C'est ce que je n'arrête pas de dire à Paige, lança Jason.
Paige éclata de rire.
— Je ne demande qu'à le croire.
Ses paupières étaient lourdes comme du plomb et elle luttait contre le sommeil.

Jason la regarda, l'air soucieux.

— Allons dîner, proposa-t-il.

Ils s'installèrent dans une grande salle à manger, au plancher de chêne. La pièce était ornée de meubles anciens et des tableaux décoraient les murs. Une domestique commença à servir le dîner.

— Le portrait qu'il y a au-dessus de vous représente l'arrière-grand-père de Jason, dit son père. Tous les bâtiments qu'il a construits ont été détruits pendant le tremblement de terre de 1906. C'est bien triste. Ces bâtiments n'avaient pas de prix. Je vous montrerai quelques photos après dîner si ça vous...

Paige piquait du nez dans son assiette.

— Heureusement qu'on n'a pas servi la soupe! lança la mère de Jason.

Ken Mallory se trouvait face à un problème. Depuis qu'on avait entendu parler de son pari à propos de Kat, les mises avaient grimpé jusqu'à atteindre maintenant dix mille dollars. Mallory était si sûr de son succès qu'il avait accepté des paris qu'il ne pouvait tenir.

Si j'échoue, je vais avoir de sacrés problèmes. Mais je vais réussir. Vous allez voir le maître à l'œuvre.

Kat déjeunait à la cafétéria avec Paige et Honey lorsque Mallory s'approcha de leur table.

— Je peux me joindre à vous, docteurs?

Tiens? Aujourd'hui pas de « petites dames », ni de « salut les filles ». Nous avons droit à l'appellation « docteurs ». On veut se montrer plein de savoir-vivre et de finesse! songea Kat avec cynisme.

— Bien sûr, asseyez-vous, dit-elle.

Paige et Honey échangèrent un regard.

— Bon, il faut que je me sauve, annonça Paige.

— Moi aussi, à plus tard.

Mallory regarda Paige et Honey s'en aller.

— Une matinée éprouvante à ce que je vois? demanda-t-il en feignant de se sentir intéressé.

— Vous en connaissez des calmes ? répondit Kat en lui lançant un sourire plein de promesses.

Mallory avait minutieusement élaboré une stratégie.

Je vais me débrouiller pour qu'elle sache que je m'intéresse à elle en temps qu'être humain et pas seulement en temps que femme. Elles détestent être traitées comme des objets sexuels. Parlons plutôt boulot. Agissons doucement mais sûrement. J'ai un mois entier devant moi pour l'amener au lit.

— Vous avez entendu parler de l'autopsie de Mrs. Turnball ? commença Mallory. Elle avait une bouteille de Coca-Cola dans l'estomac, incroyable, non ?

Kat se pencha vers lui.

— Qu'est-ce que vous faites samedi soir, Ken ?

Mallory fut pris de court.

— Pardon ?

— Vous pourriez peut-être m'inviter à dîner ?

Malgré lui, il se sentit rougir.

Mon Dieu ! songea-t-il. *C'est du gâteau, ma parole. Elle n'est pas lesbienne pour deux sous. Les autres disaient ça parce qu'ils n'ont pas pu la sauter. Avec moi c'est gagné, elle ne demande que ça !* Il tenta de se souvenir avec qui il avait rendez-vous ce samedi-là. *Ah oui ! Sally, la petite infirmière du bloc 2. Eh bien, elle attendra un peu...*

— Rien de spécial, répondit Mallory. Je serai ravi de dîner avec vous.

Kat posa sa main sur la sienne.

— C'est merveilleux, dit-elle doucement. J'ai hâte qu'on soit samedi.

Il lui fit un grand sourire.

— Moi aussi.

Tu ne sais pas à quel point, ma belle. C'est un samedi qui va me rapporter dix mille dollars.

Quelques heures plus tard, Kat racontait son entrevue à ses deux amies.

— Il était bouche bée, lança Kat en riant. Il fallait voir sa tête ! On aurait dit Gros-Minet venant d'avaler Titi.

— Je te rappelle que le chat, cette fois, c'est toi, dit Paige. Et que c'est lui le canari.

— Qu'est-ce que tu vas faire samedi soir alors ? demanda Honey.

— Vous avez un plan de bataille ?

— Oui, répondit Paige, j'ai un plan...

Le samedi soir, Kat et Ken Mallory dînaient chez Emilio, un restaurant donnant sur la baie. Elle avait soigné sa toilette, et avait choisi une fine robe blanche qui lui dénudait les épaules.

— Vous êtes magnifique, dit Mallory, en veillant à ne pas en faire trop.

Il s'agit de se montrer admiratif mais pas tendancieux. Attiré mais pas importun.

Mallory était bien décidé à faire son grand numéro de charme, mais cela se révéla rapidement inutile ; c'est Kat qui faisait les avances.

— Tout le monde dit que vous êtes un médecin absolument merveilleux, Ken, lui annonça-t-elle pendant l'apéritif.

— Eh bien, j'ai une certaine expérience, s'efforça de répondre Mallory avec modestie, et je suis très soucieux du bien-être de mes malades. C'est très important pour moi.

Sa voix était vibrante de sincérité. Kat lui prit la main.

— Je le sais, Ken. Où êtes-vous né ? Je veux tout savoir de vous. Je veux connaître le vrai Ken Mallory.

Mon Dieu ! songea Mallory. *Je croirais m'entendre quand je parle à une femme.* Jamais il n'aurait soupçonné que ça se passerait aussi bien. Il était un expert au sujet des femmes. Ses antennes savaient capter le moindre de leurs signes. Les femmes pouvaient dire oui d'un regard ou d'un sourire, d'un tremblement dans la voix. Mais dans le cas présent, ses antennes radars rendaient grâce, tant les signaux de Kat étaient forts et clairs.

Elle se pencha vers lui et sa voix ne fut plus qu'un souffle vibrant de désir :

— Racontez-moi tout...

Durant le dîner il parla donc de lui. Chaque fois qu'il

essayait de changer de sujet et de ramener la conversation sur Kat, elle disait :

— Non, non, je veux en savoir plus ! Vous avez eu une vie tellement passionnante !

Elle est folle de moi. Il regrettait de n'avoir pas parié plus d'argent. *Je vais peut-être même remporter le jackpot ce soir.* Cela devint une certitude lorsque Kat lui annonça au moment du café :

— Ça vous dirait de monter prendre un dernier verre ?

Bingo ! Mallory lui caressa le bras et répondit doucement :
— Avec joie.

Les autres sont tous des abrutis. C'est la fille la plus chaude que j'aie jamais rencontrée. Il avait presque l'impression de se faire violer.

Une demi-heure plus tard, ils pénétraient dans l'appartement de Kat.

— C'est mignon chez vous, dit Mallory en regardant autour de lui. Très mignon. Vous vivez seule ici ?

— Non, le Dr Taylor et le Dr Taft vivent avec moi.

— Oh !

Il y avait du regret dans sa voix.

— Mais elles ne rentreront pas avant plusieurs heures, s'empressa-t-elle de le rassurer.

Le visage de Mallory s'illumina.

— Génial !

— Vous voulez boire un verre ?

— Avec plaisir.

Il regarda Kat s'éloigner vers le petit bar pour préparer deux cocktails.

Elle a un beau cul, songea Mallory. *Et elle est bigrement bien foutue. Quand je pense que je vais toucher dix mille dollars pour la culbuter.* Il éclata de rire.

Kat se retourna.

— Qu'est-ce qu'il y a de si drôle ?

— Rien. Je me disais simplement que j'avais beaucoup de chance d'être ici avec vous.

— Non, c'est moi qui ai de la chance, répondit Kat d'une voix langoureuse en lui donnant son cocktail.

Mallory leva son verre et commença à dire :

— Trinquons à...

— A nous ! Trinquons à nous, lança Kat, prenant les devants.

— Entendu, dit-il en hochant la tête, buvons à nous.

Avant même qu'il eût le temps d'en exprimer le désir, Kat lui demanda s'il voulait un peu de musique.

— Ma parole, vous lisez dans les pensées !

Kat mit un vieux standard de Cole Porter. Elle consulta discrètement sa montre et se retourna vers Mallory.

— Vous aimez danser ?

Mallory se rapprocha d'elle.

— Ça dépend de ma cavalière. Mais j'adorerais danser avec vous.

Kat se laissa enlacer et ils commencèrent à danser sur les sons langoureux. Mallory sentait le corps de Kat pressé contre lui et ses sens s'éveillaient. Il la serra davantage. Kat lui répondit par un sourire.

L'heure de la mise à mort a sonné.

— Vous êtes magnifique, vous savez, souffla Mallory. Vous m'avez plu dès la première fois.

Kat le regarda dans les yeux.

— J'ai ressenti la même chose pour vous, Ken.

Sa bouche s'approcha de la sienne et il lui donna un baiser passionné.

— Allons dans la chambre, dit Mallory avec une soudaine impatience.

— Oh oui !

Elle lui prit le bras et l'entraîna vers sa chambre à coucher. A ce moment précis, la porte s'ouvrit et Paige et Honey firent leur entrée dans l'appartement.

— Coucou, c'est nous ! lança Paige.

Elle regarda Ken Mallory d'un air surpris.

— Oh, docteur Mallory, qu'est-ce que vous faites ici ?

— Eh bien, je...

— On est sortis dîner, annonça Kat.

Mallory rongeait son frein et tentait de garder son calme.

— Je vais m'en aller, annonça-t-il en se tournant vers Kat. Il est tard et j'ai une grosse journée demain.

— Oh, je suis désolée de vous voir partir, répondit Kat avec des yeux encore brillants de désir.
— Si on se voyait demain soir ? demanda Mallory.
— Oh, ce serait bien...
— Génial !
— ... mais je ne peux pas.
— Bon. Eh bien, vendredi ?
Kat fronça les sourcils.
— Ah non, vendredi ce n'est pas possible non plus.
Mallory commençait à perdre espoir.
— Samedi alors ?
— Oui, répondit Kat en souriant, samedi ce serait bien.
— Parfait, répondit-il soulagé. Alors à samedi. Bonne nuit.
— Bonne nuit, répondirent Paige et Honey à l'unisson.
Kat accompagna Mallory jusqu'à la porte.
— Fais de beaux rêves, souffla-t-elle. Je vais rêver de toi.
Mallory lui prit furtivement la main.
— Avec moi, les rêves deviennent réalité. Samedi soir nos vœux s'exauceront.
— Je n'en peux plus d'attendre.

Une fois seule dans son lit, Kat se mit à penser à Mallory. Curieusement, malgré le mépris que cet homme lui inspirait, elle avait apprécié cette soirée en sa compagnie. Et Mallory aussi y avait pris plaisir — elle en était certaine, même si tout cela n'était qu'une comédie.
Si seulement c'était pour de vrai, et non un jeu.
Un jeu beaucoup plus dangereux qu'elle ne le supposait.

XVII

C'est peut-être le temps qui veut ça, songea Paige avec lassitude. Il faisait gris et froid au-dehors. Il tombait une bruine sale qui rendait tout le monde cafardeux. Sa journée avait commencé à six heures du matin, et les problèmes s'étaient succédé sans discontinuer. L'hôpital semblait rempli d'incapables, qui tous s'étaient passé le mot pour se plaindre. Les infirmières étaient revêches et distraites. Elles faisaient des transfusions aux mauvais malades, elles égaraient les radiographies dont on avait impérativement besoin, et envoyaient les patients sur les roses. Et, pour couronner le tout, on manquait cruellement de personnel à cause d'une épidémie de grippe. Il y avait des jours comme ça, à marquer d'une croix noire.

Le seul rayon de soleil de la journée fut l'appel de Jason Curtis.

— Coucou ! lança-t-il avec enthousiasme. Je venais simplement prendre des nouvelles de nos malades.

— Ça va, ils sont toujours en vie.

— Aucun espoir de déjeuner ensemble aujourd'hui ?

Paige éclata de rire.

— Déjeuner ? Vous plaisantez, si j'ai de la chance, j'aurai peut-être le temps d'avaler un sandwich cet après-midi. C'est un peu la folie en ce moment.

— Tant pis. Je ne vais pas vous déranger plus longtemps. Je pourrais vous rappeler ?
— Entendu.
Il n'y a pas de mal à ça.
— Au revoir.

Paige travailla jusqu'à minuit sans avoir le moindre moment de répit. Lorsqu'elle eut fini son service, elle avait à peine la force de bouger. Elle songea un instant à dormir à l'hôpital, sur le lit de camp de la salle de garde, mais pensa au lit douillet qui l'attendait chez elle. Elle se changea et se dirigea en titubant de sommeil vers l'ascenseur.
Le Dr Peterson vint à sa rencontre.
— Mon Dieu, lança-t-il. Quelle bête de sexe vous a mise dans un tel état ?
Paige sourit faiblement.
— J'ai vraiment une sale tête ?
— Pire encore, la railla Peterson. Vous rentrez chez vous ?
Paige hocha la tête.
— Vous en avez de la chance. Moi, je commence à peine.
L'ascenseur arriva. Paige resta immobile, à moitié endormie.
— Paige ?... dit doucement Peterson pour la réveiller.
— Oui, répondit-elle en se secouant.
— Vous pourrez conduire jusque chez vous ?
— Bien sûr, marmonna Paige. Mais une fois là-bas, je vais dormir vingt-quatre heures d'une traite.
Elle se dirigea vers le parking où était garée sa voiture. Elle resta assise derrière le volant, incapable de trouver la force de tourner la clé de contact. *Il ne faut pas que je m'endorme. Un lit m'attend à la maison.*
Paige sortit du parking et prit la direction de son appartement. Elle ne se rendait pas même compte qu'elle zigzaguait sur la route, jusqu'à ce qu'un automobiliste se mette à hurler :
— Eh ! Va cuver ton vin ailleurs, pocharde !
Elle tenta de rassembler ses esprits. *Il ne faut pas que je m'endorme... je dois tenir le coup.* Elle alluma la radio et poussa le volume à fond. Lorsqu'elle arriva devant chez elle,

elle resta assise un long moment dans la voiture, attendant de trouver la force de monter l'escalier qui l'attendait.

Kat et Honey dormaient. Paige regarda le réveil sur sa table de nuit. *Une heure du matin.* Elle tenta de se déshabiller, mais c'était au-dessus de ses forces. Elle se laissa tomber sur son lit. La seconde suivante, elle dormait.

Elle fut réveillée par le téléphone. La sonnerie semblait provenir d'une lointaine planète. Paige voulut l'ignorer, mais le son s'enfonçait comme une aiguille dans son cerveau. Elle se redressa, groggy, et décrocha le combiné.

— Allô !
— Docteur Taylor ?
— Oui.

Sa voix était un souffle rauque.

— Le Dr Barker veut que vous l'assistiez en salle d'op n° 4. Stat.

Paige s'éclaircit la gorge.

— Il doit y avoir une erreur, marmonna-t-elle. Je viens juste de quitter mon service.

— Salle d'op n° 4. Il vous attend, répéta l'inconnu avant de raccrocher.

Paige s'assit sur le bord du lit, amorphe, abrutie de sommeil. Elle regarda le réveil. Quatre heures un quart. Pourquoi Barker la faisait-il appeler au beau milieu de la nuit ? Il n'y avait qu'une explication possible. Il était arrivé quelque chose à l'un de ses malades.

Paige tituba jusqu'à la salle de bains, et se passa la tête sous un jet d'eau froide. Elle se regarda dans la glace. *Mon Dieu ! On dirait ma mère. Non. Même ma mère n'a jamais eu une sale tête comme ça !*

Dix minutes plus tard, Paige revenait à l'hôpital. Elle dormait debout lorsqu'elle prit l'ascenseur jusqu'au quatrième étage pour rejoindre le bloc opératoire. Elle se changea dans le vestiaire, se lava les mains et pénétra dans la salle.

Trois infirmières et un interne assistaient le Dr Barker.

Il releva les yeux vers elle et se mit à crier :

— Pour l'amour du ciel ! vous avez une blouse ! Vous ne savez donc pas que vous êtes censée porter une tunique stérile dans une salle d'opération ?

Paige resta clouée sur place, saisie et complètement réveillée. Ses yeux se mirent à briller de colère.

— Ça suffit, maintenant. Je ne suis pas censée travailler en ce moment, et si je suis venue ici, c'est uniquement pour vous rendre service, alors je ne...

— Ne discutez pas, rétorqua Barker avec brusquerie. Venez ici et tenez cet écarteur.

Paige s'approcha de la table d'opération et regarda le patient. Ce n'était pas l'un de ses malades. C'était un inconnu. *Barker n'avait aucune raison de m'appeler. Il veut me voir quitter l'hôpital. Eh bien, non ! Je ne lui ferai pas cette joie !* Paige lui jeta un regard noir, saisit l'écarteur, et se mit au travail.

Il s'agissait d'un pontage de l'artère coronaire. L'incision de la peau avait déjà été pratiquée du milieu de la poitrine jusqu'au sternum. Ce dernier avait été coupé à la scie électrique. Le cœur et les artères principales étaient dégagés.

Paige inséra l'écarteur de métal de part et d'autre de l'incision pour en écarter les lèvres. Elle regarda Barker ouvrir adroitement le sac péricardique pour exposer le cœur à l'air libre.

— Voilà la cause du problème, expliqua-t-il, en montrant du doigt l'artère coronaire.

Il avait déjà retiré un grand morceau de veine sur une jambe. Il en cousut une extrémité à l'artère principale et l'autre bout à l'une des artères coronaires, derrière la section obstruée. Le sang se mit à circuler dans la veine greffée, contournant le caillot dans l'artère.

Paige regardait le maître à l'œuvre. *Si seulement il n'était pas un tel salaud !*

L'intervention dura trois heures. Lorsque ce fut fini, Paige était au bord de la syncope. Barker referma l'incision et se tourna vers son équipe.

— Je tiens à vous remercier, tous, dit-il sans accorder un regard à Paige.

Elle sortit de la pièce sans un mot et se dirigea, en chancelant de fatigue, vers le bureau de Benjamin Wallace.

Wallace arrivait à l'instant.

— Vous avez l'air crevé, dit-il. Vous feriez mieux d'aller vous coucher.

Paige prit une profonde inspiration pour garder son calme.

— Je veux être mutée dans une autre équipe.

Wallace la dévisagea un moment.

— Vous êtes dans le service du Dr Barker, n'est-ce pas ?

— Exact.

— Qu'est-ce qui ne va pas ?

— C'est à lui qu'il faut le demander. Ce type me déteste. Il veut se débarrasser de moi. Je suis prête à travailler avec n'importe qui d'autre. Je dis bien, n'importe qui.

— Je vais lui en toucher deux mots, répondit Wallace.

— Merci.

Paige fit demi-tour et sortit du bureau. *Ils feraient mieux de m'éloigner de lui. La prochaine fois que je le vois, je le tue.*

Paige rentra à la maison et dormit douze heures d'affilée. Elle se réveilla avec la sensation qu'un miracle s'était produit, et soudain elle se souvint. *C'est fini. Je ne verrai plus jamais ce monstre !* Elle prit la direction de l'hôpital, en sifflotant derrière son volant.

Alors qu'elle se dirigeait vers le vestiaire, une aide-soignante vint à sa rencontre.

— Docteur Taylor ?

— Oui ?

— Le Dr Wallace vous attend dans son bureau.

— Merci, répondit Paige.

Avec quel chef de service allait-elle travailler ? *N'importe lequel fera l'affaire, de toute façon*, songea Paige. Elle se dirigea vers le bureau de Benjamin Wallace.

— Ah ! Vous avez meilleure mine aujourd'hui, Paige.

— Merci. Ça va bien mieux, effectivement.

Elle se sentait des ailes en fait, délivrée d'un immense poids.

— J'ai parlé au Dr Barker.

Paige sourit.

— Merci. Je vous en suis très reconnaissante.

— Le problème, c'est qu'il ne veut pas se séparer de vous.

Son sourire s'évanouit aussitôt. *Quoi ?*

— Il a dit que vous faisiez partie de son équipe et que vous y resterez.

Elle n'en croyait pas ses oreilles.
— Mais pourquoi ?
La réponse n'était que trop évidente. Ce salaud voulait un souffre-douleur, quelqu'un qu'il pouvait humilier à son gré.
— Je ne pourrai pas tenir.
— Je crains que vous n'ayez pas le choix, répondit Wallace d'un air triste. A moins que vous ne décidiez de quitter l'hôpital. Prenez le temps d'y réfléchir, d'accord ?
C'était déjà tout réfléchi.
— Pas question de partir.
Elle n'allait pas céder devant Barker. Il serait trop content.
— Pas question, répéta-t-elle lentement. Je reste.
— Parfait. Alors l'affaire est close.
Seulement pour le moment, songea Paige. *Mais je trouverai bien le moyen de me venger.*

Dans le vestiaire, Ken Mallory s'habillait pour la visite des malades. Grundy et trois autres médecins entrèrent dans la pièce.
— Voilà notre tombeur ! lança Grundy. Comment ça va, Ken ?
— Très bien, répondit Mallory.
— Il n'a pas la tête de quelqu'un qui vient de tirer son coup, hein, les gars ? annonça Grundy en lançant un clin d'œil à ses collègues.
Il se tourna vers Mallory.
— J'espère que tu as notre fric. J'ai prévu de m'offrir une petite voiture.
— Et moi, je suis en train de refaire toute ma garde-robe, renchérit un autre docteur.
Mallory secoua la tête d'un air désolé.
— Je serais vous, je ne compterais pas trop dessus. Vous feriez mieux de préparer vos portefeuilles, bande de branleurs.
Grundy le dévisagea.
— Qu'est-ce que tu veux dire ?
— Elle n'est pas plus lesbienne que moi je suis pédé. Je n'ai jamais vu une telle saute-au-paf. Il a presque fallu que je l'empêche de me sauter dessus !

Les autres échangèrent des regards inquiets.

— Mais tu ne l'as pas encore mise dans ton lit ?

— Pour l'unique raison, mes amis, que j'ai été dérangé au moment où je l'emmenais dans sa chambre. J'ai rendez-vous avec elle samedi soir, et ce sera dans la poche.

Mallory boutonna sa blouse.

— Maintenant, messieurs, si vous voulez bien m'excuser... j'ai à faire.

Dans l'heure suivante, Grundy alla trouver Kat.

— Je te cherchais, lança-t-il en arrêtant Kat dans un couloir.

Il avait l'air de mauvaise humeur.

— Qu'est-ce qu'il y a ?

— C'est ce salaud de Mallory ! Il est si sûr de lui qu'il parie maintenant à dix contre un ! Je n'arrive pas à y croire !

— Ne t'inquiète pas, lui répondit Kat avec un sourire sinistre. Il va en être pour ses frais.

Lorsque Ken Mallory vint chercher Kat le samedi soir, elle avait enfilé une petite robe moulante qui mettait en valeur ses formes voluptueuses.

— Tu es magnifique, lança-t-il, plein d'admiration.

Elle passa ses bras autour de lui.

— Je voulais me faire belle pour toi, expliqua-t-elle, en se serrant contre lui.

Nom de Dieu, elle en veut la garce !

— Ecoute, j'ai une idée, lança-t-il d'une voix tremblant d'émotion. Si on allait dans ta chambre avant d'aller dîner, nous pourrions...

Elle lui caressa le visage.

— Oh, mon chéri, je voudrais bien, mais Paige est ici.

Paige était en réalité à l'hôpital.

— Ah bon.

— Mais après dîner, commença-t-elle, en laissant mille promesses en suspens.

— Promis ?

— On pourrait même aller chez toi.

Mallory la serra dans ses bras et l'embrassa.

— Quelle bonne idée !

Mallory l'emmena à l'Iron Horse. Le dîner fut succulent. Malgré elle, Kat passait un moment agréable. Mallory était drôle et charmant, et follement attirant. Il semblait réellement s'intéresser à elle. Elle savait que ce n'était qu'un numéro de charme, mais il semblait penser sincèrement les compliments qu'il lui faisait.

Si seulement je n'étais au courant de rien...

Mallory avait mangé du bout des lèvres. Une idée fixe lui hantait l'esprit. *Dans deux heures, j'aurai gagné dix mille dollars... Dans une heure... dans une demi-heure...*

Ils terminèrent leur café.

— On y va, tu es prête ? demanda Mallory.

Kat lui prit la main.

— Plus que jamais, mon amour. Allons-y.

Ils prirent un taxi.

— Je suis fou de toi, murmura Mallory tandis que le taxi les emmenait vers son appartement. Je n'ai jamais rencontré quelqu'un comme toi.

Kat se souvenait des paroles de Grundy. *Il est si sûr de lui qu'il parie maintenant à dix contre un.*

Lorsqu'ils arrivèrent devant l'immeuble, Mallory paya la course et conduisit Kat jusqu'à l'ascenseur. La montée sembla durer une éternité. Enfin, il ouvrit la porte de chez lui.

— Voilà, nous y sommes, lança-t-il en dissimulant à peine son impatience.

Kat entra.

C'était un appartement typique de célibataire, qui manquait cruellement d'une présence féminine.

— C'est charmant, souffla Kat.

Elle se tourna vers Mallory.

— C'est tout toi.

Le visage de Mallory se fendit d'un grand sourire.

— Viens, je vais te montrer notre chambre. Je vais mettre un peu de musique.

Alors qu'il se dirigeait vers la chaîne stéréo, Kat consulta furtivement sa montre. La voix de Barbra Streisand emplit la pièce.

— Allons-y, chérie, dit-il en lui prenant la main.
— Attends une seconde, souffla Kat.

Il la regarda d'un air surpris.

— Pour quoi faire ?
— Je veux juste savourer ce moment. Avant que nous...
— Pourquoi ne pas aller le savourer dans la chambre ?
— J'aimerais bien boire un verre, avant.
— Un verre ? répéta-t-il, tentant de garder son calme. Mais bien sûr. Qu'est-ce qui te ferait envie ?
— Une vodka avec du schweppes, s'il te plaît.

Il esquissa un sourire.

— Je crois que j'ai de quoi te faire ça.

Il se dirigea vers le bar, et s'empressa de concocter les deux cocktails.

Kat regarda de nouveau sa montre.

— Tiens, chérie, voilà ton verre, dit Mallory en revenant.

Il leva son verre :

— A notre union...
— A notre union, répéta Kat.

Elle but une gorgée de son cocktail...

— Berk ! s'écria-t-elle. Qu'est-ce qu'il y a là-dedans ?

Il la regarda, surpris :

— Pardon ?
— C'est de la vodka ?
— C'est toi qui en as demandé.
— Ah bon ? Oh, mille pardons. Je déteste la vodka ! expliqua-t-elle en lui caressant la joue. Je peux avoir un whisky soda à la place ?
— Bien sûr.

Il repartit vers le bar en rongeant son frein.

Kat regarda une fois encore sa montre. Ken revint avec son whisky.

— Tiens.
— Merci, mon amour.

Elle but deux gorgées, puis Mallory lui prit le verre des mains et le posa sur la table. Il passa son bras autour d'elle et se serra contre elle. Kat sentait son érection naissante.

— Il est temps maintenant de laisser le destin s'accomplir, murmura-t-il.

— Oh oui, souffla Kat. Oui.

Elle se laissa conduire vers la chambre.

J'ai réussi ! exultait Mallory. *J'ai réussi ! Que sonnent les trompettes de Jéricho ! Voici mon triomphe !*

— Déshabille-toi, souffla-t-il.

— Toi d'abord, mon chéri. Je veux te voir retirer tes vêtements. Ça m'excite.

— Ah bon ? Eh bien, soit !

Mallory s'exécuta et se déshabilla sous les yeux de Kat. Il ôta sa veste, puis sa chemise et sa cravate, ses chaussures, ses chaussettes, et finalement son pantalon. Il avait un corps d'athlète.

— Ça te plaît ?

— Oui. Maintenant, enlève ton slip.

Lentement, Mallory fit glisser son slip jusqu'au sol. Il avait une belle érection.

— C'est beau, souffla Kat.

— A ton tour, maintenant.

— D'accord.

A ce moment précis, le bip de Kat se mit à sonner. Mallory sursauta.

— Mais qu'est-ce que...

— On m'appelle, dit Kat. Je peux me servir de ton téléphone ?

— Maintenant ?

— Oui. Ce doit être une urgence.

— Maintenant ? répéta-t-il. Ça ne peut pas attendre ?

— Chéri. Tu connais le règlement.

— Oui, mais...

Sous le regard incrédule de Mallory, Kat se dirigea vers le téléphone et composa un numéro sur le cadran.

— Docteur Hunter, j'écoute.

Elle resta silencieuse un moment.

— Vraiment ? Entendu, j'arrive tout de suite.

Mallory la regardait, bouche bée.

— Qu'est-ce qui se passe ?

— Je dois retourner à l'hôpital, mon bel amour.
— Maintenant ? articula-t-il pour la troisième fois.
— Oui. Un de mes malades est mourant.
— Ça ne peut pas attendre ?...
— Désolée. Ce sera pour une autre fois.

Ken Mallory resta figé sur place, les fesses à l'air, assistant au départ de Kat. Sitôt qu'elle eut refermé la porte, il lança de rage son verre de whisky contre le mur. *Salope !*

Paige et Honey attendaient avec impatience le retour de Kat.
— Alors, comment ça s'est passé ? demanda Paige. J'ai bien téléphoné à l'heure prévue ?

Kat éclata de rire.
— Ton coup de fil est arrivé à point nommé !

Elle se mit à leur raconter la soirée. Kat leur mima le malheureux Mallory, nu comme un ver, en pleine érection, planté au milieu de la chambre. Elles rirent aux larmes.

Kat eut envie de leur dire qu'elle avait néanmoins adoré cette soirée avec Ken Mallory, mais elle eut peur de passer pour une idiote. Elle devait garder à l'esprit qu'il la voyait uniquement pour remporter son pari.

Paige eut néanmoins un pressentiment :
— Fais attention à lui, Kat.

Kat esquissa un sourire.
— Ne t'inquiète pas. Mais je reconnais que si je n'avais pas été au courant de ce pari... c'est un embobineur de première, et il sait y faire.
— Quand le revois-tu ? demanda Honey.
— Je vais lui laisser une semaine pour reprendre ses esprits.

Paige l'observa un moment.
— Qui a le plus besoin de les reprendre, toi ou lui ?

La limousine noire de Dinetto attendait Kat devant l'hôpital. Cette fois, l'Ombre était tout seul. Kat regrettait l'absence de Rhino. Il y avait quelque chose chez l'Ombre qui la terrorisait. Il ne souriait jamais, parlait à peine, mais quelque chose de menaçant semblait suinter par tous les pores de sa peau.

— Montez, ordonna-t-il à l'arrivée de Kat.

— Ecoutez, se rebiffa Kat, vous pouvez aller dire à votre Mr. Dinetto que je n'ai aucun ordre à recevoir de lui. Je ne suis pas à son service. Ce n'est pas parce que je lui ai rendu service une fois qu'il faut...

— Montez. Vous le lui direz vous-même.

Kat hésita. Il aurait été facile de s'enfuir et de ne plus jamais avoir affaire à eux, mais quelles incidences cela aurait-il eues sur Mike ? Kat monta dans la voiture.

La victime, cette fois, avait été tabassée à coups de chaîne. Lou Dinetto était à côté du malheureux.

— Il faut l'emmener d'urgence à l'hôpital, annonça Kat après l'avoir rapidement ausculté.

— Il faut le soigner ici, annonça Dinetto.

— Pourquoi ? demanda-t-elle.

Mais elle connaissait déjà la sinistre réponse.

XVIII

C'était une de ces belles journées à San Francisco, où l'air est d'une limpidité magique. Le vent avait soufflé toute la nuit, chassant les nuages, pour laisser place, le dimanche matin, à un beau soleil.

Jason devait passer prendre Paige chez elle. A son propre étonnement, Paige se faisait une joie de le voir.

— Bonjour, dit Jason, vous êtes magnifique.
— Merci.
— Alors, où voulez-vous qu'on aille ?
— C'est votre ville, répondit Paige.
— Très bien. Suivez le guide !
— Si cela ne vous dérange pas, dit Paige, j'aimerais faire un saut à l'hôpital.
— Je croyais que c'était votre jour de congé ?
— C'est vrai, mais je me fais du souci pour l'un de mes patients.
— Pas de problème.

Jason la conduisit à l'hôpital.

— Ce ne sera pas long, lui assura Paige en descendant de voiture.
— Je vous attends ici.

Paige monta au troisième étage et entra dans la chambre de Jimmy. Il était toujours dans le coma, attaché à un entrelacs de tubes et de canules.

Une infirmière se trouvait à son chevet. Elle se tourna vers Paige.

— Bonjour, docteur Taylor.

— Bonjour, répondit-elle en s'approchant du lit. Il y a une amélioration ?

— Non, pas la moindre.

Paige prit le pouls de Jimmy et écouta ses pulsations cardiaques.

— Cela fait déjà plusieurs semaines, précisa l'infirmière. Ce n'est pas bon signe, hein ?

— Il va se réveiller, j'en suis sûre, annonça Paige.

Elle se tourna vers le corps inerte dans le lit et éleva la voix.

— Jimmy, tu m'entends ? Accroche-toi !

Pas de réaction. Elle ferma les yeux un instant et fit une courte prière.

— Bipez-moi s'il y a du nouveau.

— Entendu, docteur.

Il ne va pas mourir. Je ne veux pas...

Jason sortit de la voiture pour accueillir Paige.

— Tout va bien ?

Elle ne voulait pas l'ennuyer avec ses problèmes.

— Oui. Tout va bien, répondit-elle.

— Allons jouer les touristes ! lança Jason. La tradition veut que le Fisherman's Wharf soit le point de départ de toutes les visites à San Francisco.

— Alors, ne rompons pas avec la tradition, répondit-elle en souriant.

Le Fisherman's Wharf était une sorte de place de carnaval continu. Les bateleurs y étaient légion — des mimes, des clowns, des danseurs, des musiciens. Des soupes de crabe et de palourdes fumaient dans des marmites, qu'on vendait avec une part de pain de campagne.

— Cet endroit est unique au monde, annonça Jason avec fierté.

Paige était touchée par son enthousiasme. Elle avait déjà visité le Fisherman's Wharf, ainsi que bon nombre d'autres lieux touristiques de la ville, mais elle ne voulait pas gâcher son plaisir.

— Vous avez déjà pris le *cable car* ? demanda Jason.

— Non.

Pas depuis la semaine dernière.

— Alors vous n'avez rien vu de San Francisco ! Venez.

Ils remontèrent Powell Street et s'arrêtèrent à une station. Alors qu'ils gravissaient les hautes marches du wagon, Jason lança :

— Le *cable car* était surnommé « le caprice d'Hallidie » — du nom du type qui l'a construit en 1873.

— Et je parie qu'on disait à l'époque qu'il ne passerait pas l'hiver !

— Exactement ! répondit Jason en riant. Lorsque j'étais au lycée, je jouais les guides touristiques le week-end pour me faire de l'argent de poche.

— Je suis sûre que vous n'étiez pas mauvais.

— J'étais le meilleur ! Vous voulez entendre un peu de mon répertoire ?

— Je suis tout ouïe.

Jason prit le ton nasillard d'un guide touristique.

— Mesdames et messieurs, pour votre information, sachez que la plus ancienne artère de San Francisco est la Grant Avenue, la plus longue est la Mission Street — qui compte douze kilomètres de long —, la plus large est la Van Ness Avenue avec ses quarante mètres de chaussée, et vous serez surpris d'apprendre que la rue la plus étroite de la ville, la Deforest Street, ne mesure qu'un mètre trente de large. Oui, mesdames et messieurs, un mètre trente de large. La rue la plus pentue que nous pourrons vous offrir est la Filbert Street, avec sa pente de trente et un pour cent et demi.

Jason regarda Paige et lui fit un grand sourire.

— Je ne pensais pas me souvenir de tout ça.

Sitôt qu'ils eurent sauté du tramway, Paige se tourna vers Jason et lança :

— Et maintenant, c'est quoi la suite ?

— Nous allons faire un tour en calèche.

Dix minutes plus tard, ils étaient installés dans une voiture à cheval qui leur fit quitter le Fisherman's Wharf pour rejoindre North Beach, en passant par Ghirardelli Square. En chemin, Jason montrait les curiosités de la ville. Paige, à sa surprise, s'amusait beaucoup. *Tout doux, ma petite. Garde les pieds sur terre.*

Ils montèrent en haut de la Coit Tower pour admirer le panorama. Dans l'ascenseur, Jason lui demanda si elle avait faim.

Effectivement, l'air frais lui avait creusé l'estomac.

— Parfait. Je vais vous emmener dans le meilleur restaurant chinois du monde : chez Tommy Toy.

Paige avait entendu ses collègues faire l'éloge de ce restaurant.

Le repas tourna au festin. Ils commencèrent par des brochettes de homard sauce chili et une soupe de poissons aigre-douce. Puis suivirent un émincé de poulet aux noix de pécan, des filets mignons de veau avec une sauce pimentée, accompagnés de riz aux quatre parfums. Pour le dessert, ils dégustèrent une mousse de pêche. Ce fut un régal.

— Vous venez souvent ici ? demanda Paige.

— Chaque fois que j'en ai le loisir.

Il y avait quelque chose d'enfantin chez Jason que Paige trouvait irrésistible.

— Dites-moi, vous avez toujours voulu être architecte ?

— Je n'avais pas le choix, répondit Jason avec un grand sourire. Mon premier jeu fut des legos. C'est excitant de rêver de quelque chose, puis de voir ce rêve se réaliser, avec des briques, du béton et des pierres, et s'élever peu à peu vers le ciel pour devenir une part intégrante de la ville où vous vivez.

Je construirai pour toi un Taj Mahal. Peu importe le temps qu'il me faudra.

— J'ai eu de la chance, dit Paige. Je fais dans la vie ce que j'ai toujours voulu faire. Qui a dit : « Le commun des mortels vit dans un désespoir silencieux » ?

C'est le cas de bon nombre de mes patients.

— Je ne voudrais faire aucun autre métier, ni vivre dans un autre endroit. San Francisco est une ville fabuleuse, expliqua Jason, la voix vibrante d'enthousiasme. C'est le lieu de tous les rêves. Jamais je ne m'en lasserai.

Paige l'observa un moment, touchée par tant d'enthousiasme.

— Vous ne vous êtes jamais marié ?

Jason haussa les épaules.

— Une fois. Nous étions trop jeunes tous les deux. Ça n'a pas marché.

— C'est triste.

— Non, pas du tout. Elle a épousé un riche fabricant de viande sous vide.

» Et vous ?

Quand je serai grande, je deviendrai médecin comme toi. Nous nous marierons et nous travaillerons ensemble.

— Non, je ne me suis jamais mariée.

Ils prirent le bateau pour admirer le Golden Gate et le Bay Bridge. Jason recommença à jouer les guides touristiques.

— Et voici, mesdames et messieurs, la prison d'Alcatraz, qui abrita les plus grands criminels du siècle — entre autres, Machine Gun Kelly, Al Capone, et Robert Stroud, surnommé Birdman ! *Alcatraz* signifie pélican en espagnol. L'endroit s'appelait autrefois la *Isla de los alcatraces*, car ces volatiles étaient les seuls habitants de l'île.

» Vous savez pourquoi les détenus d'Alcatraz avaient droit à des douches chaudes ?

— Non.

— Pour éviter qu'ils ne s'acclimatent aux eaux froides de la baie et qu'ils ne s'échappent à la nage.

— C'est vrai ?

— Vous ai-je déjà menti ?

L'après-midi tirait à sa fin lorsque Jason demanda à Paige si elle connaissait la Noe Valley.

Paige secoua la tête.

— J'aimerais vous y emmener. Il y avait autrefois des fermes et des rivières. Aujourd'hui, c'est un canevas de maisons victoriennes de toutes les couleurs, et de jardins. Les maisons sont très anciennes, car c'est la seule zone qui a été épargnée par le tremblement de terre de 1906.

— Ça semble charmant.

Jason hésita.

— Ma maison se trouve là-bas. Ça vous dirait que je vous fasse faire le tour du propriétaire ?

Voyant la réaction de Paige, il s'empressa d'ajouter :

— Paige, je suis amoureux de vous.

— Mais nous nous connaissons à peine. Comment pouvez-vous...

— Je l'ai su dès que vous avez dit : « Personne ne vous a dit que l'on porte une blouse pendant les visites ? » C'est à ce moment précis que je suis tombé amoureux de vous.

— Jason...

— Je crois, dur comme fer, au coup de foudre. Mon grand-père a aperçu ma grand-mère faisant de la bicyclette dans un parc. Il l'a suivie et ils se sont mariés trois mois plus tard. Ils sont restés ensemble pendant cinquante ans, jusqu'à la mort de mon grand-père. Mon père a vu ma mère traverser la rue, et il sut aussitôt qu'elle allait être la femme de sa vie. Ils sont mariés depuis quarante-cinq ans. Vous voyez, c'est atavique chez nous. Je veux vous épouser.

C'était l'instant de vérité.

Paige regarda Jason, ses pensées se bousculant dans sa tête. *C'est le premier homme, depuis Alfred, vers qui je me sens attirée. C'est un garçon adorable, brillant et sincère. Il est tout ce qu'une femme pourrait désirer chez un homme. Qu'est-ce qui me prend ? Je m'accroche à un fantôme.* Pourtant, au fond d'elle, elle avait la certitude qu'un jour Alfred lui reviendrait.

Elle releva les yeux. Sa décision était prise.

— Jason, il faut que...

Mais l'alphapage de Paige se mit à sonner à ce moment précis. Cela semblait urgent, presque inquiétant.

— Paige...

— Il faut que je trouve un téléphone.

Deux minutes plus tard, elle joignait l'hôpital.

Jason vit le visage de Paige pâlir. Elle se mit à crier dans l'appareil.

— Non, il n'en est pas question ! Dites-leur que j'arrive tout de suite, lança-t-elle avant de raccrocher le combiné.

— Qu'est-ce qui se passe ? demanda Jason.

Elle se tourna vers lui, les yeux remplis de larmes.

— C'est à propos de Jimmy Ford, un de mes malades. Ils veulent le débrancher. Ils veulent le faire mourir.

Lorsque Paige entra dans la chambre de Jimmy, elle trouva trois personnes au chevet du corps inanimé. George Englund, Benjamin Wallace et un avocat, Silvester Damone.

— Qu'est-ce que vous faites ici ? demanda Paige.

— Le comité d'éthique s'est réuni, ce matin, expliqua Wallace. Il a été établi que le cas de Jimmy Ford était sans espoir. Nous avons donc décidé de...

— Pas question ! rétorqua Paige. Vous n'avez pas le droit. c'est moi qui suis son médecin. Et je dis qu'il a encore une chance de s'en sortir ! Il n'est pas question de le laisser mourir.

Silvester Damone prit la parole :

— Ce n'est pas à vous d'en décider, docteur.

Paige fit volte-face, avec un air de défi.

— Qui êtes-vous ?

— Je suis l'avocat de la famille, dit-il en tendant un document à Paige. Voici les dernières volontés de Jimmy Ford. Il est spécifié que, en cas de traumatismes profonds et irréversibles, il ne veut pas être maintenu artificiellement en vie.

— Mais je m'occupe de lui depuis le début, plaida Paige. Son état est stationnaire depuis plusieurs semaines. Il peut se réveiller d'un moment à l'autre.

— Pouvez-vous le garantir à sa famille ? demanda Damone.

— Non, mais...

— Alors vous ferez ce que le comité a décidé, docteur.

Paige contempla le corps inerte de Jimmy.

— Non ! Laissez-lui encore un peu de temps.

— Docteur, répondit l'avocat d'un ton doucereux. Je sais bien que l'hôpital a tout intérêt à garder ses malades le plus longtemps possible, mais la famille ne peut plus payer les frais médicaux. Aussi, je vous ordonne de débrancher l'appareil respiratoire.

— Encore un jour ou deux, implora Paige, et je suis sûre que...

— Non, répondit Damone d'un ton sans appel. Aujourd'hui.

George Englund se tourna vers Paige.

— Je suis désolé, mais je crains que nous n'ayons pas le choix.

— Merci, docteur, dit l'avocat. Je vous laisse faire le nécessaire. Je vais informer la famille que vous allez vous en charger immédiatement, afin qu'elle puisse s'occuper des funérailles.

L'avocat se tourna vers Benjamin Wallace :

— Merci de votre coopération. Au revoir.

Ils le regardèrent quitter la chambre.

— On ne peut pas faire ça à Jimmy ! lança Paige.

Wallace s'éclaircit la gorge.

— Allons, Paige...

— Et si nous allions le cacher dans une autre chambre ? Il y a bien une solution. Il faut qu'il y en ait une...

— On ne vous demande pas votre avis, Paige. C'est un ordre, précisa Wallace.

Il se tourna vers Englund.

— Voulez-vous vous en charger ?

— Non, s'écria Paige. Je... je vais le faire.

— Très bien.

— Si cela ne vous dérange pas, j'aimerais être seule avec lui.

George Englund lui tapota le bras.

— Nous sommes désolés, Paige.

— Je sais.

Paige regarda les deux hommes s'en aller.

Elle se retrouva seule avec le garçon dans le coma. Elle fixa des yeux l'appareil respiratoire et le système de perfusion qui le maintenaient en vie. Il était si simple d'éteindre la machine, de couper l'air qui le faisait vivre. Mais Jimmy avait tant de rêves, tant d'espoirs.

Je serai docteur un jour. Comme toi.

Tu es au courant que je vais me marier ?... Elle s'appelle Betsy... nous voulons avoir une demi-douzaine d'enfants et la première des filles s'appellera Paige.

Il avait tant de foi en la vie.

Paige resta immobile, devant le lit, les yeux noyés de larmes.

— Espèce de salaud ! Tu es un lâcheur, articula-t-elle entre deux sanglots. Où sont passés tous tes rêves ? Je croyais que tu voulais être médecin ! Réponds-moi quand je te parle ! Tu m'entends ? Ouvre donc les yeux !

Elle regarda Jimmy. Pas de réaction.

— Je suis désolée. Tellement désolée.

Elle se pencha pour l'embrasser sur la joue. Lorsqu'elle se releva, elle rencontra ses yeux ouverts.

— Jimmy ! Jimmy !

Il battit des paupières et referma les yeux. Paige lui serra la main. Elle se pencha et lui souffla entre ses larmes :

— Jimmy, tu connais l'histoire du malade qui était sous perf et qui demande à son médecin un flacon de plus, parce qu'il avait invité quelqu'un à dîner ?

XIX

Honey n'avait jamais été aussi heureuse de sa vie. Elle nouait des relations privilégiées avec ses malades dont peu de médecins pouvaient se vanter. Elle les aimait sincèrement. Elle travaillait en gériatrie, en pédiatrie, ainsi que dans d'autres services. Wallace veillait à la placer dans des départements où elle ne risquait pas de faire des erreurs irréparables. Mais il tenait à la garder à l'hôpital pour l'avoir sous la main.

Honey enviait les infirmières. Elles soignaient les malades sans avoir à prendre de grandes décisions. *Je n'ai jamais voulu être médecin. Je veux être infirmière.*

Il n'y aura pas d'infirmière chez les Taft.

Pendant ses temps libres, Honey allait faire des achats dans les magasins et rapportait des cadeaux pour les enfants malades de son service.

— J'adore les enfants, expliqua-t-elle à Kat.
— Tu comptes en avoir beaucoup ?
— Un jour peut-être, répondit-elle avec un sourire de regret. Mais il faudrait que je trouve le père.

Daniel McGuire était l'un des malades préférés d'Honey en

gériatrie. C'était un charmant nonagénaire qui souffrait d'une maladie du foie. Il avait été joueur dans sa jeunesse, et il aimait passer des paris avec Honey.

— Cinquante cents que l'aide-soignante m'apportera mon petit déjeuner en retard !

» Un dollar qu'il va pleuvoir !

» Je vous parie que les Giants vont gagner.

Honey acceptait tous les paris.

— Je vous parie dix contre un que je viendrai à bout de cette saloperie, dit-il.

— Cette fois, je ne tiens pas le pari, lui expliqua Honey. Parce que je suis dans votre camp.

Il lui prit la main.

— Je le sais, répondit-il dans un sourire. Si seulement vous m'aviez connu quelques mois plus tôt.

Honey éclata de rire.

— Ne vous inquiétez pas. Je préfère les hommes mûrs.

Un matin, une lettre arriva pour lui à l'hôpital. Honey la lui apporta.

— Vous voulez bien me la lire ? demanda-t-il car sa vue avait baissé.

— Bien sûr, répondit Honey.

Elle ouvrit l'enveloppe, parcourut la lettre et poussa un cri.

— Vous avez gagné à la loterie ! Cinquante mille dollars ! Félicitations.

— Ça vous en bouche un coin, hein ? lança-t-il. Je savais bien qu'un jour ou l'autre, je finirais par toucher le gros lot ! Venez me féliciter.

Honey se pencha et le prit dans ses bras.

— Vous savez quoi, Honey ? Je suis l'homme le plus verni de la planète.

L'après-midi, lorsque Honey revint le voir, il était mort.

Honey se trouvait dans le foyer des médecins quand le Dr Stevens entra.

— Est-ce qu'il y a une vierge ici ?

L'un des médecins éclata de rire.

— Si tu cherches une pucelle ici, bon courage !

— Une vierge, répéta Stevens. Du signe de la Vierge. Il me faut une Vierge, d'urgence.

— Je suis Vierge, répondit Honey. Quel est le problème ?

Stevens s'approcha.

— Le problème, c'est qu'on a une folle dingue sur les bras. Elle ne veut se laisser examiner que par quelqu'un du signe de la Vierge.

Honey se leva.

— Très bien. Je vais aller lui rendre visite.

— Merci. Elle s'appelle Frances Gordon.

Frances Gordon venait de recevoir une prothèse coxo-fémorale. Sitôt qu'Honey eut franchi le seuil de la porte, la femme releva la tête et lança :

— Vous, vous êtes Vierge ! Du dernier décan, n'est-ce pas ?

Honey sourit.

— C'est exact.

— Les Lion et les Verseau sont des fous furieux. Ils traitent les malades comme de vulgaires biftecks.

— Tous nos médecins ici sont excellents, protesta Honey. Ils...

— Pff ! La plupart sont là pour le fric ! rétorqua-t-elle avant de regarder plus attentivement Honey. Mais vous, vous êtes différente.

Honey examina la feuille de température au pied du lit et fronça les sourcils.

— Qu'est-ce qu'il y a ? Qu'est-ce que vous regardez comme ça ?

Honey battit des paupières d'un air étonné.

— Vous êtes... voyante ?

— Exact, acquiesça Frances Gordon. Vous ne croyez pas à la voyance ?

Honey secoua la tête.

— Non, je regrette.

— Vous avez tort. Venez vous asseoir une minute.

Honey prit une chaise.

— Donnez-moi votre main.
Honey secoua de nouveau la tête.
— Je ne crois pas que...
— Allez, donnez-moi votre main.
Honey s'exécuta, à contrecœur.
Frances Gordon lui tint un moment la main en fermant les yeux. Lorsqu'elle les rouvrit, elle dit :
— Vous n'avez pas eu une vie facile, n'est-ce pas ?
Tout le monde a des problèmes. Maintenant, elle va m'annoncer qu'un voyage au-delà des mers m'attend !
— Vous vous êtes servie de pas mal d'hommes, hein ?
Honey se raidit.
— Mais quelque chose est en train de changer en vous. Tout récemment. Je me trompe ?
Honey brûlait de quitter la chambre. Cette femme la mettait mal à l'aise. Elle voulut retirer sa main.
— Vous allez tomber amoureuse.
— Il faut que je m'en aille...
— D'un artiste.
— Je ne connais aucun artiste.
— Mais vous allez bientôt faire sa connaissance, insista Frances Gordon avant de lui lâcher la main.
» Il faudra revenir me voir, ordonna-t-elle.
— Promis.
Honey s'enfuit.

Honey rendit visite à Mrs. Owen, une nouvelle malade qui semblait approcher de la cinquantaine. Sa feuille de température indiquait qu'elle était âgée de vingt-huit ans. Elle avait le nez cassé, deux yeux au beurre noir, et son visage était tuméfié.
Honey s'approcha du lit.
— Je suis le docteur Taft.
La femme resta silencieuse et la regarda d'un air absent.
— Que vous est-il arrivé ?
— Je suis tombée dans l'escalier.
Lorsqu'elle ouvrit la bouche, Honey s'aperçut qu'il lui manquait deux dents.

Honey examina son dossier médical.

— Il est écrit que vous avez deux côtes cassées et le pelvis fracturé.

— Ouais. C'était une mauvaise chute.

— Comment vous êtes-vous fait ces yeux au beurre noir ?

— En tombant.

— Vous êtes mariée.

— Ouais.

— Des enfants ?

— Oui. Deux.

— Que fait votre mari ?

— Laissez mon mari en dehors de tout ça, d'accord ?

— Cela me semble difficile, répondit Honey. C'est lui qui vous a battue ?

— Personne ne m'a battue.

— Je vais devoir faire une déclaration à la police.

Mrs. Owen s'affola brusquement.

— Non. Je vous en prie. Ne faites pas ça !

— Et pourquoi donc ?

— Il va me tuer ! Vous ne le connaissez pas !

— Il vous a déjà frappée ?

— Oui, mais... c'est plus fort que lui. Quand il boit, il ne se contrôle plus.

— Pourquoi ne le quittez-vous pas ?

La femme haussa les épaules. Elle grimaça aussitôt de douleur.

— Où est-ce qu'on irait, les gosses et moi ?

Honey l'écoutait, tentant de contenir sa colère.

— Vous n'avez pas à supporter tout ça. Il y a des centres d'accueil, des foyers pour femmes battues qui s'occuperont de vous et de vos enfants.

La femme secoua la tête de désespoir.

— Je n'ai pas d'argent. J'ai perdu mon emploi lorsqu'il a commencé à me...

Une boule de chagrin l'empêcha de continuer.

Honey lui prit la main.

— On va s'occuper de vous. J'y veillerai personnellement.

Cinq minutes plus tard, Honey entrait dans le bureau de

Wallace. Le visage de l'administrateur se fendit d'un grand sourire. Il se demandait ce qu'elle avait apporté cette fois avec elle. Parfois, c'était du miel, parfois de l'eau chaude, du chocolat fondu ou encore — son favori — du sirop d'érable. Son ingéniosité était sans limites.

— Ferme la porte, ma belle.

— Je ne peux pas rester, Ben. Je dois filer.

Elle lui parla alors du cas de Mrs. Owen.

— Il faut faire une déclaration à la police, dit Wallace. C'est la loi.

— La loi ne l'a pas protégée des coups de son mari. Ecoute, tout ce qu'elle veut, c'est échapper à son mari. Elle était secrétaire avant. Tu n'as pas dit, l'autre jour, que tu cherchais une nouvelle assistante ?

— Certes, mais... Eh ! Attends un peu !

— Merci, Ben. On la remet debout, on lui trouve un logement et on lui file ce job !

Wallace soupira.

— Je vais voir ce que je peux faire.

— Je n'en attendais pas moins de ta part, lança Honey.

Le lendemain matin, Honey revint voir Mrs. Owen.

— Comment vous sentez-vous aujourd'hui ?

— Bien mieux. Merci. Quand est-ce que je rentre chez moi ? Mon mari n'aime pas que je...

— Votre mari ne vous ennuiera plus, rétorqua Honey. Vous allez rester ici, jusqu'à ce que l'on vous trouve un logement pour vous et vos enfants. Dès que vous serez remise, vous avez un travail qui vous attend à l'hôpital.

Mrs. Owen n'en croyait pas ses oreilles.

— Vous êtes... sérieuse ?

— Absolument. Vous allez avoir un appartement et vivre avec vos enfants. Vous n'aurez plus à subir cette vie de cauchemar, et vous aurez un travail respectable et décent.

Mrs. Owen prit la main d'Honey et la serra de toutes ses forces.

— Je ne sais pas comment vous remercier, dit-elle en se mettant à sangloter. Vous ne savez pas quel enfer je vis.

— Non, mais j'imagine, répondit Honey. Tout ira bien, vous verrez.

La femme hocha la tête, trop émue pour articuler un mot.

Le lendemain Honey trouva la chambre vide.
— Où est Mrs. Owen ?
— Oh, répondit l'infirmière, son mari est venu la chercher ce matin.

— Docteur Taft... chambre 215... Docteur Taft... chambre 215... scandaient les haut-parleurs.

Honey croisa Kat dans le couloir.
— Comment va ? demanda Kat.
— Ça ne peut pas être pire, répondit Honey.

Le Dr Ritter l'attendait dans la chambre 215. Dans le lit se trouvait un Indien âgé d'une vingtaine d'années.
— C'est votre malade ? demanda le Dr Ritter.
— Oui.
— Son dossier dit qu'il ne parle pas anglais. Exact ?
— Oui.

Il lui tendit sa feuille de température.
— C'est bien votre écriture ? je lis : « Vomissures, crampes d'estomac, soif, déshydratation...»
— Oui, c'est bien ça.
— «... absence de pouls périphérique... »
— Oui.
— Et quel est votre diagnostic ?
— Une grippe intestinale.
— Vous avez fait analyser les selles ?
— Non. Pour quoi faire ?
— Parce que votre patient souffre du choléra, voilà pourquoi ! se mit à hurler Ritter. A cause de vous, on va devoir fermer l'hôpital !

XX

— Le choléra ? Un patient a le choléra ? Dans mon hôpital ! s'écria Benjamin Wallace.
— Je le crains.
— Tu en es sûr ?
— C'est sans appel, insista Ritter. Ses selles sont grouillantes de vibrions. Il a un pH artériel très bas, il fait de l'hypotension, de la tachycardie, et de la cyanose.

Selon la loi, tous les cas de choléra et autres maladies infectieuses devaient être immédiatement rapportés au ministère de la Santé et au Centre des maladies contagieuses d'Atlanta.

— Il faut le déclarer, Ben.
— Mais ils vont nous faire fermer boutique ! rétorqua Wallace qui se leva et commença à arpenter la pièce de long en large. C'est impossible. Je ne peux tout de même pas mettre tous les malades de l'hôpital en quarantaine, nom de Dieu !

Il cessa un instant de marcher en tout sens.

— Le malade est au courant ?
— Non. Il ne parle pas anglais. Il vient d'Inde.
— Qui a été en contact avec lui ?
— Taft et deux infirmières.
— Et le Dr Taft a diagnostiqué une grippe intestinale ?

— Exact. Tu vas donc te débarrasser d'elle ?
— Non, je ne crois pas, répondit Wallace. Tout le monde peut se tromper. Ne précipitons pas les choses. Sur la feuille de température, il est indiqué une grippe intestinale ?
— Exact.
— Parfait. On ne va rien changer. Voilà ce que tu vas faire : commence une réhydratation par intraveineuse — avec du liquide de Ringer. Donne-lui également de la tétracycline. Si nous parvenons à restaurer son volume sanguin et aqueux, il peut être sorti d'affaire en quelques heures.
— Nous n'allons pas faire de rapport ? demanda Ritter.
Wallace le regarda droit dans les yeux.
— A quoi bon déclarer un cas de grippe intestinale ?
— Et pour Taft et les deux infirmières ?
— Donne-leur aussi de la tétracycline. Comment s'appelle le malade ?
— Pandit Jawah.
— Mets-le en quarantaine pendant quarante-huit heures. D'ici là, il sera mort ou sauvé.

Honey était affolée.
— J'ai besoin de ton aide, Paige.
— Qu'est-ce qui se passe ?
Elle lui expliqua la situation.
— J'aimerais que tu lui parles. Il ne comprend pas l'anglais. Et toi, tu sais l'indien.
— L'hindī, rectifia Paige.
— D'accord, l'hindī. Tu veux bien lui parler ?
— Bien sûr.
Dix minutes plus tard, Paige discutait avec Pandit Jawah.
— *Aap ki tabyat kaisi hai ?*
— *Karabhai*
— *Aap jald acha ko hum kardenge.*
— *Shukria.*
— *Dost kiss liay hain ?*

Paige entraîna Honey dans le couloir.

— Qu'est-ce qu'il a dit ?
— Il se sent très mal. Je lui ai dit qu'on allait le soigner. Il a répondu que c'était à Dieu qu'il fallait dire ça. Je lui ai annoncé qu'on allait commencer le traitement immédiatement. Il m'a dit merci.
— Moi aussi, je te dis merci.
— A quoi serviraient les amis, sinon ?

Le choléra pouvait entraîner la mort du malade en une nuit par déshydratation, ou alors être endigué en quelques heures.
Cinq heures après le début du traitement, Pandit Jawah était pratiquement sur pied.

Paige passa rendre visite à Jimmy Ford.
Son visage s'éclaira en la voyant ouvrir la porte.
— Bonjour.
Sa voix était faible, mais il allait de mieux en mieux — cela tenait du miracle.
— Comment te sens-tu ? demanda Paige.
— En pleine forme. Tu connais celle du toubib qui dit à son patient : « Le mieux pour vous serait d'arrêter de fumer, d'arrêter de boire et de tirer un trait sur le sexe. » Le patient répond alors : « Je ne mérite pas ce qu'il y a de mieux, docteur. Vous n'avez pas une formule éco ? »
Paige sut alors que Jimmy allait s'en sortir.

Ken Mallory s'apprêtait à retrouver Kat lorsqu'il entendit son nom cité dans les haut-parleurs. Il hésita une seconde. C'était si facile de filer discrètement. On l'appela une deuxième fois. A contrecœur, il décrocha un téléphone.
— Ici Mallory.
— Docteur, vous pouvez vous rendre aux urgences n° 2, s'il vous plaît ? Nous avons un malade qui...
— Désolé. J'ai fini mon service. Trouvez quelqu'un d'autre.
— Nous n'avons personne sous la main qui puisse s'en char-

ger. Il s'agit d'un ulcère perforé, et l'état du patient est critique. Nous risquons de le perdre si vous ne...

— Ça va, ça va ! J'arrive !

Il faut que j'appelle Kat pour lui dire que je serai en retard.

L'homme en salle d'urgence était âgé d'une soixantaine d'années. Il était à demi conscient, d'une pâleur cadavérique. Il transpirait et avait le souffle court. Il souffrait visiblement beaucoup. Mallory l'ausculta rapidement.

— Emmenez-le au bloc, stat !

Un quart d'heure plus tard, le malade était prêt à être opéré. L'anesthésiste surveillait sa pression sanguine.

— Ça chute grand V.

— Augmentez le débit sanguin.

Ken Mallory commença l'opération, luttant contre le temps. Il ne lui fallut qu'un instant pour inciser la peau, puis la couche de graisse, le fascia, les muscles abdominaux, et enfin la membrane translucide du péritoine. Le sang coulait dans l'estomac.

— Electrocoagulateur, vite ! Et demandez quatre flacons de sang à la banque, ordonna-t-il en commençant à cautériser les vaisseaux éclatés.

L'opération dura quatre heures. A la fin, Mallory était à bout de forces.

— Il va vivre, annonça-t-il en regardant son patient.

Une infirmière adressa un sourire à Mallory.

— C'est une chance que vous ayez été là, docteur Mallory.

Il la regarda. Elle était jeune et jolie, et visiblement ouverte à toute proposition. *Je m'occuperai de toi plus tard, ma belle,* songea Mallory. Il se tourna vers un jeune interne.

— Recousez-le et emmenez-le en réa. Je passerai le voir demain matin.

Mallory hésita à téléphoner à Kat, mais il était deux heures. Il lui fit porter deux douzaines de roses le lendemain matin.

Lorsque Mallory reprit son travail à six heures du matin, il fit un saut en chambre de réanimation pour prendre des nouvelles de son patient.

— Il est réveillé, annonça l'infirmière.

Mallory s'approcha du lit.

— Je suis le docteur Mallory. Comment vous sentez-vous ?

— Comparativement à hier, je me sens très bien, répondit l'homme d'une voix faible. On m'a dit que vous m'avez sauvé la vie. C'est fou ce qui m'est arrivé. Je me rendais en voiture à un dîner, lorsqu'il y a eu cette douleur terrible et je crois que je suis tombé dans les pommes. Heureusement, nous n'étions qu'à quelques centaines de mètres de l'hôpital et on m'a emmené aux urgences.

— Vous avez eu de la chance. Vous perdiez beaucoup de sang.

— On m'a dit que dix minutes plus tard, j'y restais. Je tenais à vous remercier, docteur.

Mallory haussa les épaules.

— Je n'ai fait que mon travail.

— Je m'appelle Alex Harrison, précisa le malade après avoir examiné Mallory de la tête aux pieds.

Ce nom ne lui disait rien.

— Ravi de vous connaître, Mr. Harrison, répondit-il en lui prenant le pouls. Vous avez encore mal ?

— Un peu, et j'ai la tête qui tourne.

— C'est l'anesthésie. Ça passera, le rassura Mallory. Et la douleur aussi. Vous allez vous sentir mieux.

— Combien de temps vais-je devoir rester ici ?

— Dans une petite semaine, vous serez dehors.

Une secrétaire de l'hôpital entra dans la chambre, avec quelques formulaires à la main.

— Mr. Harrison, pour nos dossiers, nous avons besoin de savoir si vous avez une couverture sociale.

— Vous vous demandez si je peux payer les frais ?

— Ce n'est pas exactement ce que j'ai dit.

— Allez donc vérifier auprès de la San Francisco Fidelity Bank ! lança-t-il avec aigreur. Elle m'appartient.

L'après-midi, lorsque Mallory rendit visite à Harrison, une ravissante jeune femme se trouvait à son chevet. Elle avait une trentaine d'années. Elle était blonde et vêtue avec élégance. Elle portait une robe Adolfo qui devait coûter, estima Mallory, au moins un mois de son salaire.

— Ah ! Voilà notre sauveur ! lança Alex Harrison. Le docteur Mallory, c'est bien ça ?

— C'est ça. Ken Mallory.

— Docteur Mallory, je vous présente ma fille, Lauren.

Elle lui tendit une jolie main manucurée.

— Père m'a dit que vous lui aviez sauvé la vie.

— C'est le rôle traditionnel des médecins, répondit-il dans un sourire.

Lauren le regarda d'un œil admiratif :

— Ce n'est pas toujours le cas.

Il était évident que les Harrison n'étaient pas des habitués des hôpitaux publics.

— Vous allez vous rétablir rapidement, annonça Mallory, mais, peut-être, préférez-vous appeler votre propre médecin ?

Alex Harrison secoua la tête.

— C'est inutile. Ce n'est pas lui qui m'a sauvé la vie, à ce que je sache. C'est vous. Vous vous plaisez ici ?

La question le prit de court.

— Oui, le travail est intéressant. Pourquoi ?

Harrison se redressa.

— Eh bien, je me disais qu'un type aussi doué que vous devrait être voué à un brillant avenir. Et je ne crois pas qu'il y ait quelque avenir que ce soit dans un endroit pareil.

— C'est à dire que...

— C'est peut-être le destin qui m'a mis sur votre chemin.

Lauren prit la parole :

— Ce que père veut vous dire, c'est qu'il aimerait vous montrer sa reconnaissance.

— Lauren a raison. Il faudra que nous en discutions sérieusement, vous et moi. Quand je serai sorti d'ici, il faudra venir dîner à la maison.

Mallory regarda Lauren.

— J'en serais ravi.

La vie de Mallory bascula à cet instant.

Ken Mallory rencontrait d'incroyables difficultés à voir Kat.

— Et lundi soir ?
— Parfait !
— Génial. Je passe te prendre à...
— Oh, attends ! Je viens juste de me souvenir. Un cousin de New York vient coucher chez moi.
— Mardi alors ?
— Je suis de garde mardi.
— Mercredi ?
— J'ai promis à Paige et à Honey de passer la soirée avec elles.

Mallory perdait espoir. Le temps filait à toute allure.
— Jeudi, peut-être ?
— Oui. Jeudi, c'est bien.
— Parfait. Je passe te prendre ?
— Ce n'est pas la peine. On pourrait se retrouver chez Panisse ?
— Entendu. A huit heures ?
— Parfait.

Mallory attendit au restaurant jusqu'à neuf heures, avant de téléphoner à Kat. Pas de réponse. Il attendit encore une demi-heure. *On s'est peut-être mal compris. Elle ne me poserait jamais un lapin, pas à moi.*

Le lendemain matin, il aperçut Kat à l'hôpital.
Elle accourut vers lui.
— Oh, Ken ! Je suis affreusement désolée ! C'est si ridicule. J'ai voulu faire un petit somme avant de te rejoindre. Je me suis endormie comme une masse et quand j'ai émergé, il était minuit. Mon pauvre amour. Tu m'as attendue longtemps ?
— Non, non. Ce n'est pas grave.
Quelle idiote ! Il s'approcha d'elle.
— Je veux finir ce que nous avons entrepris, chérie. Je tourne comme un lion en cage à force d'attendre.
— Moi aussi, je n'en peux plus.
— Peut-être que samedi, nous pourrions...
— C'est trop bête. Je suis de service ce week-end.
Et ça continuait... les jours défilaient.

Kat racontait les derniers événements à Paige lorsque son bip sonna.

— Excuse-moi une seconde.

Kat décrocha un téléphone.

— Docteur Hunter, j'écoute.

Elle resta un moment silencieuse avant de répondre :

— Très bien. J'arrive tout de suite.

Elle raccrocha.

— Il faut que je file. Une urgence.

— La routine quoi, soupira Paige.

Kat se dirigea au petit trot jusqu'à l'ascenseur. Dans la salle d'urgence, les douze brancards étaient occupés. Cela ressemblait davantage à une chambre de torture qu'à une salle de soins. Nuit et jour, des gens dans la souffrance affluaient, victimes d'accidents de la route, de coups de feu, de coups de couteau. Un échantillon de suppliciés. L'antichambre de l'enfer.

Une aide-soignante accourut vers elle.

— Docteur Hunter...

— Qu'est-ce qu'il a ? demanda Kat tandis que l'aide-soignante l'entraînait vers un chariot au fond de la salle.

— Il est inconscient. Il a dû être passé à tabac. Il a des hématomes sur tout le visage et le crâne... il a le nez cassé, une omoplate démise, au moins deux fractures au bras gauche et...

— Pourquoi m'avez-vous fait venir ?

— Les infirmiers craignent une fracture du crâne. Peut-être que le cerveau est atteint.

Elles se trouvaient maintenant devant le brancard où la victime gisait, inanimée. Son visage était maculé de sang, enflé et meurtri. L'homme portait des chaussures en croco... Le cœur de Kat tressauta dans sa poitrine. Elle se pencha et examina le blessé de plus près. Il s'agissait de Lou Dinetto.

Kat palpa sa boîte crânienne d'une main experte et lui souleva les paupières. La commotion cérébrale était évidente.

Elle courut vers un téléphone.

— Ici le docteur Hunter. C'est pour un scanner crânien. Le patient s'appelle Dinetto. Lou Dinetto. Descendez-moi un brancard. Stat.

Kat raccrocha le combiné et revint au chevet de Dinetto.

— Restez avec lui, ordonna-t-elle à l'aide-soignante. Dès que le brancard est là, envoyez-le au troisième étage. Je l'attendrai là-haut.

Une demi-heure plus tard, Kat examinait le scanner qu'elle avait demandé.

— Il a une hémorragie cérébrale, une forte fièvre et il est en état de choc. Placez-le en salle de soins intensifs pendant vingt-quatre heures. Nous verrons alors, suivant son état, quand je pourrai l'opérer.

Kat se demandait ce qui avait pu arriver à Dinetto. Et quelles en seraient les conséquences pour Mike.

Paige rendit visite à Jimmy. Il se sentait bien mieux.

— Vous connaissez celle de l'exhibitionniste qui ouvre son imper devant une petite vieille ? La vieille le regarde un instant et lui lance : « Votre doublure est trouée. »

Kat dînait avec Mallory dans un petit restaurant de la baie. En observant l'homme assis en face d'elle, elle se sentait un peu fautive. *Je n'aurais jamais dû me lancer dans cette histoire. J'ai beau savoir ce qu'il vaut, je passe d'agréables moments avec lui. C'est vraiment pas de chance ! Mais je ne peux plus faire marche arrière.*

Ils terminaient leur café.

— On peut aller chez toi, demanda Kat en se penchant vers lui.

— Plutôt deux fois qu'une !

Enfin ! se dit Mallory.

Kat remua soudain sur sa chaise, fronçant les sourcils, l'air mal à l'aise.

— Ça ne va pas ? demanda Mallory.

— Je ne sais pas. Tu veux bien m'excuser un instant ?

— Bien sûr, répondit-il en la regardant se diriger vers les toilettes.

— Il va falloir attendre encore un peu ! lança-t-elle à son retour. Je suis désolée. Tu ferais mieux de me ramener chez moi.

Il la regarda incrédule, tentant de masquer sa frustration. Le destin se jouait de lui.

— Entendu, répondit Mallory d'une voix brève, prêt à exploser de colère.

Il allait perdre encore cinq précieux jours.

Kat n'était pas rentrée chez elle depuis cinq minutes que la sonnette retentit. Elle esquissa un sourire, malgré elle. Ken avait sûrement trouvé une excuse pour revenir, et elle en était ravie. Elle ouvrit la porte en se maudissant de tant de faiblesse.

— Ken...

L'Ombre et Rhino se tenaient sur le seuil. Une bouffée d'angoisse l'étreignit aussitôt. Les deux hommes la poussèrent sur le côté et entrèrent dans l'appartement.

— Vous allez opérer Mr. Dinetto ? demanda Rhino.

— C'est exact, répondit-elle, la gorge sèche.

— On ne voudrait pas qu'il lui arrive quelque chose.

— Moi non plus, répondit Kat. Maintenant, si vous voulez bien me laisser, je suis épuisée et...

— Il risque d'y rester ? demanda l'Ombre.

Kat hésita à répondre.

— En chirurgie cérébrale, il y a toujours des risques.

— Il vaudrait mieux que tout se passe bien.

— Je vous assure que je ferai tout mon...

— Il vaudrait mieux, répéta-t-il avant de se tourner vers Rhino. Allez, viens. On s'en va.

Kat les regarda se diriger vers la porte. Sur le seuil, l'Ombre se tourna vers elle :

— Dites bonjour à Mike de notre part.

Kat se figea sur place.

— C'est... une menace ?

— On ne menace personne, toubib. On vous explique, c'est tout. Si Mr. Dinetto meurt, toi et ta putain de famille en ferez les frais.

XXI

Dans le vestiaire, une dizaine de médecins attendaient l'arrivée de Mallory.

— Salut, ô grand conquérant ! lança Grundy sitôt que Mallory eut passé la porte. Nous voulons tous les détails. Mais je te rappelle, précisa-t-il en souriant, qu'on veut les entendre par la bouche de la belle.

— J'ai eu un léger contretemps, répondit Mallory en souriant. Mais gardez bien votre argent au chaud.

Kat et Paige enfilaient leur blouse stérile.
— Tu as déjà eu à soigner un médecin ? demanda Kat.
— Non.
— Tu as de la veine. Ce sont les pires patients qui existent. Ils en savent trop.
— Qui opères-tu ?
— Le Dr Franklin. Mervyn Franklin le Douillet.
— Je te souhaite bien du courage !
— J'en aurai besoin.

Le Dr Franklin était un homme d'une soixantaine d'années, maigre, chauve et très irascible.

Lorsque Kat entra dans sa chambre, il commença à aboyer.

— C'est à cette heure-là que vous arrivez ? Les résultats de l'ionogramme sont arrivés ?

— Oui, répondit Kat. Tout est normal.

— Qui a dit ça ? Je n'ai aucune confiance en ces types du labo ! La moitié du temps, ils font n'importe quoi. Et veillez bien à ce qu'ils ne se mélangent pas les pinceaux pendant la transfusion.

— J'y veillerai, répondit patiemment Kat.

— Qui va opérer ?

— Moi et le Dr Jurgenson. Je vous assure, docteur Franklin, que tout se passera bien.

— Quel crâne va se faire ouvrir, le mien ou le vôtre ? Toutes les opérations comportent des risques. Vous savez pourquoi ? Parce que la moitié des chirurgiens sont des incapables. Ce sont de vulgaires bouchers.

— Le Dr Jurgenson est tout à fait compétent.

— Je le sais, sinon j'aurais refusé qu'il m'opère. Qui est l'anesthésiste ?

— Je crois que c'est le Dr Miller.

— Ce charlatan ? Je ne veux pas de lui. Trouvez-moi quelqu'un d'autre.

— Allons, docteur Franklin...

— Trouvez-moi quelqu'un d'autre, je vous dis ! Voyez si Haliburton est disponible.

— Entendu.

— Et donnez-moi le nom des infirmières en salle d'op. Je veux les noms de tout le monde.

Kat lui lança un regard mauvais.

— Vous préférez peut-être pratiquer l'opération vous-même ?

— Pardon ?

Il la regarda un moment sans comprendre, puis il esquissa un sourire.

— Je ne crois pas, non.

— Très bien. Alors laissez-nous nous occuper de ça, répondit gentiment Kat.

— Entendu, répondit Franklin. Vous savez quoi, Hunter ? Je vous aime bien.

— Moi aussi, je vous aime bien. L'infirmière vous a donné un calmant ?
— Oui.
— Très bien. On va y aller dans quelques minutes. Je peux faire quelque chose d'autre ?
— Oui. Montrez donc à cette idiote d'infirmière où se trouvent mes veines.

Au bloc opératoire n° 4, l'intervention chirurgicale sur le Dr Mervyn Franklin se déroulait normalement. Mais cela ne l'avait pas empêché de se plaindre durant tout le trajet jusqu'à la salle d'opération.
— N'oubliez pas, précisait-il, allez-y tout doux avec l'anesthésie ! Le cerveau n'est pas sensible, donc une fois que vous l'avez atteint, inutile de me bourrer de drogue.
— Je sais, répondait Kat avec une patience de bonze.
— Et vérifiez que ma température ne dépasse pas quarante degrés. C'est le maximum.
— Oui.
— Mettez de la musique rythmée pendant l'intervention. Je ne tiens pas à ce que vous vous endormiez.
— Entendu.
— Et assurez-vous que vous n'avez pas une empotée pour vous passer le bistouri !
— D'accord.
Conseils et recommandations fusaient...
— Je vois le caillot, annonça Kat, une fois la boîte crânienne du Dr Franklin perforée. Il n'a pas l'air si méchant.
Et elle se mit au travail.

Trois heures plus tard, alors qu'ils étaient sur le point de refermer l'incision, George Englund, le chef du service de chirurgie, entra dans la salle d'opération et s'approcha de Kat.
— Vous avez bientôt fini ?
— Oui. On va refermer.
— Laissez ça au Dr Jurgenson. On a besoin de vous ailleurs. Une urgence.

Kat acquiesça.

— J'arrive.

Elle se tourna vers Jurgenson.

— Vous pouvez terminer ?

— Pas de problème.

Kat sortit avec Englund.

— Qu'est-ce qui se passe ?

— Vous aviez prévu d'opérer plus tard, mais votre patient fait une hémorragie. On l'a emmené au bloc 3. Sa vie est en danger. Il faut opérer tout de suite.

— De qui s'agit-il ?

— D'un certain Mr. Dinetto.

Kat le regarda, épouvantée. *Dinetto ? Si Mr. Dinetto meurt, toi et ta putain de famille en ferez les frais.*

Kat pressa le pas. Devant la porte du bloc, l'Ombre et Rhino l'attendaient.

— Qu'est-ce qui se passe ? demanda Rhino.

Kat avait la gorge si sèche qu'elle avait du mal à articuler un mot.

— Mr. Dinetto commence à faire une hémorragie. Il faut opérer tout de suite.

L'Ombre la saisit par le bras.

— Allez-y ! Dépêchez-vous. Mais souvenez-vous de ce qu'on vous a dit. Qu'il ne vous claque pas entre les doigts.

Kat se dégagea et entra dans la salle d'opération.

Du fait du changement de programme, c'était le Dr Vance qui allait assister Kat. C'était un bon chirurgien. Kat commença les ablutions traditionnelles : trente secondes sur chaque avant-bras, puis trente secondes encore sur chaque main. Elle recommença une autre fois les ablutions et se cura les ongles nerveusement.

Vance se trouvait à côté d'elle et l'observait.

— Ça va ?

— Parfaitement bien, mentit Kat.

Lou Dinetto fut amené sur un brancard, à demi conscient, et

installé avec précaution sur la table d'opération. Son crâne avait été rasé et enduit d'une solution d'éosine qui luisait d'un orange vif sous les lampes. Il était pâle comme la mort.

Toute l'équipe était en place. Le Dr Vance, un autre interne, un anesthésiste, deux infirmières de bloc, et une instrumentiste. Kat s'assura que tous les ustensiles nécessaires étaient à portée de main. Elle jeta un coup d'œil sur les écrans de contrôle — taux d'oxygène, de dioxyde de carbone, température, monitoring cardiaque, électrocardiogramme, régularisateur de débit sanguin. Tout était en ordre.

L'anesthésiste passa le brassard autour du bras gauche de Dinetto pour contrôler sa tension et plaça un masque de caoutchouc sur son visage.

— Très bien. Respirez lentement. Inspirez trois fois, profondément.

Dinetto s'endormit à la deuxième inspiration.

L'opération commença.

Kat annonçait ses observations à haute voix.

— Le secteur médian du cerveau est touché, à cause d'un caillot qui a migré de la valve aortique. Un petit vaisseau est obturé sur le côté droit du cerveau et la zone touchée gagne peu à peu le flanc gauche.

Elle poursuivit ses investigations.

— Le bouchon se trouve à l'extrémité inférieure de l'aqueduc de Sylvius. Scalpel !

Un petit trou de la taille d'une pièce de dix centimes fut pratiqué à la perceuse pour exposer la dure-mère, que Kat incisa pour atteindre la zone du cortex touchée.

— Forceps !

L'infirmière lui tendit les forceps électriques. L'incision était maintenue ouverte par un petit écarteur.

— Ça pisse le sang, dit Vance.

Kat commença à cautériser les vaisseaux.

— On va arrêter ça.

Vance se mit à épancher le sang à l'aide de tampons de gaze. Les veines sur la surface de la dure-mère retrouvèrent leur aspect normal.

— Cela me semble pas trop vilain, dit Vance. Il va s'en sortir.

Kat laissa échapper un soupir de soulagement.

Mais soudain, le corps de Dinetto se raidit et fut pris de convulsions.

— Sa tension chute ! lança l'anesthésiste.

— Envoyez-lui du sang, ordonna Kat.

Tous fixaient des yeux les écrans de contrôle. La courbe s'aplatissait rapidement. Il y eut deux courts battements cardiaques, puis survint la fibrillation ventriculaire.

— Electrochoc ! lança Kat.

Elle plaqua rapidement les tampons sur le thorax de Dinetto et envoya une décharge.

La poitrine de Dinetto se souleva et retomba.

— Une injection de noradrénaline ! Vite !

— Pulsation nulle ! s'écria l'anesthésiste. Asystolie. Plus de battement cardiaque.

En dernier espoir, Kat tenta un nouvel électrochoc. La poitrine se souleva plus haut et retomba. Inanimée.

— Il est mort, annonça Vance.

XXII

L'alerte rouge est lancée dès que la vie d'un malade est en danger. Aussitôt, tout le personnel d'assistance médicale est sur le pied de guerre. L'équipe de réanimation arriva donc dans la salle d'opération quelques instants après que le cœur de Lou Dinetto se fut arrêté.

Dans les haut-parleurs, Kat entendait : « Alerte rouge. Bloc n° 3... Alerte rouge... » La couleur rouge était à l'hôpital signe de mort.

Kat se battait avec l'énergie du désespoir. Elle envoya une nouvelle décharge électrique. Ce n'était pas seulement la vie de son malade qui était en jeu — c'était la sienne et celle de Mike. Le corps de Dinetto tressauta et retomba, inerte.

— Essayez encore une fois, la pressa Vance.

Nous ne menaçons personne, toubib. On vous explique simplement. Si Mr. Dinetto meurt, toi et ta putain de famille en ferez les frais.

Kat enfonça de nouveau le bouton et pressa les électrodes sur la poitrine de Dinetto. Une fois encore, son corps eut un soubresaut et retomba.

— Encore une fois !

Il faut qu'il tienne le coup ! Sinon, je vais mourir avec lui.

La salle d'opération fut soudain remplie de médecins et d'infirmières.

— Qu'est-ce que vous attendez ? lança quelqu'un dans son dos.

Kat prit une profonde inspiration et appuya de nouveau sur le bouton. Pendant un instant, rien ne se passa. Puis un faible signal apparut sur l'écran. Il s'évanouit un moment, puis réapparut, et grandit lentement, jusqu'à se stabiliser.

Kat regarda l'écran, bouche bée.

Une salve d'applaudissements retentit dans la salle d'opération.

— Il va s'en sortir ! cria quelqu'un. Vous avez eu chaud !

Il ne croit pas si bien dire.

Deux heures plus tard, Lou Dinetto était conduit sur un brancard en salle de soins intensifs. Kat était à ses côtés. L'Ombre et Rhino attendaient dans le couloir.

— L'opération a réussi, annonça Kat. Il va vivre.

Ken Mallory commençait à paniquer. Il ne lui restait plus que quelques heures pour remporter son pari. Sans qu'il s'en soit vraiment rendu compte, l'échéance était arrivée. Dès le premier soir, il lui avait semblé évident qu'il n'aurait aucun mal à entraîner Kat dans son lit. *Tu parles ! Elle ne demande que ça !* Mais son temps était écoulé et il frôlait la catastrophe.

Mallory songeait à tous les contretemps qu'il avait rencontrés — les camarades de Kat qui arrivent juste au moment d'aller dans la chambre, les difficultés titanesques pour fixer un rendez-vous, le bip qui se met à sonner au moment fatidique, et qui contraint Kat à l'abandonner tout nu dans sa chambre, le cousin de la belle qui débarque, ses coups de fatigue inopinés, et pour finir, ses petits ennuis... Mallory se figea soudain. *Attends un peu ! Tout ça ne peut pas être de simples coïncidences !* C'était forcément délibéré de sa part ! D'une façon ou d'une autre, Kat était au courant du pari, et avait décidé de le tourner en ridicule, de lui faire une blague — une blague qui était en passe de lui coûter dix mille dollars — dix mille dollars qu'il n'avait pas. *La salope !* Il n'avait pas avancé d'un pouce en un mois, et pour cause ! Elle le menait en bateau. *Comment ai-je pu me faire avoir comme un bleu ?* Les autres ne le lâcheraient pas. Il lui faudrait payer sa dette.

Lorsque Mallory entra dans le vestiaire des médecins, tout le monde l'attendait.

— C'est le jour de paie ! lança Grundy.

Mallory se força à sourire.

— J'ai jusqu'à minuit, n'est-ce pas ? Elle est à point, je vous dis.

Il y eut des petits rires.

— Bien sûr, vieux. Mais on te croira lorsqu'on l'aura entendu de la belle. En attendant, prépare ton fric pour demain matin.

Mallory éclata de rire.

— Préparez plutôt le vôtre !

Il fallait trouver une solution. Vite ! Il eut soudain une illumination.

Kat se trouvait dans le foyer. Mallory s'assit à côté d'elle.

— On m'a dit que tu as sauvé la vie d'un malade.

— Et la mienne du même coup.

— Comment ça ?

— Laisse tomber.

— Tu ne voudrais pas sauver la mienne, pendant que tu y es ?

Elle leva vers lui des yeux étonnés.

— Dînons ensemble ce soir.

— Je suis crevée, Ken.

Elle en avait assez de ce petit jeu. *Ça suffit. Il est temps d'arrêter. C'est fini. Je suis tombée dans mon propre piège.* Elle aurait tant aimé qu'il soit honnête avec elle. *J'aurais pu vraiment l'aimer.*

Mallory n'était pas décidé à laisser filer Kat.

— On finira tôt, insista-t-il d'un ton cajoleur. Il faudra bien que tu prennes le temps de dîner, de toute façon ?

— Entendu, répondit Kat à contrecœur.

Elle savait que ce serait la dernière fois. Elle comptait tout lui raconter et déposer les armes.

Honey terminait son service à seize heures. Elle consulta sa montre et se dit qu'elle avait le temps de faire quelques courses : acheter quelques bougies pour l'appartement, du café digne de ce nom et des coupons de tissu.

Des paquets plein les bras, Honey rentrait chez elle. *Je vais me faire un petit dîner à la maison,* décida-t-elle. Kat avait rendez-vous avec Mallory et Paige était de garde.

Se débattant avec ses sacs, Honey referma la porte derrière elle et alluma la lumière. Un grand Noir surgit de la salle de bains, laissant des traînées de sang sur la moquette blanche. Il pointait un revolver sur elle.

— Pas un mot ou je te fais sauter la tête !

Honey poussa un hurlement.

XXIII

Mallory et Kat dînaient chez Schroeder, sur la route du front de mer.
C'est le moment fatidique. Il est temps de sortir le grand jeu. Qu'arriverait-il s'il ne pouvait payer les dix mille dollars ? La nouvelle se répandrait comme une traînée de poudre dans l'hôpital, et il serait la risée de tout le monde, un homme sans parole et sans honneur.

Kat parlait de l'un de ses malades, et Mallory la regardait dans les yeux, sans écouter ce qu'elle disait. Des pensées plus essentielles lui occupaient l'esprit.

Le dîner tirait à sa fin, et la serveuse leur apportait le café.

— Je suis de garde demain matin à l'aube, Ken, annonça Kat en regardant sa montre. Il va falloir que je m'en aille.

Mallory resta immobile, les yeux sur sa tasse.

— Kat... annonça-t-il en relevant la tête. J'ai quelque chose à te dire.

— Oui ?

— Une chose à t'avouer.

Il prit une profonde inspiration.

— Ce n'est pas facile à dire.

Elle le regardait attentivement.

— Qu'est-ce que c'est ?
— C'est très embarrassant, commença-t-il en cherchant ses mots. J'ai fait un pari stupide avec quelques collègues... le pari que je coucherais avec toi.
— Quoi ?
— Attends, ne te mets pas en colère. J'ai vraiment honte d'avoir fait une chose pareille. Ça a commencé comme une blague, et j'ai été pris dans l'engrenage. Mais il est arrivé quelque chose d'imprévu : je suis tombé amoureux de toi.
— Ken...
— C'est la première fois que cela m'arrive, Kat. J'ai connu beaucoup de femmes, mais je n'ai jamais ressenti ça pour qui que ce soit. Tu es tout le temps dans ma tête.

Il prit une courte inspiration.

— Kat, je veux t'épouser.

Les pensées se bousculaient dans la tête de Kat. Ce revirement était si soudain.

— Je ne sais que...
— Tu es la première femme que je demande en mariage. Je t'en prie. Dis-moi oui. Kat, veux-tu être ma femme ?

Ainsi il pensait réellement tous les mots adorables qu'il lui avait dits ! Son cœur battait la chamade. C'était un conte de fées qui devenait soudainement réalité. Tout ce qu'elle attendait de lui, c'était de l'honnêteté. Et voilà qu'elle apprenait qu'il était le plus sincère des hommes. Pendant tout ce temps, il s'était senti coupable. Non, il n'était pas comme les autres hommes. C'était un homme droit et sensible.

Les yeux de Kat luisaient de larmes lorsqu'elle releva la tête vers lui.

— Oui, Ken. Oui, je veux être ta femme !

Le visage de Mallory s'illumina.

— Kat...

Il se pencha vers elle et l'embrassa.

— Je suis si honteux d'avoir fait ce pari ridicule, annonça-t-il en secouant la tête. Dix mille dollars. On aurait pu s'offrir une jolie lune de miel avec ça. Mais je préfère renoncer à cet argent plutôt que de te perdre.

Dix mille dollars... songea Kat.

— J'ai été stupide.
— Quand est la date limite ?
— A minuit, ce soir, mais cela n'a plus d'importance. Ce qui compte, c'est nous deux. Nous allons nous marier. Nous...
— Ken ?
— Oui, mon amour ?
— Allons chez toi, annonça-t-elle d'un air malicieux. Tu peux encore gagner ton pari.

Kat était une tigresse au lit.
Seigneur ! Ça valait le coup d'attendre. Toutes les pulsions contenues chez elle depuis des années jaillissaient enfin. C'était la femme la plus ardente que Mallory ait eu l'occasion de rencontrer. Au bout de deux heures, il était épuisé. Il tenait Kat dans ses bras.
— Tu es extraordinaire, dit-il.
Elle se souleva sur un coude et le regarda.
— Toi aussi, mon amour. Je suis si heureuse.
— Et moi donc, répondit Mallory avec un sourire béat.
Dix mille dollars. Et une bonne partie de jambes en l'air !
— Promets-moi que ce sera toujours comme ça, Ken.
— Je te le promets, répondit-il de sa voix la plus sincère.
Kat consulta sa montre.
— Il faut que je file.
— Tu ne peux pas passer la nuit ici ?
— Non. Je vais à l'hôpital avec Paige demain.
Elle l'embrassa tendrement.
— Rassure-toi. Nous avons toute la vie devant nous.
Il la regarda s'habiller.
— J'ai hâte d'aller récupérer l'argent. On va s'offrir un superbe voyage de noces.
Il fronça soudain les sourcils :
— Mais si les autres ne me croient pas ? Tout ce que je pourrai leur dire ne sera pas parole d'Evangile.
Kat resta songeuse un moment.
— Ne te fais pas de souci, annonça-t-elle finalement. Je leur dirai.
Mallory sourit.
— Reviens au lit, ma belle.

XXIV

L'homme au pistolet hurla à son tour :
— Je t'ai dit de la fermer !
— Excusez-moi, articula Honey. Qu'est-ce que vous voulez ?
Il pressait sa main sur son flanc gauche, essayant d'empêcher le sang de couler.
— Je veux voir ma sœur.
Honey le regarda, bouche bée. L'homme était visiblement dérangé.
— Votre sœur ?
— Kat, lança-t-il d'une voix faiblissante.
— O mon Dieu ! Vous êtes Mike !
— Oui, je suis Mike.
Il lâcha son arme et s'écroula au sol. Honey accourut à son secours. Il s'agissait apparemment d'une blessure par balle.
— Ne bougez pas, dit Honey.
Elle se précipita dans la salle de bains pour prendre de l'eau oxygénée et une serviette de toilette.
— Ça va faire un peu mal, l'avertit-elle en revenant vers lui.
Il était étendu au sol, incapable de bouger.
Elle versa l'eau oxygénée sur la blessure et pressa la serviette sur la plaie. Il se mordit la main pour ne pas crier.

— Je vais appeler une ambulance pour vous emmener à l'hôpital.

Il lui saisit le bras.

— Non ! Pas l'hôpital ! Pas la police ! implora-t-il dans un filet de voix.

» Kat ? Où est Kat ?

— Je ne sais pas, répondit Honey.

Kat était avec Mallory, mais elle ne savait où la joindre.

— Je vais appeler une amie.

— Paige ? demanda-t-il.

Honey hocha la tête. *Kat lui a donc parlé de nous.*

Il fallut dix minutes au standard de l'hôpital pour joindre Paige.

— Tu ferais mieux de rentrer à la maison, dit Honey.

— Je suis de garde, Honey. En plein coup de feu et...

— Le frère de Kat est là.

— Oh ! Dis-lui bonjour de...

— Il est blessé.

— Quoi ?

— Blessé, je te dis ! On lui a tiré dessus !

— J'envoie une ambulance et...

— Il ne veut pas entendre parler d'hôpital, ni de police. Je ne sais pas quoi faire.

— Comment est-il ?

— Plutôt mal en point.

Il y eut un moment de silence.

— Je vais me faire remplacer. Je serai là d'ici une demi-heure.

Honey raccrocha et se tourna vers Mike.

— Paige arrive.

Deux heures plus tard, Kat rentrait chez elle, le cœur plein d'allégresse. Elle redoutait, au début, de faire l'amour. Après la terrible expérience qu'elle avait vécue dans son enfance, elle avait peur de ne pas aimer ça. Mais Ken Mallory avait mis fin à ses craintes. Il l'avait libérée et lui avait fait éprouver des sensations qui lui étaient inconnues jusqu'alors.

Au moment d'ouvrir la porte, elle songeait avec amusement au bon tour qu'ils venaient de jouer aux collègues de Mallory. Passé le seuil, Kat se figea d'effroi. Paige et Honey étaient agenouillées à côté de Mike. Il était étendu sur le sol, un oreiller sous la tête, une serviette contre son flanc, ses vêtements maculés de sang.

Paige et Honey relevèrent la tête vers Kat.

— Mike ! Mon Dieu ! lança-t-elle en se ruant vers lui. Qu'est-ce qui s'est passé ?

— Salut, petite sœur, souffla-t-il.

— Il a reçu une balle, annonça Paige. Il perd beaucoup de sang.

— Emmenons-le à l'hôpital, dit Kat.

Mike secoua la tête.

— Non, murmura-t-il. Tu es médecin. Alors soigne-moi ici.

Kat regarda Paige.

— J'ai réduit l'hémorragie autant que possible, mais la balle est toujours à l'intérieur. Nous n'avons pas les instruments ici pour...

— Et il continue à perdre beaucoup de sang, dit Kat.

Elle prit la tête de Mike dans ses bras.

— Ecoute-moi, Mike. Si tu t'entêtes, tu vas mourir.

— Je ne veux pas que la police soit au courant.

— Dans quoi t'es-tu encore fourré ? demanda Kat.

— Rien. Je faisais affaire avec un type, et ça a mal tourné. Le type est devenu fou et m'a tiré dessus.

C'était le genre d'histoires que Kat avait entendues cent fois. Des mensonges. Rien que des mensonges. Elle le savait. Elle l'avait toujours su, mais elle préférait se cacher la vérité.

Mike lui serra le bras.

— Tu vas me sortir de là, petite sœur ?

— Oui. Je vais te sortir de là, Mike.

Kat se pencha et l'embrassa sur la joue. Puis, elle se leva et se dirigea vers le téléphone. Elle décrocha l'appareil et composa le numéro des urgences.

— Ici le docteur Hunter, dit-elle d'une voix vibrante d'émotion. Il me faut une ambulance tout de suite...

Kat avait demandé que ce soit Paige qui retire la balle.

— Il a perdu beaucoup de sang. Donnez-lui un autre flacon, ordonna Paige à son assistant.

Le jour pâlissait lorsque l'opération fut terminée. L'intervention avait réussi.

Paige appela Kat.

— Qu'est-ce que je mets sur le rapport ? demanda-t-elle. Je pourrais dire qu'il s'agit d'un accident et...

— Non, répondit Kat d'une voix pleine de regret. J'aurais dû faire ça il y a longtemps déjà. Ecris qu'il s'agit d'une blessure par balle.

Mallory attendait Kat dans le couloir.

— Kat ! On m'a dit pour ton frère et...

Elle hocha la tête faiblement.

— Je suis désolé. Il va s'en tirer ?

— Oui, dit-elle en relevant la tête vers lui. Cette fois, pour la première fois de sa vie, Mike va peut-être s'en sortir.

Mallory prit la main de Kat.

— Je voulais te dire à quel point notre nuit a été merveilleuse pour moi. Tu es un miracle de femme. Au fait, les collègues sont dans le foyer, mais je suppose qu'avec tous ces événements, tu n'as pas le cœur à...

— Pourquoi pas ?

Elle lui prit le bras et ils entrèrent bras dessus bras dessous dans la pièce.

— Salut, Kat ! lança Grundy. Mallory prétend que vous avez passé la nuit ensemble hier et que c'était bien. On voudrait bien connaître ta version des faits.

— Ce n'était pas bien, c'était génial, répondit Kat. C'était du délire !

Elle fit une bise à Mallory.

— A tout à l'heure, mon bel amant !

Les autres restèrent bouche bée. Kat était déjà repartie.

Kat retrouva Paige et Honey dans le vestiaire qui leur était réservé.

— Au fait ! Avec tous ces événements, je ne vous ai pas dit la nouvelle.

— Quelle nouvelle ? demanda Paige.

— Ken m'a demandée en mariage.

Elles la regardèrent toutes les deux, abasourdies.

— C'est une blague ! dit Paige.

— Non. Il m'a fait sa demande hier soir.

» Et j'ai accepté.

— Mais tu ne peux pas l'épouser ! s'écria Honey. Tu sais quel type c'est ! Je te rappelle qu'il voulait coucher avec toi pour gagner un pari !

— Et il a réussi ! répondit Kat en souriant.

— Je n'y comprends rien, dit Paige en regardant Kat.

— Nous avions tort à son sujet, expliqua Kat. Tort sur toute la ligne. Ken m'a avoué qu'il avait passé ce pari et m'a tout raconté. Depuis un mois, sa conscience ne le laissait pas en paix. Il faut regarder les choses en face ; je suis sortie avec lui dans le but de me venger, et lui est sorti avec moi pour gagner un pari, et finalement, nous sommes tombés amoureux l'un de l'autre. C'est comme ça. Et vous ne pouvez pas imaginer à quel point j'en suis heureuse !

Honey et Paige échangèrent un regard.

— Les noces sont pour quand ? demanda Honey.

— On n'en a pas encore discuté, mais c'est pour bientôt, c'est sûr. Je veux que vous soyez mes demoiselles d'honneur.

— Tu peux compter sur nous, répondit Paige. Nous serons là.

Mais Paige avait un mauvais pressentiment.

— La nuit a été longue, dit-elle dans un bâillement. Je rentre me coucher.

— Je vais rester avec Mike, annonça Kat. A son réveil, la police voudra lui parler.

Elle leur prit la main à toutes les deux.

— C'est bon d'avoir des amies comme vous. Merci.

Sur le chemin du retour, Paige songea aux événements de la nuit. Kat adorait son frère. Il lui avait fallu beaucoup de courage pour le livrer à la police. *J'aurais dû faire ça il y a longtemps déjà.*

Le téléphone sonnait lorsque Paige entra dans l'appartement. Elle se dépêcha de décrocher.

C'était Jason.

— Coucou ! Je voulais simplement te dire à quel point tu me manques. Quoi de neuf, docteur ?

Paige eut envie de lui raconter sa nuit mouvementée, de partager toutes ces émotions avec quelqu'un, mais cela touchait à la vie privée de Kat.

— Oh, rien de spécial, répondit Paige. Tout va bien.

— Parfait. Tu es libre ce soir ?

C'était bien plus qu'une simple invitation à dîner. *Si je le revois, je ne pourrai plus faire marche arrière.* C'était l'une des décisions les plus importantes de sa vie.

Elle prit une profonde inspiration.

— Jason, il faut que je te...

On sonna à la porte.

— Attends une seconde, on sonne...

Paige posa l'écouteur et partit ouvrir la porte.

Alfred Turner se trouvait devant elle.

XXV

Paige resta clouée sur place. Alfred lui souriait.
— Je peux entrer ?
— Bien sûr, répondit-elle encore sous le choc. Excuse-moi.
Elle regarda Alfred s'avancer dans le salon, traversée de mille sentiments contraires. Elle était heureuse et en colère à la fois. *Qu'est-ce qui me prend ? Il est sans doute simplement passé dire bonjour.*
Alfred se tourna vers Paige.
— J'ai quitté Karen.
Les mots tombèrent comme une sentence. Alfred se rapprocha de Paige.
— J'ai commis une grosse erreur, Paige. Je n'aurais jamais dû te laisser filer. Jamais.
— Alfred, je...
Soudain elle se souvint de son interlocuteur au téléphone.
— Excuse-moi un instant.
Elle courut vers le téléphone :
— Allô ! Jason ?
— Oui, Paige. Alors pour ce soir, on peut...
— Je ne peux pas te voir.
— Si ce n'est pas possible ce soir, disons demain ?

— Je ne sais pas encore.

Jason perçut une tension dans sa voix.

— Quelque chose ne va pas ?

— Non. Tout va bien. Je te rappelle demain. Je t'expliquerai.

— Très bien, répondit-il, l'air surpris.

Paige raccrocha.

— Tu m'as manqué, Paige, poursuivit Alfred. Et moi, je t'ai manqué ?

Non. J'ai simplement passé mon temps à suivre des inconnus dans la rue parce qu'ils te ressemblaient !

— Oui, reconnut Paige.

— Parfait. Nous sommes faits l'un pour l'autre. Depuis toujours.

Vraiment ? C'est pour cette raison que tu as épousé Karen ? Tu crois donc que tu peux entrer et sortir de ma vie comme ça, sans crier gare ?

— Tu n'es pas d'accord ? demanda Alfred en s'approchant tout près.

Paige le dévisagea :

— Je ne sais pas.

Tout était si soudain.

— Bien sûr que tu le sais, annonça-t-il en lui prenant la main.

— Qu'est-ce qui s'est passé avec Karen ?

Alfred haussa les épaules.

— Karen était une erreur. Je n'ai jamais cessé de penser à toi et à tout le bon temps qu'on avait eu. Nous étions si bien ensemble.

Elle le regardait, toujours sur ses gardes.

— Alfred...

— Je suis ici pour de bon, Paige. Quand je dis « ici », ce n'est pas exactement ça, puisque nous allons à New York.

— New York ?

— Oui. Je vais tout te raconter. Je peux avoir un café ?

— Bien sûr. Je vais en faire du frais. Il y en a pour une minute.

Alfred la suivit dans la cuisine. Paige, tout en préparant le café, tentait de mettre de l'ordre dans ses pensées. Elle avait tant souhaité le retour d'Alfred, et maintenant qu'il était là...

— J'ai pas mal appris depuis quelques années, expliquait-il. J'ai grandi.

— Ah bon ?

— Oui. Tu sais que je travaillais pour l'OMS ces dernières années ?

— Je sais.

— Rien n'a changé dans ces pays. Il y a les mêmes problèmes que dans notre enfance. Souvent, en fait, cela s'est aggravé. Il y a encore plus de maladies, plus de pauvreté...

— Mais tu étais là-bas, tu les aidais, dit Paige.

— Oui, et brusquement j'ai ouvert les yeux.

— Ouvert les yeux ?

— J'ai compris que j'étais en train de gâcher ma vie. J'étais là-bas, vivant dans la misère, travaillant vingt-quatre heures sur vingt-quatre, à essayer d'aider ces sauvages, alors que j'aurais pu me faire un paquet de fric ici.

Paige n'en croyait pas ses oreilles.

— J'ai rencontré un médecin qui a un cabinet sur Park Avenue, à New York. Tu sais combien il se fait par an ? Plus de cinq cent mille dollars ! Tu m'entends ? Cinq cent mille dollars !

Paige le fixait des yeux sans rien dire.

— Alors je me suis dit d'un coup : « Tout ce fric, je n'en ai jamais vu la couleur. » Il m'a proposé d'être son associé, annonça-t-il avec fierté. Alors je pars avec lui. C'est pour cette raison que nous allons toi et moi à New York.

Paige était incapable d'articuler un mot.

— Nous aurons un appartement superbe avec terrasse et baie vitrée. Je pourrai t'offrir plein de jolies robes, et tout ce que je t'ai promis.

Il la regardait avec un grand sourire.

— C'est une sacrée surprise, hein ?

Paige avait la gorge sèche.

— Je... je ne sais pas quoi dire, Alfred.

Il éclata de rire.

— Evidemment. Cinq cent mille dollars, il y a de quoi te couper le souffle.

— Ce n'est pas à l'argent que je pensais, articula Paige.
— Ah bon ?

Elle le dévisageait, comme si elle le voyait pour la première fois.

— Alfred, quand tu travaillais pour l'OMS, tu n'avais pas l'impression d'aider ces gens ?

Il haussa les épaules.

— Rien ne peut aider ces pauvres types. Et à quoi bon, de toute façon ? Tu te rends compte que Karen voulait me faire rester au Bangladesh ? Je lui ai dit : pas question, alors elle y est repartie toute seule.

Alfred prit la main de Paige.

— Et me voilà donc. Tu es bien silencieuse. J'imagine que tu es un peu soufflée, hein ?

Paige songea à son père. *Il aurait pu faire une grande carrière sur Park Avenue, mais l'argent ne l'intéressait pas. Son seul but, c'était d'aider son prochain.*

— J'ai déjà divorcé de Karen. Nous pouvons donc nous marier tout de suite, lui dit-il en lui tapotant la main. Alors, ça te dit de vivre à New York ?

Paige prit une profonde inspiration.

— Alfred...
— Oui, fit-il avec un sourire confiant.
— Sors d'ici.

Son sourire s'évanouit aussitôt.

— Pardon ?

Paige se leva.

— Je te demande de sortir d'ici.

Alfred était stupéfait.

— Où veux-tu que j'aille ?
— Je préfère ne pas le dire, répondit Paige. Cela risquerait d'être insultant.

Une fois qu'Alfred fut parti, Paige resta assise, perdue dans ses pensées. Kat avait raison. Elle s'était accrochée à un fantôme. *J'étais là-bas, à essayer d'aider ces sauvages, alors que j'aurais pu me faire un paquet de fric ici... cinq cent mille dollars par an !*

Voilà pour qui je laissais ma vie en suspens, songea Paige. Loin d'être déprimée, elle se sentait gagnée par une sorte d'ivresse. Comme délivrée d'un envoûtement. Enfin, elle savait ce qu'elle voulait.

Elle se dirigea vers le téléphone et composa le numéro de Jason.

— Allô !

— Jason ? C'est Paige. Tu voulais me faire visiter ta maison dans la Noe Valley ?

— Oui.

— Eh bien, je serais ravie de la voir. Tu es libre ce soir ?

— Cela te dérangerait de m'expliquer ce qui se passe ? répondit Jason. Je suis un peu perdu.

— Non, c'est moi qui faisais fausse route. Je croyais aimer quelqu'un que j'ai connu il y a longtemps, mais ce n'est plus le même homme. J'ai enfin ouvert les yeux. Je sais ce que je veux, maintenant.

— Ah oui ?

— Montre-moi ta maison.

La Noe Valley semblait appartenir à un autre siècle — un havre de paix verdoyant niché au cœur d'une jungle de béton.

La maison de Jason était à son image — rassurante, accueillante et pleine de charme. Il lui fit faire le tour du propriétaire.

— Voici le salon, la cuisine, la salle de bains de la chambre d'ami, le bureau...

Il la regarda et dit :

— La chambre est en haut. Tu veux la voir ?

— J'en meurs d'envie, répondit doucement Paige.

Ils montèrent à l'étage. Son cœur battait la chamade dans sa poitrine. C'était le destin. Elle ne pouvait rien y faire. *J'aurais dû le savoir depuis le début.*

Paige ne sut jamais qui avait fait le premier pas. Sans s'en apercevoir, ils se retrouvèrent enlacés, leurs lèvres soudées, et cela semblait la chose la plus naturelle du monde. Ils commencèrent à se déshabiller, avec une sorte d'urgence. Ils roulèrent bientôt sur le lit, faisant l'amour.

— Mon Dieu, souffla-t-il. Comme je t'aime.
— Je sais, le taquina Paige. Depuis que je t'ai dit d'enfiler une blouse.

Après qu'ils eurent fait l'amour, Paige demanda si elle pouvait passer la nuit ici.

— Tu ne me haïras pas demain matin ? répondit Jason.
— Promis.

Paige passa donc la nuit avec Jason, à parler, à faire l'amour, à parler encore. Au matin, elle descendit préparer le petit déjeuner.

Jason la regardait s'activer.

— Je ne sais pas si je mérite la chance que j'ai, mais je te remercie.
— Non, c'est moi qui ai beaucoup de chance.
— Tu sais, tu n'as jamais répondu à mon petit QCM.
— Je le remplirai aujourd'hui.

Plus tard dans l'après-midi, un coursier arriva dans le bureau de Jason, avec une enveloppe. A l'intérieur il y avait la carte qu'il avait jointe à la maquette de la maison.

Ma maison ☐
Notre maison ☒
Cochez la case correspondante, SVP.

XXVI

Lou Dinetto s'apprêtait à quitter l'hôpital. Kat passa dans sa chambre pour lui dire au revoir. L'Ombre et Rhino étaient là.

— Allez voir ailleurs si j'y suis, lança-t-il à leur adresse à l'arrivée de Kat.

Kat regarda les deux gorilles sortir de la chambre.

— Je vous dois une fière chandelle, déclara Dinetto.

— Vous ne me devez rien du tout.

— Ma vie ne vaut donc pas plus que ça à vos yeux ?

» Il paraît que vous allez vous marier, au fait ?

— C'est exact.

— Avec un toubib ?

— Oui.

— Alors dites-lui de bien veiller sur vous, sinon il aura affaire à moi.

— Je le lui dirai.

Il y eut un petit silence.

— Je suis désolé pour Mike.

— Ça va aller, répondit Kat. J'ai eu une longue conversation avec lui. Il s'en sortira.

— Tant mieux.

Dinetto lui tendit une grosse enveloppe.

— Tenez, c'est pour vous. En guise de cadeau de mariage.
Kat secoua la tête.
— Non. Merci.
— Mais...
— Prenez bien soin de vous.
— Vous aussi. Vous savez, vous êtes une sacrée fille. Souvenez-vous bien de ce que je vais vous dire : si un jour vous avez besoin d'un coup de main, pour quoi que ce soit, faites appel à moi. Promis ?
— Promis.
Elle savait que ce n'était pas des paroles en l'air. Et elle savait également qu'elle ne ferait jamais appel à lui.

Durant les semaines suivantes, Paige et Jason s'appelèrent au moins trois fois par jour, et dormirent ensemble tous les soirs, lorsque Paige n'était pas de garde.

L'hôpital bourdonnait plus que jamais d'activité. Paige avait été de service pendant trente-six heures sans pouvoir trouver le moindre moment de répit. Elle venait juste de s'endormir dans la salle de garde lorsqu'elle fut réveillée par la sonnerie stridente du téléphone.
Elle se battit avec le combiné :
— Allô !
— Docteur Taylor, vous voulez bien venir en chambre 422, stat ?
Paige tenta de reprendre ses esprits. *Chambre 422. Un patient du Dr Barker. Lance Kelly.* On venait de lui remplacer une valvule mitrale. *Il doit y avoir un problème.* Paige s'extirpa du lit de camp et s'éloigna dans les couloirs déserts. Elle préféra ne pas perdre de temps à attendre l'ascenseur et monta les escaliers quatre à quatre. *Peut-être que l'infirmière s'est affolée pour rien. Si c'est sérieux, j'appelle Barker.*
Elle entra dans la chambre 422 et se figea sur le seuil. Le malade gémissait et suffoquait. L'infirmière se tourna vers Paige, visiblement soulagée de la voir arriver.

— Je ne savais pas quoi faire, docteur et...
Paige s'approcha rapidement.
— Détendez-vous. Ça va aller, dit-elle d'un ton rassurant.
Elle prit le poignet du malade entre ses deux doigts. Les pulsations du pouls étaient erratiques. La valvule faisait des siennes.
— Donnez-lui un sédatif, ordonna-t-elle.
L'infirmière lui tendit une seringue. Paige administra rapidement le produit au malade.
— Demandez à l'infirmière en chef de rassembler une équipe, stat. On va opérer sur-le-champ. Et prévenez le Dr Barker !
Un quart d'heure plus tard, Kelly était sur la table d'opération. L'équipe était constituée de deux infirmières, d'une instrumentiste et de deux internes. Un écran de contrôle était perché dans un coin de la pièce, donnant pulsations cardiaques, pression et débit sanguins.
L'anesthésiste entra dans le bloc opératoire. Paige tressaillit. La plupart des anesthésistes de l'hôpital étaient des gens compétents, mais Herman Koch était l'exception. Paige avait travaillé une seule fois avec lui et faisait depuis tout son possible pour l'éviter. Elle n'avait pas confiance en lui. Mais il était trop tard pour trouver quelqu'un d'autre.
Paige le regarda placer une canule dans la gorge du malade, tout en étalant un champ stérile percé d'une ouverture sur la partie de la poitrine à opérer.
— Je veux une sonde dans la jugulaire, ordonna Paige.
— Tout de suite, répondit Koch.
— Quel est le problème ? demanda l'un des deux internes.
— Le Dr Barker a changé hier la valvule mitrale. Je pense qu'elle a dû céder.
Paige releva les yeux vers Koch.
— Il dort ?
— Comme un bébé dans son lit, répondit Koch.
Dommage que vous ne soyez pas vous aussi dans votre lit.
— Qu'est-ce que vous utilisez ?
— Du Propofol.
Paige hocha la tête.

— Très bien.

Les artères de Kelly furent raccordées à un système de pompe afin que Paige puisse réaliser une dérivation au niveau du cœur. Elle regarda l'écran de contrôle. Pouls cent quarante... taux d'oxygène quatre-vingt-douze pour cent... pression normale.

— Allons-y, annonça Paige.

L'un des internes mit de la musique.

Paige se pencha sous les feux de mille watts de lampes. Elle se tourna vers l'instrumentiste :

— Scalpel !

L'opération commença.

Paige retira les fils sternaux qui dataient de la veille. Elle incisa alors de la base du cou jusqu'à l'extrémité du sternum, tandis qu'un interne épongeait le sang avec des tampons de gaze.

Elle écarta avec précaution les couches de graisse et de muscles, afin d'exposer le cœur agité de soubresauts erratiques.

— Voilà le problème, annonça Paige. L'oreillette est perforée. Le sang s'épanche et comprime le cœur.

Paige jeta un coup d'œil sur le moniteur. La pression chutait dangereusement.

— Augmentez le débit, ordonna-t-elle.

La porte du bloc s'ouvrit : c'était Lawrence Barker. Il pénétra dans la pièce et s'approcha pour regarder ce qui se passait.

— Docteur Barker, vous voulez ?... demanda Paige.

— Non. C'est votre opération.

Paige jeta un coup d'œil sur ce que Koch était en train de faire.

— Attention. Vous l'anesthésiez de trop, nom de Dieu ! Diminuez !

— Mais je...

— Il fait une tachycardie supraventriculaire ! Sa pression chute !

— Qu'est-ce que je fais ? demanda Koch affolé.

Il devrait le savoir !

— Donnez-lui de la lidocaïne et de la noradrénaline. Vite ! lui ordonna-t-elle, furieuse.

— Tout de suite.

Paige regarda Koch prendre une seringue et injecter les produits.

— La pression continue de tomber, lança l'un des internes en regardant l'écran de contrôle.

Paige faisait tout son possible pour réduire l'hémorragie.

— Vous en envoyez trop, dit-elle en relevant les yeux vers Koch. Je vous ai dit de...

Le bip de l'électrocardiogramme s'affola soudain.

— Nom de Dieu ! On a un problème !

— Donnez-moi le défibrillateur ! lança Paige.

L'instrumentiste se dirigea vers le chariot, ouvrit deux tampons stériles et les brancha à la machine. Elle les chargea et les tendit à Paige.

Paige prit les tampons, les posa sur le cœur de Kelly et lâcha la décharge. Le cœur du patient soubresauta et retomba inerte.

Paige fit une nouvelle tentative, priant pour que son malade revienne à la vie, pour le voir respirer de nouveau. Rien. Le cœur restait immobile, mort, une masse organique inutile.

Paige était folle de colère. Elle avait fait son travail parfaitement, mais Koch avait injecté trop d'anesthésiant.

Tandis que Paige, en un ultime et vain effort, appliquait pour la troisième fois les tampons sur le cœur du malade, Barker s'approcha de la table :

— Vous l'avez tué, annonça-t-il à Paige.

XXVII

Jason était en pleine réunion lorsque sa secrétaire vint lui annoncer :
— Vous avez le Dr Taylor en ligne. Je lui dis de rappeler plus tard ?
— Non. Je vais la prendre.
Il décrocha.
— Paige ?
— Jason... j'ai besoin de toi, dit-elle en sanglotant.
— Qu'est-ce qui se passe ?
— Tu peux venir chez moi ?
— Bien sûr. J'arrive tout de suite.
» La réunion est terminée, annonça-t-il en se levant. On reprendra ça demain matin.
Une demi-heure plus tard, Jason arrivait à l'appartement de Paige. Elle ouvrit la porte et se jeta dans ses bras. Ses yeux étaient rouges et gonflés.
— Qu'est-ce qu'il y a donc ?
— C'est horrible ! Barker m'a dit que... que j'avais tué un malade, alors que je n'y étais pour rien, pour rien du tout.
— Paige, dit doucement Jason, tu sais comment il est. C'est un sale type, tu le sais.

Paige secoua la tête.

— Non. C'est plus grave que ça. Il fait tout ce qu'il peut pour que je démissionne ; ça a commencé dès le premier jour où j'ai travaillé avec lui. Si c'était un mauvais médecin, si je ne le respectais pas professionnellement, ce ne serait pas si grave, mais ce type est brillant. Son avis compte beaucoup pour moi. Je ne suis pas faite pour ce métier, c'est tout.

— C'est idiot, rétorqua Jason. Tout le monde dit que tu es un chirurgien hors pair.

— Pas Lawrence Barker.

— Oublie ce type.

— C'est décidé, dit Paige. Je vais quitter l'hôpital.

Jason la serra dans ses bras.

— Allons, Paige. Tu aimes trop ton métier pour abandonner.

— Je n'abandonne pas. Je veux simplement ne plus remettre les pieds dans cet hôpital de malheur.

Jason sortit un mouchoir pour sécher les larmes de Paige.

— Je suis désolée de t'ennuyer comme ça.

— A quoi serviraient les futurs maris, sinon ?

Elle esquissa un sourire.

— J'aime bien t'entendre dire ça.

Elle prit une profonde inspiration.

— Ça va mieux. Merci d'être venu. J'ai téléphoné à Wallace pour lui dire que je m'en allais. Il faut que je file. J'ai rendez-vous avec lui.

— Je te verrai ce soir.

Paige marchait dans les couloirs de l'hôpital, sachant qu'elle les empruntait pour la dernière fois. Elle y entendait les échos familiers d'un monde en pleine activité. L'endroit, malgré elle, était devenu sa seconde maison. Elle pensa à Jimmy, à Chang, et à tous ces grands médecins qu'elle avait côtoyés. Elle revoyait Jason faire la visite des malades avec elle dans sa blouse blanche. Elle passa devant la cafétéria, où elle avait pris avec Kat et Honey des centaines de petits déjeuners sur le pouce, puis devant le foyer, où elles avaient tenté d'organiser une petite fête. Les murs étaient remplis de tant de souvenirs.

Tout ça va me manquer, mais je ne veux plus travailler sous le même toit que ce monstre.

Elle monta jusqu'au bureau de Wallace. Il l'attendait.

— Je dois dire que votre coup de fil m'a surprise, Paige. Votre décision est vraiment arrêtée ?

— Oui.

Benjamin Wallace soupira.

— Très bien. Avant de partir, le Dr Barker voudrait vous voir.

— Moi aussi, je veux le voir, rétorqua Paige, sentant la colère monter en elle.

— Il est dans le labo.

Il la regarda un moment.

— Eh bien, au revoir et bonne chance.

— Merci.

Barker examinait quelques échantillons sous un microscope lorsque Paige ouvrit la porte du labo. Il releva la tête vers elle.

— On m'a dit que vous quittiez l'hôpital.

— C'est exact. Vous êtes finalement arrivé à vos fins.

— Quelles fins ? demanda Barker.

— Vous m'avez prise en grippe, dès notre première rencontre. Voilà, vous avez gagné. Je n'ai plus la force de me battre contre vous. Lorsque vous m'avez dit que j'avais... tué ce malade, je...

Sa voix chancela.

— Je me suis dit que vous étiez un être sadique, un type sans cœur et un salaud. Je vous hais.

— Asseyez-vous, répondit Barker.

— Non. Je n'ai plus rien à vous dire.

— Mais moi, je n'en ai pas terminé. Qu'est-ce qui vous fait croire que... ?

Barker se figea soudain et se mit à suffoquer.

Paige le regarda, glacée d'effroi. Il porta la main à son cœur et tomba de sa chaise, la bouche tordue dans un horrible rictus.

Paige se précipita à son secours.

— Docteur Barker !

Elle saisit le téléphone et hurla :

— Alerte rouge. Alerte rouge !

— Il a été victime d'une grosse attaque, annonça le Dr Peterson. Il est trop tôt pour dire s'il pourra s'en remettre.

C'est ma faute. J'ai souhaité sa mort, se dit Paige en se sentant prise de remords.

Elle retourna voir Ben Wallace.

— Je suis désolée pour ce qui s'est passé. C'était un bon médecin.

— Oui. C'est triste. Très triste.

Wallace l'observa un moment.

— Paige, puisque le Dr Barker ne va plus exercer, peut-être pourriez-vous revenir sur votre décision ?

Paige hésita un moment, pesant le pour et le contre.

— D'accord, répondit-elle finalement. Je reste.

XXVIII

Sur sa fiche, il était écrit : « John Cronin, sexe masculin, âge soixante-dix ans. Diagnostic : tumeur cardiaque. »

Paige n'avait pas encore rencontré John Cronin. Il devait être opéré prochainement. Elle entra dans sa chambre, accompagnée d'une infirmière et d'un autre médecin. Elle lui lança un grand sourire :

— Bonjour, Mr. Cronin.

On venait juste de lui enlever les tubes et des marques de sparadrap lui salissaient la bouche. Des bouteilles de perfusion étaient suspendues au-dessus de sa tête, une canule s'enfonçait dans son bras gauche.

Cronin leva les yeux vers Paige.

— Qui êtes-vous ?

— Je suis le docteur Taylor. Je vais vous ausculter et...

— Allez vous faire foutre ! N'approchez pas vos sales pattes de moi. Je veux un vrai médecin, pas une fantoche.

Le sourire de Paige s'effaça.

— Je suis chirurgien, spécialisé dans les affections cardio-vasculaires. Je vais faire tout mon possible pour vous soigner.

— C'est vous qui allez m'ouvrir le cœur ?

— C'est exact et...

John Cronin se tourna vers l'interne et lança :

— Nom de Dieu, c'est vraiment tout ce que peut me trouver ce putain d'hôpital ?

— Je vous assure que le Dr Taylor est parfaitement qualifiée, répondit le collègue de Paige.

— Mon cul, oui !

— Vous préférez peut-être faire appel à votre propre chirurgien ? rétorqua-t-elle.

— Je n'en ai pas. J'ai pas les moyens de me payer ce genre de luxe. Vous autres, toubibs, vous êtes tous les mêmes. Tout ce qui vous intéresse, c'est le fric. Vous vous fichez complètement des gens. On est juste de la viande pour vous, pas vrai ?

Paige tentait de garder son calme.

— Vous traversez une période difficile en ce moment, mais...

— Difficile ? Parce que vous allez m'ouvrir le cœur ? hurlait-il. Je sais que je vais crever sur le billard. Je vais y rester et j'espère bien que vous serez condamnée pour meurtre !

— Maintenant, ça suffit ! lança-t-elle.

Il la regarda en souriant d'un air malicieux.

— Ça risque de faire tache sur votre dossier si je meurs, hein, docteur ? Finalement, c'est peut-être une bonne idée de vous laisser m'opérer.

Paige commençait à voir tout rouge. Elle se tourna vers l'infirmière.

— Je veux un électrocardiogramme et un bilan complet.

Elle lança un dernier regard à John Cronin, et tourna les talons.

Lorsque Paige revint dans la chambre une heure plus tard avec les résultats des analyses, John Cronin releva à peine la tête vers elle.

— Tiens, revoilà l'autre salope ! lâcha-t-il.

Paige opéra John Cronin à six heures le lendemain matin.

Sitôt qu'elle lui eut ouvert la poitrine, elle sut que son cas était sans espoir. Ce n'est pas le cœur qui posait le plus grave problème, tous les organes de Cronin portaient les stigmates d'un cancer généralisé.

— Mon Dieu, lança un interne. Qu'est-ce qu'on va faire ?
— Prier pour qu'il ne vive pas trop longtemps avec ça.

Lorsque Paige sortit du bloc, une femme et deux hommes l'attendaient dans le couloir. La femme avait la trentaine, arborait une chevelure rousse, un maquillage outrancier et sentait à dix pas le parfum bon marché. Une robe moulante mettait en valeur ses formes voluptueuses. Les deux hommes étaient âgés de quarante ans, tous deux roux également. On avait l'impression d'avoir affaire à une troupe sortie tout droit d'un cirque.

— C'est vous, le docteur Taylor ? demanda la femme.
— Oui, c'est moi.
— Je suis Mrs. Cronin. Voici mes frères. Comment va mon mari ?

Paige hésita.

— L'opération s'est passée aussi bien que possible, répondit-elle prudemment.
— Oh ! Dieu soit loué ! s'exclama Mrs. Cronin en s'épongeant ostensiblement les yeux avec un mouchoir. Je ne pourrais survivre s'il arrivait quoi que ce soit à John !

Paige avait l'impression d'assister à un mauvais vaudeville.

— Je peux voir mon amour ?
— Pas encore, Mrs. Cronin. Il est en salle de réanimation. Je vous suggère de revenir demain.
— Nous serons là, dit-elle en se retournant.
» Allons-y, les gars.

Paige regarda partir le petit groupe. *Pauvre John Cronin*, se dit-elle.

Paige reçut le rapport d'analyse le lendemain matin. Le cancer s'était propagé dans tout le corps. Il était trop tard pour envisager une radiothérapie.

— Il n'y a rien à faire, annonça le cancérologue, sinon lui rendre la vie le plus confortable possible. Il va atrocement souffrir.

— Combien de temps lui reste-t-il ?

— Une semaine ou deux, tout au plus.

Paige rendit visite à John Cronin en salle de soins intensifs. Il dormait. Cronin n'était plus cet homme aigre et agressif, mais un être humain, luttant en vain contre la mort. Il était sous assistance respiratoire, et nourri par perfusion. Paige s'assit à côté de son lit et le contempla. Cronin semblait usé, comme un combattant vaincu. *Encore un qui n'a pas eu de chance. Malgré toutes les techniques modernes, on ne peut rien pour le sauver.* Paige lui toucha le bras doucement. Puis elle s'en alla.

Plus tard dans l'après-midi, Paige rendit de nouveau visite à John Cronin. Il n'était plus sous assistance respiratoire. Il ouvrit les yeux et demanda d'une voix ensommeillée :
— L'opération est terminée ?
Paige lui sourit.
— Oui. Je venais simplement m'assurer que vous n'aviez besoin de rien.
— Besoin de rien ? grogna-t-il. Qu'est-ce que ça peut vous faire ?
— Je vous en prie, cessons de nous chamailler.
Cronin ne bougea pas et la regarda un moment.
— L'autre médecin m'a dit que vous aviez fait du bon boulot.
Paige ne répondit pas.
— J'ai le cancer, n'est-ce pas ?
— Oui.
— Moche ?
Tout chirurgien se retrouvait face à ce genre de dilemme un jour ou l'autre.
— Plutôt, oui, répondit Paige.
Il y eut un long silence.
— Et les rayons ou la chimio ?
— Désolée. Cela ferait plus de mal que de bien et c'est trop tard.

— Ça va, j'ai compris. Bah, j'ai eu une belle vie.
— J'en suis persuadée.
— Ça vous surprendra peut-être, mais j'ai eu beaucoup de femmes, en mon temps.
— Je veux bien le croire.
— Oui, plein de femmes. De bonnes bouffes, de bons cigares... Et vous, vous êtes mariée ?
— Non.
— Vous devriez vous marier. Tout le monde devrait se marier. Moi, j'ai été marié. Deux fois. La première fois, pendant trente-cinq ans. C'était une femme merveilleuse. Elle est morte d'une crise cardiaque.
— Je suis désolée.
— C'est du passé, dit-il avant de pousser un soupir. Et puis je me suis fait avoir par cette pétasse. Elle et ses deux frères. C'est ma faute, si je pensais à autre chose qu'au cul. Les rousses m'ont toujours fait tourner la tête. C'est une sacrée poupée, hein ?
— Je suis sûre qu'elle...
— N'y voyez pas d'offense, mais vous savez pourquoi je me retrouve dans cet hôpital miteux ? A cause de ma femme. Elle ne voulait pas dépenser d'argent dans un hôpital privé. Comme ça, ils auront davantage à se partager, elle et ses frères.

Il regarda Paige.

— Combien de temps me reste-t-il ?
— Vous voulez la vérité ?
— Non... oui.
— Une semaine ou deux.
— Mon Dieu ! Et la douleur va empirer, n'est-ce pas ?
— Je vais faire tout mon possible pour vous soulager, Mr. Cronin.
— Appelez-moi John... La vie ne fait pas de cadeau, hein ?
— Vous avez dit que vous aviez bien vécu.
— C'est vrai. Mais ça fait drôle de savoir que c'est fini. Vous savez où l'on va après ?
— Non, je ne sais pas.

Il se força à sourire.

— Je vous le ferai savoir quand j'y serai.

— On vous a prescrit des médicaments qui vont vous soulager. Je peux faire autre chose ?

— Ouais. Revenez me voir ce soir.

C'était un soir de congé pour Paige, et elle était épuisée.

— D'accord. Je reviendrai ce soir.

Lorsque Paige revint dans la soirée, Cronin était réveillé.

— Comment vous sentez-vous ?

Il grimaça de douleur.

— Mal. Je n'ai jamais bien supporté la douleur. Je dois avoir un seuil de tolérance très bas.

— Je comprends.

— Vous avez vu Hazel ?

— Hazel ?

— Ma femme ! Elle est venue avec ses frères me rendre visite. Ils m'ont dit qu'ils vous avaient parlé.

— C'est vrai.

— Elle ne passe pas inaperçue, hein ? C'est pas la meilleure idée que j'ai eue de me mettre avec elle. Ils sont pressés de casser la tirelire.

— Ne dites pas cela.

— C'est la vérité, pourtant. Hazel m'a épousé uniquement pour l'argent. Et au fond, je m'en fiche. J'ai eu du bon temps avec elle au lit, mais elle et ses frères ont commencé à se montrer trop gourmands. Ils en voulaient toujours plus.

Un silence apaisant régnait autour de Paige et Cronin.

— Je vous ai dit que j'ai pas mal voyagé ?

— Non.

— Ouais. J'ai été en Suède, au Danemark, en Allemagne... Et vous ? vous êtes déjà allée en Europe ?

Paige songea à leur visite à l'agence de voyages. *Allons à Venise ! Non, à Paris ! Et pourquoi pas Londres ?*

— Non, je ne connais pas l'Europe.

— Ça vaut le détour.

— Un jour, j'irai peut-être.

— J'imagine qu'on ne gagne pas des mille et des cents dans un hôpital comme celui-là.

— On fait aller, répondit Paige.

— Ouais, il faut que vous alliez en Europe, dit-il en hochant la tête d'un air pensif. Faites-moi ce plaisir. Allez à Paris... descendez au Crillon, dînez chez Maxim's, commandez un énorme steak et une bouteille de champagne. Et lorsque vous ouvrirez la bouteille, ayez une pensée pour moi.

— Je le ferai un jour, c'est promis, répondit Paige.

Il la regarda un moment.

— Bon. Je suis fatigué maintenant. Vous reviendrez demain pour bavarder de nouveau ?

— Je reviendrai, répondit Paige tandis que John Cronin s'endormait déjà.

XXIX

Ken Mallory croyait beaucoup en sa bonne étoile, et après sa rencontre avec les Harrison, il était persuadé que la chance était de son côté. Les probabilités pour qu'un homme aussi riche qu'Alex Harrison soit opéré dans un hôpital public étaient infimes. *C'est moi qui lui ai sauvé la vie et il veut me montrer sa gratitude,* se dit Mallory le cœur plein d'allégresse.

Il avait demandé à un ami des renseignements sur cette famille.

— Dire qu'il est riche est un euphémisme, lui avait expliqué son ami. Il est plusieurs fois milliardaire. Et il a une fille de toute beauté. Elle a été mariée deux ou trois fois. La dernière fois à un comte.

— Tu les a déjà rencontrés ?

— Non. Ils ne sont pas du genre à se mêler à la plèbe.

Un samedi matin, alors qu'Alex Harrison quittait l'hôpital, il demanda à Mallory :

— Ken, vous pensez que je serai en mesure de faire un dîner la semaine prochaine ?

Mallory acquiesça.

— Si vous ne forcez pas trop, je ne vois pas ce qui vous en empêcherait.

Harrison esquissa un sourire :

— Parfait. Alors vous serez mon invité d'honneur.

Un frisson parcourut la colonne de Mallory. *Le vieux était sérieux.*

— Eh bien... merci beaucoup.

— Lauren et moi, nous vous attendrons à dix-neuf heures trente samedi prochain.

Il donna à Mallory une adresse dans le quartier de Nob Hill.

— J'y serai, répondit Mallory.

Et plutôt deux fois qu'une ! Mallory avait promis à Kat de l'emmener au théâtre, mais il trouverait bien un prétexte pour annuler leur rendez-vous. Maintenant qu'il avait remporté ses lauriers, il prenait du bon temps avec elle. Plusieurs fois par semaine, ils s'arrangeaient pour se retrouver à l'hôpital dans une salle de garde ou une chambre vide, ou encore chez elle ou chez lui. *Le feu qui couvait en elle a été étouffé trop longtemps, mais quand les braises repartent, attention les yeux ! Enfin, un de ces jours, il sera temps de lui dire « Ciao bella ! »*

Le jour où Mallory devait dîner chez les Harrison, il téléphona à Kat.

— Ma chérie, j'ai de mauvaises nouvelles.

— Qu'est-ce qui se passe ?

— Un collègue est malade et m'a demandé de le remplacer. Je crains que notre soirée soit à l'eau.

Elle ne lui montra pas à quel point elle était déçue, à quel point il lui manquait.

— C'est le métier qui veut ça ! répondit-elle d'un ton léger.

— Je te rends donc ta liberté pour ce soir.

— Ce n'est pas de liberté dont j'ai envie, dit-elle avec chaleur. Je t'aime.

— Je t'aime aussi.

— Ken ? Quand allons-nous parler de nous deux ?

— Comment ça ? demanda-t-il sachant très bien à quoi elle faisait allusion.

Au mariage évidemment ! Elles sont toutes comme ça. Elles se servent de leur cul pour attirer leur proie, espérant prendre au piège un pauvre couillon et lui passer la corde au cou pour le restant de sa vie. Mais il n'était pas né de la dernière pluie.

Lorsque le temps serait venu, il lui tirerait humblement sa révérence, comme il l'avait fait des dizaines de fois.

— Tu ne crois pas que l'on pourrait fixer une date ? disait-elle. Il y a tant de choses à organiser.

— Bien sûr. On va régler ça.

— Je me disais qu'en juin, ce pourrait être bien. Qu'en penses-tu ?

Si tu savais, ma pauvre chérie ! Si je joue bien le coup, il y aura un mariage, mais ce ne sera pas toi, l'heureuse élue.

— On en parlera, promis. Il faut vraiment que je file maintenant.

La maison des Harrison ressemblait à une de ces riches demeures qu'on voit dans les films ; une somptueuse bâtisse plantée sur une pelouse taillée aux ciseaux et nichée dans un cocon hors du temps. Il y avait une vingtaine d'invités et, dans la gigantesque salle de réception, un petit orchestre jouait en sourdine. Lauren se précipita vers lui pour l'accueillir à son arrivée. Elle portait une robe de soie moulante. Elle serra la main de Mallory.

— Bienvenue à notre invité d'honneur. Je suis ravie que vous soyez là.

— Le plaisir est partagé. Comment se porte votre père ?

— Comme un charme, grâce à vous. Vous êtes le héros de la famille.

Mallory sourit d'un air modeste.

— Je n'ai fait que mon travail.

— C'est, j'imagine, ce que se dit Dieu tous les jours, annonça-t-elle en lui prenant la main pour le présenter aux autres invités.

La liste des convives était un échantillon impressionnant de la haute société. Le gouverneur de la Californie était là, l'ambassadeur de France, un juge de la Cour suprême, et un assortiment d'hommes politiques, d'artistes et d'hommes d'affaires. Ça fleurait l'argent et le pouvoir dans la pièce et un frisson d'excitation traversa l'échine de Mallory. *C'est là qu'est ma place. Ici, avec tous ces gens.*

Le dîner fut succulent et servi en grande pompe. A la fin de la soirée, lorsque les invités commencèrent à prendre congé, Harrison vint trouver Mallory :

— Ne filez pas tout de suite, Ken. J'aimerais vous parler.

— Mais certainement.

Harrison, Lauren et Mallory s'installèrent dans la bibliothèque. Harrison était assis à côté de sa fille.

— Lorsque je vous disais que vous méritiez mieux que de travailler dans un hôpital miteux, ce n'étaient pas des paroles en l'air.

— La confiance que vous me portez me touche beaucoup.

— Vous devriez avoir votre propre clinique.

Mallory poussa un petit rire ironique.

— C'est plus facile à dire qu'à faire, Mr. Harrison. Il faut du temps pour se faire une clientèle, et je suis...

— D'ordinaire, oui. Mais vous n'êtes pas un homme ordinaire.

— Je ne vous suis pas très bien.

— Lorsque vous aurez fini votre internat, mon père voudrait vous installer votre propre cabinet, expliqua Lauren.

Pendant un moment, Mallory resta sans voix. Cela semblait si simple. Il avait l'impression de vivre un conte de fées.

— Je... je ne sais pas quoi dire.

— J'ai beaucoup d'amis fortunés. Je leur ai déjà parlé de vous. Je peux vous assurer que vous serez débordé de travail sitôt que vous aurez posé votre plaque.

— Papa, de nos jours, il n'y a plus que les avocats qui accrochent leur plaque dans la rue.

— Peu importe. De toute façon, je tiens à vous financer. Ça vous intéresse ?

L'air lui manquait.

— Bien sûr. Mais je... je ne sais pas comment je pourrais vous rembourser.

— Je crains de m'être mal fait comprendre. C'est moi qui ai une dette envers vous. Vous ne me devrez rien.

Lauren regarda Mallory avec des yeux attendris.

— Acceptez, je vous en prie.

— Je serais idiot de refuser, n'est-ce pas ?

— C'est vrai, dit doucement Lauren. Et je suis sûre que vous n'êtes pas idiot.

Pendant le trajet du retour, Ken Mallory était sur un petit nuage. *Cela ne pouvait pas se passer mieux.* Mais il se trompait. Le meilleur était encore à venir.
Lauren lui téléphona le lendemain.
— J'espère que vous ne voyez pas d'inconvénient à mêler l'utile à l'agréable ?
— Pas du tout, répondit-il en souriant. Qu'est-ce que vous avez en tête ?
— Il y a un bal de charité, samedi prochain. Aimeriez-vous m'y emmener ?
Je t'emmènerais sur la lune, ma belle !
— Bien entendu. J'en serais enchanté.
Il était de garde ce soir-là, mais il se ferait porter pâle et trouverait quelqu'un pour le remplacer.

Mallory aimait faire des plans de carrière à long terme, mais ce qui lui arrivait dépassait ses rêves les plus fous.
En quelques semaines, il était entré dans le cercle social de Lauren, et il se laissait emporter dans une spirale étourdissante. Il sortait en boîte de nuit avec elle et il titubait de sommeil la journée. A l'hôpital, les plaintes s'accumulaient, mais il n'en avait cure. *Je serai bientôt loin d'ici.*
L'idée de quitter cet hôpital sinistre et d'avoir sa propre clinique était déjà très séduisante, mais Lauren était la cerise sur le gâteau.
Kat commençait à devenir encombrante. Mallory devait trouver des excuses pour annuler ses rendez-vous. Quand elle se montrait trop pressante, il lui disait : « Chérie, je suis fou de toi... bien sûr que je veux toujours t'épouser, mais ce n'est pas le bon moment, je... » et il énumérait une litanie de bonnes raisons.
Et puis Lauren proposa d'aller passer un week-end à Big Sur, dans la maison de campagne des Harrison. *Tout se passe à merveille. Je vais faire la nique au monde entier !*

La propriété se trouvait sur des hectares de pinèdes, une grosse bâtisse de bois et de pierre, surplombant le Pacifique. Il y avait la chambre des maîtres, huit chambres d'ami, un grand salon avec une cheminée, une piscine couverte et un jakuzzi. L'endroit sentait bon la tradition et le vieil argent.

A leur arrivée, Lauren annonça qu'elle avait renvoyé les domestiques pour le week-end.

— Excellente idée, répondit Mallory, béat, en enlaçant Lauren. Je suis fou de toi.

— Il va falloir me le montrer, répondit Lauren.

Ils passèrent leur journée au lit, et Lauren se révéla presque aussi insatiable que Kat.

— Je n'aurai plus jamais la force de me relever, lança Mallory en riant.

— Tant mieux. Je ne tiens pas à ce que tu ailles montrer tes talents à quelqu'un d'autre que moi ! dit-elle en s'asseyant sur le lit.

» Ken, il n'y a personne d'autre, n'est-ce pas ?

— Bien sûr que non, répondit Mallory avec toute la sincérité du monde. Il n'y a personne d'autre que toi sur terre. Je suis dingue de toi, Lauren.

Il était temps maintenant de faire le ménage, d'offrir à sa vie future un passé tout propre, dans un joli paquet cadeau. Il brûlait d'être un brillant chirurgien dans le privé, et le gendre d'Alex Harrison.

— Je veux t'épouser, Lauren.

Il retint son souffle, attendant la réponse.

— Oh, oui, mon chéri, souffla Lauren. Oui !

Kat essayait désespérément de joindre Mallory. Elle téléphona à l'hôpital.

— Je regrette, docteur Hunter. Le Dr Mallory n'est pas en service et il ne répond pas à son bip.

— Il n'a pas laissé un numéro où il est possible de le joindre ?

— Non. Il n'a rien laissé.

Kat raccrocha et se tourna vers Paige.

— Il lui est arrivé quelque chose, j'en suis sûre. Il m'aurait prévenue sinon.

— Kat, il peut y avoir une centaine de raisons pour qu'il n'ait pas donné signe de vie. Il a peut-être dû quitter la ville d'urgence, ou bien il...

— Tu as raison. Il y a forcément une explication.

Kat regarda le téléphone, priant Dieu de l'entendre sonner.

Lorsque Mallory fut de retour à San Francisco, il téléphona à Kat.

— Le Dr Hunter n'est pas en service, lui répondit-on à l'hôpital.

— Merci.

Il tenta de la joindre chez elle. Kat était là.

— Bonjour, ma belle !

— Ken ! Où étais-tu passé ? Je me suis fait un sang d'encre. J'ai essayé de te joindre partout pour te...

— J'ai eu des problèmes de famille, répondit-il évasivement. Je suis désolé. Je n'ai pas eu une seconde pour t'appeler. J'ai dû faire le voyage. Je peux passer te voir ?

— Tu sais bien que oui. Je suis si heureuse d'apprendre qu'il ne t'est rien arrivé. J'ai une...

— Je serai chez toi dans une demi-heure.

Il raccrocha. *C'est l'heure fatidique. Il est temps de dire : Kat, ma belle, c'était bien. Mais tout a une fin.*

Sitôt qu'il eut franchi le seuil de la porte, Kat se jeta dans ses bras.

— Comme tu m'as manqué !

Elle ne pouvait lui dire le week-end d'angoisse qu'elle venait de vivre. Les hommes détestent s'entendre dire ce genre de choses.

— Mon Dieu, tu as une tête de déterré ! dit-elle en reculant d'un pas. Tu as l'air complètement épuisé.

Mallory poussa un soupir.

— Je n'ai pas dormi depuis vingt-quatre heures.

Ça, c'est vrai, songea-t-il.

Kat le serra dans ses bras.

— Mon pauvre amour. Je peux faire quelque chose ? Tu veux du café ?

— Non, merci. Tout ce dont j'ai besoin, c'est d'une bonne nuit de sommeil. Asseyons-nous, j'ai à te parler.

Ils s'installèrent sur le canapé.

— Quelque chose ne va pas ? demanda Kat.

Mallory prit une profonde inspiration.

— Kat, j'ai beaucoup pensé à nous, ces derniers temps.

— Moi aussi, répondit-elle dans un sourire. Et j'ai une nouvelle à t'apprendre...

— Attends. Laisse-moi finir. Kat, je crois que l'on va un peu vite en besogne... Je crois que j'ai parlé mariage un peu à la légère.

Kat blêmit.

— Comment ça ? Qu'est-ce que.. tu veux dire ?

— Que nous devrions nous laisser un peu de temps.

Elle eut l'impression que les murs s'écroulaient sur elle. L'air lui manqua.

— Ken, c'est impossible. Nous ne pouvons remettre le mariage à plus tard. J'attends un enfant de toi.

XXX

Paige rentra chez elle à minuit, à bout de forces. La journée avait été épuisante. Elle avait à peine eu le temps de faire une pause à midi et pour tout dîner, elle avait avalé un sandwich entre deux opérations. Elle s'écroula sur son lit et s'endormit dans l'instant. Elle fut réveillée par la sonnerie du téléphone. Groggy, Paige décrocha l'appareil en regardant machinalement le réveil. Il était trois heures du matin.

— Allô !

— Docteur Taylor ? Je suis désolée de vous déranger, mais un de nos patients insiste pour vous voir tout de suite.

Paige avait la bouche si pâteuse qu'elle avait du mal à articuler le moindre mot.

— Je ne suis pas de service, marmonna-t-elle. Vous ne pouvez pas demander à quelqu'un d'autre ?

— C'est à vous qu'il veut parler. Il dit qu'il a besoin de vous.

— Qui est-ce ?

— John Cronin.

Paige se redressa.

— Qu'est-ce qui se passe ?

— Je ne sais pas. Il refuse de parler à qui que ce soit d'autre.

— Ça va, répondit Paige vaincue. J'arrive.

Une demi-heure plus tard, Paige se garait devant l'hôpital. Elle se dirigea vers la chambre de John Cronin, qui l'attendait, étendu sur son lit, sous un entrelacs de tubes et de canules.

— Merci d'être venue.

Sa voix était faible et rauque.

Paige s'assit sur la chaise à côté du lit. Elle esquissa un sourire.

— Pas de problème, John. Je n'avais rien d'autre à faire, sinon dormir. Qu'est-ce qui se passe ? Qu'est-ce que ce grand et noble hôpital n'a pas su vous offrir ?

— Je voudrais qu'on parle un peu.

— A cette heure-ci ? gémit Paige. Je croyais que votre appel avait un caractère d'urgence.

— C'est le cas. Je veux partir.

— C'est impossible, répondit-elle en secouant la tête. Vous ne pouvez rentrer chez vous dans l'état où vous êtes. Vous ne pourriez avoir le traitement qui...

— Je ne veux pas rentrer chez moi, l'interrompit-il. Je veux partir.

Elle le regarda.

— Qu'est-ce que vous dites ? demanda-t-elle lentement.

— Vous avez très bien compris. Les médicaments ne me font plus rien. Je ne veux plus souffrir. Je veux m'en aller.

Paige se pencha et lui prit la main.

— John, je ne peux pas faire ça. Je vais vous donner un...

— Non. Je n'en peux plus, Paige. Je veux quitter ce monde ; peu importe ce qui m'attend là-bas. Je ne veux plus traîner ici, dans cet état. J'en ai assez.

— John...

— Combien de temps me reste-t-il ? Quelques jours ? Je vous l'ai dit, je ne supporte pas la douleur. Je suis cloué dans ce lit comme un animal de dissection, hérissé de tubes. Mon corps est rongé de l'intérieur. Ce n'est pas vivre — c'est agoniser. Pour l'amour du ciel, aidez-moi !

Un spasme le tordit de douleur. Lorsqu'il put de nouveau parler, sa voix avait encore faibli.

— Aidez-moi, je vous en supplie...

Paige connaissait la marche à suivre. Elle devait faire un rapport auprès de Benjamin Wallace, qui porterait la demande de John Cronin devant le conseil d'administration de l'hôpital. Un groupe de médecins débattrait du cas de John Cronin et rendrait sa décision. Ensuite, il fallait encore que cette décision soit approuvée par...

— Paige... c'est encore *ma* vie. J'ai le droit d'en faire ce que je veux.

Elle regarda le corps impuissant de son malade, prisonnier de sa souffrance.

— Je vous en supplie...

Elle lui prit la main et la serra un long moment.

— Très bien, John, répondit-elle finalement. Je le ferai.

Cronin tenta d'esquisser un sourire.

— Je savais que je pouvais compter sur vous.

Paige lui fit une bise sur le front.

— Fermez les yeux, et dormez maintenant.

— Bonne nuit, Paige.

— Bonne nuit, John.

John Cronin soupira de soulagement et s'endormit, un sourire de bonheur sur le visage.

Paige resta un long moment à son chevet, à songer à ce qu'elle allait faire. Elle se souvint de l'horreur qu'elle avait éprouvée lors de sa première visite des malades avec le Dr Radnor. *Elle est dans le coma depuis six semaines. Ses fonctions vitales faiblissent. On ne peut plus rien faire pour elle. Nous allons la débrancher cet après-midi.* Etait-ce mal de vouloir délivrer un malheureux de sa souffrance ?

Lentement, comme dans un film au ralenti, Paige se leva et se dirigea vers l'armoire où se trouvait un flacon d'insuline en cas d'urgence. Elle le prit dans ses mains et le regarda fixement. Puis elle retira le bouchon, remplit une seringue et retourna vers le lit. Il était encore temps de faire marche arrière. *Je suis cloué sur ce lit, comme un animal de dissection... ce n'est plus vivre — c'est agoniser. Pour l'amour du ciel, aidez-moi !*

Paige se pencha vers le bras de l'homme et injecta l'insuline dans le tube de la perfusion.

— Dormez bien, Mr. Cronin, murmura-t-elle, sans même se rendre compte qu'elle était en larmes.

Paige rentra chez elle et resta éveillée jusqu'à l'aube, songeant à ce qu'elle venait de faire.

A six heures du matin, on l'appela au téléphone.

— Je suis désolée de vous déranger, docteur Taylor, mais votre malade John Cronin est mort d'un arrêt cardiaque cette nuit.

Le médecin de garde ce jour-là était le Dr Arthur Kane.

XXXI

La première fois que Ken Mallory était allé à l'opéra, il s'était endormi. Mais ce soir-là, il ne perdait pas un vers de *Rigoletto* au San Francisco Opera House. Il était assis dans une loge avec Lauren et son père. Dans la galerie, pendant l'entracte, Alex Harrison l'avait présenté à tout le monde.

— Voici mon futur gendre, le brillant Dr Ken Mallory.

Le simple fait d'être le futur gendre d'Alex Harrison suffisait à le faire étinceler de mille feux.

Après la représentation, Mallory et les Harrison allèrent souper dans la superbe salle du Fairmont Hôtel. La poitrine de Mallory se gonfla de fierté en voyant les courbettes que faisait le maître d'hôtel pendant qu'il les conduisait vers le salon qui leur était réservé. *Bientôt, je pourrai me payer ce genre de luxe et tout le monde me léchera les pieds.*

— Mon chéri, dit Lauren, une fois qu'ils eurent passé commande, je pense que nous devrions faire une fête pour annoncer nos fiançailles.

— C'est une très bonne idée, répondit son père. On va organiser une grande fête. Qu'est-ce que vous en dites, Ken ?

Une sonnette d'alarme se déclencha au fond de lui. Il était dangereux d'annoncer publiquement ces fiançailles. *Il faut que je me débarrasse d'abord de Kat. Un peu d'argent devrait faire l'affaire.* Mallory maudissait ce stupide pari. Pour dix mille malheureux dollars, tout son bel avenir risquait d'être réduit à néant. Il n'osait imaginer ce qui se passerait s'il avouait aux Harrison l'existence de Kat.

Au fait, j'ai oublié de vous dire que je suis déjà fiancé à quelqu'un d'autre. Un médecin de l'hôpital. Une Noire...

Ou bien : *Vous allez rire : j'ai parié dix mille dollars avec des collègues que je pourrais baiser une certaine doctoresse et...*

Ou encore : *Il y a un hic : j'ai déjà un mariage prévu pour le...*

Non. Il faut trouver le moyen d'acheter le silence de Kat.

Les Harrison regardaient Mallory.

— Oui, ce serait une superbe idée, répondit-il dans un sourire.

— Parfait, lança Lauren d'un ton guilleret. Je vais tout organiser. Tu n'imagines pas comme c'est compliqué de faire une fête.

Alex Harrison se tourna vers Mallory.

— Quant à vous, la machine est déjà lancée.

— Pardon ?

— Gary Gitlin, le directeur du North Shore Hospital, est un vieil ami à moi. Je lui ai parlé de vous, et il ne voit pas d'inconvénient à ce que votre futur cabinet soit affilié à son hôpital. C'est un grand hôpital, vous savez. Et en même temps, cela vous permettra de vous lancer.

Mallory buvait ces paroles comme du petit-lait.

— C'est magnifique.

— Bien entendu, il faudra quelques années avant que cela ne devienne réellement rentable, mais je pense que vous pourrez vous faire dans les deux ou trois cent mille dollars par an, la première ou la deuxième année.

Deux ou trois cent mille dollars ! Seigneur ! A l'entendre, c'est une misère.

— Ce sera... très bien, monsieur.

Harrison sourit.

— Ken, je vais bientôt être votre beau-père, si on laissait tomber les « monsieur » ? Appelez-moi Alex.

— Entendu, Alex.

— Tu sais, je ne me suis jamais mariée en juin, expliqua Lauren. Qu'en penses-tu, chéri ?

Il entendait Kat lui dire : *Tu ne crois pas qu'il faudrait fixer une date ? En juin, par exemple.*

Mallory prit la main de Lauren.

— Cela me semble parfait.

J'aurai amplement le temps de me débarrasser de Kat. Il sourit en pensée. *Je vais lui proposer une part de l'argent que j'ai gagné avec mon pari.*

— Nous avons un yacht dans le sud de la France, expliquait Harrison. Cela vous dirait de passer votre lune de miel sur la Côte d'Azur ? Vous pourriez vous y rendre avec notre jet privé.

Un yacht. La Côte d'Azur. Le conte de fées se poursuivait. Mallory se tourna vers Lauren.

— Je passerai, une lune de miel n'importe où, avec Lauren.

Alex Harrison hocha la tête d'un air satisfait.

— Eh bien, je pense que tout est réglé, dit-il en lançant un sourire à sa fille. Tu vas me manquer, ma chérie.

— Tu ne me perds pas, papa. Tu gagnes un docteur !

— Oui. Et un sacré docteur, acquiesça Harrison. Je ne saurai jamais assez vous remercier, Ken.

Lauren caressa la main de Mallory.

— Je le remercierai pour toi.

— Ken, pourquoi ne pas déjeuner ensemble la semaine prochaine ? proposa Harrison. On pourrait vous louer des locaux décents, dans le Post Building par exemple, et j'organiserai une rencontre avec Gary Gitlin. Beaucoup de mes amis ont hâte de vous rencontrer.

— Mais tu n'es pas le seul, papa, expliqua Lauren.

Elle se tourna vers Ken.

— Mes amis aussi meurent d'envie de te connaître, mais je tiens à te garder pour moi toute seule.

— Personne ne m'intéresse à part toi, répondit Mallory d'une voix suave.

Lorsqu'ils montèrent dans la Rolls-Royce qui les attendait avec son chauffeur, Lauren demanda :

— Où te dépose-t-on, chéri ?

— A l'hôpital. J'ai quelques malades à voir.

C'était complètement faux mais il savait qu'il avait une chance d'y trouver Kat.

— Mon pauvre amour, dit Lauren en lui caressant la joue. Tu vas te tuer au travail.

— Peu importe la peine, répondit Mallory en soupirant, quand on peut soulager la souffrance...

Il trouva Kat en gériatrie.

— Salut, Kat.

Elle était de mauvaise humeur.

— On avait rendez-vous, hier soir.

— Je sais. Mille excuses. Je n'ai pas pu te...

— C'est la troisième fois cette semaine. Qu'est-ce qui se passe ?

Elle commençait à devenir casse-pieds.

— Kat, il faut que je te parle. Il y a une chambre vide dans le coin ?

Elle réfléchit un instant.

— La 315. Le malade vient de sortir. Allons-y.

Ils s'éloignèrent dans le couloir. En chemin, une infirmière vint à leur rencontre :

— Oh ! Docteur Mallory. Le Dr Peterson vous cherche partout. Il...

— Dites-lui que je suis occupé.

Il prit Kat par le bras et l'entraîna vers l'ascenseur.

Lorsqu'ils arrivèrent au troisième étage, ils entrèrent discrètement dans la chambre 315. Mallory referma la porte derrière lui. Il avait le souffle court. Tout son avenir allait se jouer dans les prochaines secondes.

Il prit la main de Kat. Il était temps d'être sincère.

— Kat, tu sais comme je suis fou de toi. Je n'ai jamais ressenti ça pour personne. Mais, tu vois, l'idée d'avoir un bébé en ce moment n'est pas... enfin, tu ne crois pas que ce serait une erreur ? Je veux dire, nous travaillons tous les deux jour et nuit, et nous n'avons pas assez d'argent pour...

— Mais on s'arrangera, répondit Kat. Je t'aime, Ken, et je...

— Attends. Tout ce que je te demande c'est de remettre ça à un peu plus tard. Laisse-moi finir mon année à l'hôpital et ouvrir un cabinet. On ira peut-être dans l'Est. Et dans quelques années, on pourra se marier et avoir un enfant.

— Dans quelques années ? Mais je t'ai dit que je suis enceinte.

— Je sais, ma chérie, mais ça fait quoi, un mois, deux mois ? Il y a encore tout le temps d'avorter.

Kat le regarda, sous le coup de la surprise.

— Pas question d'avorter ! Je veux me marier tout de suite. C'est tout.

Nous avons un yacht dans le sud de la France. Ça vous dirait de passer votre lune de miel sur la Côte d'Azur ? Vous pourriez vous y rendre avec notre jet privé.

— J'ai déjà annoncé à Paige et à Honey que nous allions nous marier. Elles doivent être mes demoiselles d'honneur. Et je leur ai parlé du bébé.

Un frisson d'effroi traversa Mallory. La situation lui échappait. Si les Harrison avaient vent de cette histoire, il était fini.

— Tu n'aurais pas dû faire ça.

— Pourquoi donc ?

Mallory se força à sourire.

— Je n'aime pas étaler en public ma vie privée.

Je vais vous aider à vous installer... Vous pourrez vous faire dans les deux ou trois cent mille dollars la première ou la deuxième année.

— Kat, je te le demande pour la dernière fois. Vas-tu avorter, oui ou non ? demanda-t-il, en tentant de dissimuler sa fébrilité.

Il aurait tellement voulu la faire céder par la seule force de sa volonté.

— Non. Pas question.

— Kat...

— C'est impossible, Ken. Je t'ai raconté ce que j'ai enduré

la première fois que je me suis fait avorter quand j'étais gamine. Je me suis juré de ne plus jamais revivre ça. Ne me demande pas ça, je t'en prie.

C'est à ce moment précis que Ken Mallory comprit que c'était sans espoir. Il n'avait plus le choix. Il devait la faire disparaître.

XXXII

Honey avait hâte de rendre visite à son patient de la chambre 306. Il s'appelait Sean Reilly. C'était un bel Irlandais, avec une tignasse noire et des yeux bruns, pétillants de malice. Honey lui donnait dans les quarante ans.

— Je vois que vous êtes ici pour une cholécystectomie, annonça-t-elle à leur première rencontre, en consultant sa fiche médicale.

— Je croyais que l'on devait m'enlever la vésicule ?

— C'est la même chose, répondit Honey en souriant.

Sean la regarda un moment.

— Ils peuvent bien m'enlever ce qu'ils veulent, tant qu'ils me laissent le cœur. Parce que mon cœur est tout à vous.

Honey éclata de rire.

— Flatteur comme vous êtes, vous irez loin.

— J'espère bien, ma belle !

Lorsque Honey avait quelques minutes de répit, elle allait bavarder un peu avec Sean. Il était drôle et charmant.

— Si j'avais su que j'allais vous rencontrer, je me serais fait opérer plus tôt.

— Vous n'êtes pas inquiet pour l'opération. C'est bien.

— Pas si c'est vous qui m'ouvrez les entrailles, ma belle.

— Je ne suis pas chirurgien. Je suis généraliste.
— Est-ce que les généralistes ont le droit de dîner avec leurs malades ?
— Non. C'est contraire au code déontologique.
— Les généralistes ne font jamais de pied de nez à la déontologie ?
— Jamais, répondit Honey avec un sourire.
— Je vous trouve très belle, lança Sean.
Personne ne lui avait jamais dit ça. Elle rougit malgré elle.
— Merci.
— Vous êtes comme la rosée du matin sur l'herbe du Killarney.
— Vous connaissez l'Irlande ? demanda Honey.
Il éclata de rire.
— Non, mais je vous y emmènerai, un de ces jours, c'est juré !
C'étaient des paroles en l'air, mais...

Honey revint voir Sean l'après-midi même.
— Comment vous sentez-vous ?
— Mieux, maintenant que vous êtes là. Vous avez réfléchi à mon invitation à dîner ?
— Non, mentit Honey.
— J'espère qu'après mon opération, ça pourra se faire. Vous n'êtes pas fiancée, mariée ou quelque chose d'idiot comme ça ?
— Non, rien d'idiot comme ça.
— Génial ! Moi non plus. Qui voudrait de moi, hein ?
Beaucoup de femmes, songea Honey.
— Si vous aimez la bonne cuisine, apprenez que je suis un fin cordon-bleu.
— Nous en reparlerons.
Lorsque Honey arriva dans la chambre 315 le lendemain matin, Sean lui annonça qu'il avait un cadeau pour elle.
— C'est pour vous.
Il lui tendit un dessin — une jolie esquisse représentant Honey, sous des traits quelque peu magnifiés.
— Comme c'est beau ! lança-t-elle. Vous êtes un véritable artiste !

Et soudain elle se souvint des paroles de la voyante. *Vous allez tomber amoureuse d'un artiste.* Elle regarda Sean avec une expression étrange dans les yeux.

— Quelque chose ne va pas ?
— Non, non, répondit lentement Honey. Tout va très bien.

Cinq minutes plus tard, Honey entrait dans la chambre de Frances Gordon.

— Tiens ! Voilà la Vierge !
— Vous vous souvenez de m'avoir dit que j'allais tomber amoureuse de quelqu'un — d'un artiste ? demanda Honey.
— Evidemment !
— Eh bien... je crois l'avoir rencontré.

Frances Gordon sourit.

— Vous voyez ? Les astres ne mentent jamais.
— Est-ce que... est-ce que vous pourriez m'en dire un peu plus sur lui ? Sur nous ?
— Il y a un jeu de tarots dans le tiroir. Donnez-le-moi, s'il vous plaît.

C'est ridicule ! Je ne crois à rien de tout ça ! se disait Honey, tout en tendant les cartes à Frances Gordon.

Frances Gordon commença à étaler les cartes devant elle. Elle hochait la tête toute seule en souriant, puis soudain, son visage se figea.

— O mon Dieu ! souffla-t-elle en relevant les yeux vers Honey, le teint pâle comme la mort.
— Qu'est-ce qu'il y a ?
— Cet artiste dont vous tomberez amoureuse, vous pensez que c'est cet Irlandais ?
— Je crois bien, oui.

La voix de Frances Gordon se chargea de tristesse.

— Le pauvre garçon, murmura-t-elle. Je suis désolée. Vraiment désolée.

L'opération de Sean Reilly devait avoir lieu le lendemain matin.

8 h 15 : le Dr William se trouve dans le bloc n° 2, en train de préparer l'opération.

8 h 25 : un camion avec un chargement de sang arrive à l'Embarcadero County Hospital. Le conducteur dépose sa marchandise à la banque de sang au sous-sol. Pendant ce temps, Eric Foster, le médecin de garde, boit un café avec une jolie infirmière danoise nommée Andréa.

— Où je vous mets tout ça ? demande le chauffeur.
— Posez-les là, répond Foster en désignant un coin de la pièce.
— D'accord.
Le livreur dépose les sacs de sang et sort un papier.
— J'ai besoin d'une griffe.
— Voilà.
Foster signe le bordereau de livraison.
— Merci.
— Il n'y a pas de quoi, répond le chauffeur avant de s'en aller.
Foster se tourne vers Andrea.
— Où en étions-nous ?
— Vous étiez en train de me dire que j'étais jolie.
— C'est vrai. Si vous n'étiez pas mariée, je vous sauterais dessus illico, reprend l'interne. Vous ne faites jamais de petits extra ?
— Non. Mon mari est boxeur.
— Oh ! Vous avez une sœur, peut-être ?
— Il se trouve que oui.
— Elle est aussi mignonne que vous ?
— Plus encore.
— Comment elle s'appelle ?
— Marilyn.
— On pourrait se faire une sortie à quatre, un de ces soirs ?
Tandis qu'ils bavardent, le fax se met à cliqueter. Foster l'ignore.

8 h 45 : le Dr Radnor commence à opérer Sean Reilly. Au début, tout se passe sans problème. Les machines ronronnent paisiblement dans la salle d'opération, chacun fait son travail.

9 h 05 : le Dr Radnor atteint le canal cystique. Une opération

magistrale jusqu'alors. Mais lorsqu'il commence à inciser la vésicule biliaire, sa main ripe et le scalpel perfore une artère. Le sang se met à gicler.

— Nom de Dieu ! lâche-t-il en tentant de réduire l'hémorragie.

— Sa tension vient de tomber à six ! lance l'anesthésiste. Le cœur va lâcher !

Radnor se tourne vers l'infirmière.

— Faites-nous monter du sang. Stat !

— Tout de suite, docteur.

9 h 05 : le téléphone retentit dans la banque de sang.

— Ne vous sauvez pas, je reviens tout de suite, lance Foster en se dirigeant vers le téléphone.

» Ici les réserves, j'écoute.

— Il nous faut quatre flacons de type O au bloc n° 2. Stat.

— Entendu.

Foster raccroche et se dirige vers le coin de la pièce où vient d'être déposé le nouvel arrivage de sang. Il sort quatre sacs et les place sur le chariot métallique réservé aux cas d'urgence. Il vérifie les étiquettes sur les sacs. « Type O » relit-il à haute voix, avant d'appeler un aide-soignant.

Le fax a cessé de cliqueter.

— Qu'est-ce qui se passe ? demande Andrea.

Foster regarde le planning accroché devant lui.

— J'ai l'impression qu'un malade donne du fil à retordre à Radnor.

9 h 15 : l'aide-soignant arrive à la banque de sang.

— C'est pour quoi ?

— Emmenez ça en salle d'op 2. C'est urgent.

Foster regarde l'aide-soignant s'éloigner avec le chariot, puis se tourne vers Andrea.

— Parlez-moi donc encore un peu de votre sœur.

— Elle est mariée aussi.

— Ah bon.

— Mais, elle n'a rien contre un petit extra de temps en temps, ajoute Andrea dans un sourire.
— C'est vrai ?
— Mais non, je plaisante ! Allez, il faut que j'aille travailler. Merci pour le café et les biscuits.
— On recommence quand vous voulez.

Quel beau cul ! songe-t-il avec regret, en regardant l'infirmière s'éloigner.

9 h 20 : l'aide-soignant attend l'ascenseur pour monter au premier étage.

9 h 23 : le Dr Radnor fait tout son possible pour limiter la catastrophe.
— Alors, il arrive ce putain de sang ?

9 h 25 : l'aide-soignant pousse la porte de la salle d'opération n° 2. L'infirmière accourt.
— Merci, dit-elle en prenant les sacs.
» Le sang est arrivé, docteur.
— Envoyez tout ce que vous pouvez. Vite.

Dans les réserves du sous-sol, Eric Foster finit son café, en pensant à Andrea. *Toutes les jolies filles sont déjà maquées. Ce n'est pas juste...*

Alors qu'il retourne vers son bureau, il s'arrête devant le fax. Il tire la feuille de papier et lit le message :

> Rappel. Alerte 687 — 25/06 — aux banques de sang de Californie, d'Arizona, de Washington et d'Oregon. Tests présence *HIV* type *I* positifs dans les unités sang et plasma congelés n° CB83711 et CB800007.

Il reste un moment figé d'effroi, puis se précipite vers son bureau vérifier les bons de livraison des sacs de sang qu'il vient de recevoir. Il vérifie deux fois les numéros de référence. Ce sont les mêmes que ceux inscrits sur le fax.

— O Seigneur ! murmure-t-il.

Il décroche son téléphone.

— Passez-moi la salle d'op n° 2, vite !

Une infirmière décroche enfin.

— Ici, les réserves ! Je viens de vous envoyer du sang de type O. Ne vous en servez pas ! Je vous fais monter d'autres flacons tout de suite.

— Trop tard, répond l'infirmière.

Une enquête officielle fut ordonnée, mais ne donna rien.

— Ce n'était pas ma faute, raconta Eric Foster. Le temps que le fax arrive, le sang était déjà en salle d'op.

Le Dr Radnor annonça la nouvelle à Sean Reilly.

— Il s'agit d'une erreur, expliqua Radnor. Une terrible erreur. Je donnerais n'importe quoi pour que ce ne soit pas arrivé.

Sean le regarda fixement, sous le choc.

— Mon Dieu ! Mais je vais mourir.

— Nous ne saurons si vous avez contracté le virus que dans six ou huit semaines. Même si vous êtes séropositif, cela ne veut pas dire obligatoirement que vous aurez le sida. Nous allons faire l'impossible.

— Vous en avez fait assez comme ça, rétorqua Sean avec amertume. Je suis un homme mort.

Lorsque Honey apprit la nouvelle, elle fut effondrée de chagrin. Elle se souvint des paroles de Frances Gordon. *Le pauvre garçon.*

Sean Reilly dormait quand Honey entra dans sa chambre. Elle s'assit sur le lit, et le regarda un long moment.

Il ouvrit les yeux et aperçut Honey.

— Je rêvais que j'étais en train de rêver et que je n'allais pas mourir.

— Sean...

— Vous venez voir le cadavre ?

— Je vous en prie, ne dites pas ça.

— Comment cela a-t-il pu arriver ? dit-il en fondant en larmes.

— Quelqu'un a fait une erreur, Sean.

— Mon Dieu, je ne veux pas mourir du sida !

— Il y a des séropositifs qui ne développent jamais la maladie. Les Irlandais ont de la chance, c'est bien connu.

— Si seulement cela pouvait être vrai.

Elle lui prit la main.

— Il faut avoir la foi.

— Je ne suis pas croyant, dit Sean, mais j'ai bien l'impression que je vais m'y mettre.

— Je prierai avec vous, répondit Honey.

Il esquissa un sourire amer.

— Je peux tirer un trait sur mon invitation à dîner, hein ?

— Pas question ! Vous n'allez pas vous en sortir aussi facilement. Vous m'avez mis l'eau à la bouche avec vos talents de cuisinier !

Il la regarda un moment.

— Vous êtes sérieuse ?

— Bien sûr que oui ! Peu importe ce qui s'est passé. Et je vous rappelle également que vous m'aviez promis de m'emmener en Irlande.

XXXIII

— Tout va bien, Ken ? demanda Lauren. Tu sembles soucieux, mon chéri ?

Lauren et Mallory se trouvaient dans la grande bibliothèque des Harrison. Ils avaient dîné avec trois invités — un dîner somptueux servi par une domestique et un maître d'hôtel — et durant toute la soirée, Alex Harrison — *appelez-moi Alex* — avait évoqué le brillant avenir de médecin qui l'attendait.

— Qu'est-ce qui te tracasse ?

Il y a qu'une salope de négresse veut que je l'épouse parce qu'elle est enceinte ! A tout instant, elle peut avoir vent de nos fiançailles et tout foutre en l'air. Tout mon avenir est sur la sellette, voilà ce qu'il y a !

Il prit la main de Lauren.

— Je travaille trop, c'est tout. Mes malades ne sont pas de simples numéros, pour moi. Ce sont des êtres humains qui souffrent et je ne peux m'empêcher de me faire du souci pour eux.

Elle lui caressa la joue.

— C'est pour cela, entre autres, que je t'aime, Ken. Tu es si attentionné envers autrui.

— On a dû m'inculquer ça quand j'étais gosse.

— Au fait, j'ai oublié de te dire. Le rédacteur du *Chronicle* va venir lundi avec un photographe faire une interview.

Il eut l'impression de recevoir un uppercut.

— Tu ne pourrais pas t'arranger pour être là ? Ils voudraient faire une photo de toi.

— Je... je voudrais bien, mais j'ai une grosse journée lundi à l'hôpital.

Les pensées se bousculaient dans sa tête.

— Chérie, tu crois vraiment que c'est une bonne idée de faire cette interview ? Ne pourrait-on pas attendre que...

Lauren éclata de rire.

— Tu ne connais pas la presse, mon amour ! Ils sont comme une meute de chiens affamés. Plus vite on leur donnera quelque chose en pâture, plus vite ils nous laisseront tranquilles.

Lundi ! songea Mallory avec terreur.

Le lendemain matin, Mallory entraîna Kat dans un débarras. Elle semblait épuisée. Elle n'était ni maquillée ni coiffée. *Lauren ne se laisserait jamais aller ainsi.*

— Salut, ma belle !

Kat ne répondit pas.

Mallory la prit dans ses bras.

— J'ai beaucoup pensé à nous. Je n'ai pas dormi de la nuit. Tu es toute ma vie. Tu avais raison et j'avais tort. J'imagine que c'était le choc de la surprise. Mais j'ai réfléchi. C'est d'accord, je veux que tu gardes notre enfant.

Il vit soudain une lueur éclairer les yeux de Kat.

— Tu es sérieux ?

— Juré, craché par terre.

Elle l'enlaça.

— O mon Dieu ! O mon amour ! J'ai eu si peur. Je ne sais pas comment je pourrais vivre sans toi.

— Tu n'as pas à t'inquiéter de cela. A partir d'aujourd'hui, tout sera comme un rêve.

Un rêve que tu ne connaîtras pas.

— Je ne suis pas de service dimanche soir. Tu es libre, toi ?

Elle lui prit la main et la serra.

— Je vais me libérer.
— Génial ! Nous allons dîner en amoureux et nous irons chez toi boire un dernier verre. Tu crois que tu peux t'arranger pour que Paige et Honey libèrent les lieux ? Je veux t'avoir tout à moi.
Kat sourit.
— Pas de problème. Tu ne peux savoir comme je suis heureuse que tu aies changé d'avis. Tu sais, je ne t'ai jamais dit à quel point je t'aime.
— Je t'aime aussi. Et je vais te le montrer dimanche soir.

Mallory avait élaboré un plan à toute épreuve, pensait-il. Il avait peaufiné le moindre détail. Il n'y avait aucun risque pour que la mort de Kat lui soit imputée.
Il était trop dangereux de prendre ce dont il avait besoin à la pharmacie de l'hôpital car la surveillance avait été accrue depuis l'affaire Bowman. Aussi, le dimanche matin, Mallory se rendit dans une pharmacie à l'autre bout de la ville. La plupart étaient fermées, et il dut en faire une dizaine avant d'en trouver une ouverte.
— Bonjour, lui dit le pharmacien derrière son comptoir.
— Je vais rendre visite à un malade dans le quartier et je viens prendre ses médicaments en passant.
Il commença à rédiger une ordonnance.
Le pharmacien sourit.
— Il n'y a plus beaucoup de médecins qui viennent faire leur visite à domicile de nos jours.
— C'est vrai. C'est regrettable, n'est-ce pas ? C'est aux gens de se débrouiller maintenant, annonça-t-il en lui donnant sa prescription.
Le pharmacien lut l'ordonnance en hochant la tête.
— Je vous donne ça tout de suite.
— Merci bien.
Première phase du plan.

L'après-midi, Mallory fit un saut à l'hôpital. Il n'y resta que quelques minutes. Il en ressortit avec un petit paquet sous le bras.

Deuxième phase.

Mallory devait retrouver Kat au restaurant Trader Vic. Il l'attendit plusieurs minutes. *C'est ton dernier repas, beauté,* songea-t-il en la voyant arriver.

Il se leva et l'embrassa amoureusement.

— Salut, poupée. Tu es magnifique.

Il ne pouvait dire le contraire, elle était vraiment resplendissante. *Elle aurait pu être mannequin. Et c'est une bombe au lit. Tout ce qui lui manque, c'est vingt millions de dollars sur son compte en banque.*

Kat remarqua, une fois de plus, que les autres femmes dans le restaurant regardaient Mallory avec envie et jalousie. Mais Ken n'avait d'yeux que pour elle. C'était le Ken des semaines passées, tendre et attentionné.

— Comment s'est passée ta journée ? demanda-t-il.

— Ereintante, soupira-t-elle. Trois opérations ce matin, deux cet après-midi.

Puis elle ajouta en se penchant vers lui :

— Je sais que c'est trop tôt, mais j'ai eu l'impression de sentir le petit bouger quand je me suis habillée.

Mallory esquissa un sourire.

— Il est peut-être pressé de sortir.

— On devrait faire une échographie pour savoir si c'est une fille ou un garçon. Je pourrais alors commencer à acheter des vêtements.

— Bonne idée.

— Ken, si on fixait la date du mariage ? J'aimerais que ce soit le plus tôt possible.

— Pas de problème, répondit sereinement Mallory. On pourrait en faire la demande la semaine prochaine.

— C'est merveilleux !

Une idée lui traversa l'esprit.

— Nous pourrions peut-être prendre quelques jours de congé et partir en lune de miel ? Pas trop loin — dans l'Oregon ou dans l'Etat de Washington, par exemple ?

Impossible, ma belle. En juin, je serai en lune de miel sur mon yacht de la Côte d'Azur.
— Cela me semble une bonne idée. J'en parlerai à Wallace.
— Merci, souffla-t-elle en lui prenant la main. Tu seras le plus heureux des hommes, tu verras.
— J'en suis persuadé, répondit Mallory en souriant. Maintenant, mange donc. Je ne tiens pas à ce que notre enfant soit une crevette.

Ils quittèrent le restaurant vers vingt et une heures.
— Tu es sûre que Paige et Honey ne sont pas là ? demanda-t-il alors qu'ils roulaient vers l'appartement de Kat.
— Certaine, répondit Kat. Paige est de garde à l'hôpital et j'ai dit à Honey que je voulais être seule.
Merde ! L'autre est au courant.
Elle vit son air contrarié.
— Il y a un problème ?
— Aucun, ma chérie. Mais je n'aime pas que les autres soient au courant de notre vie privée.
Il va falloir jouer serré. Très serré.
— Dépêchons-nous.
Kat esquissa un sourire. Cette soudaine impatience lui fit chaud au cœur.

— Allons dans ta chambre, annonça Mallory sitôt la porte ouverte.
— Ça me semble une bonne idée, répondit Kat, ravie.
Mallory la regarda se déshabiller. *Elle est quand même bigrement bien fichue. Une maternité aurait démoli ce superbe corps.*
— Tu ne te déshabilles pas, Ken ?
— Oui, bien sûr.
Il se souvint de la fois où elle l'avait laissé en plan, tout nu. Il allait lui faire payer ça.
Il ôta lentement ses vêtements. *Vais-je avoir le cran d'aller jusqu'au bout ?* Il tremblait d'inquiétude. *Tout ça, c'est sa faute ! Je n'y suis pour rien. Je lui ai donné une chance de faire marche arrière, mais cette idiote a préféré s'entêter.*

Il se glissa sous les draps à côté d'elle. Il sentait la chaleur de son corps. Ils commencèrent à se caresser et Mallory sentit naître une érection. Il la pénétra et Kat commença à gémir de plaisir.

— O mon amour... c'est si bon...

Elle commença à bouger de plus en plus vite.

— Oui... oui... ô mon Dieu !... ne t'arrête pas...

Puis son corps se mit à se cambrer spasmodiquement. Une onde de plaisir la traversa et Kat retomba inerte dans ses bras.

— C'était bon... Et toi ? Est-ce que tu as... ? demanda-t-elle en se tournant vers lui.

— Bien sûr, mentit Mallory.

Il était en fait bien trop tendu pour jouir.

— Si on prenait un verre ?

— Je ne préfère pas. Le bébé...

— Mais c'est notre fête, chérie. Un tout petit verre ne lui fera pas de mal.

Kat hésita.

— D'accord. Un tout petit, répondit-elle en se redressant pour se lever.

Mallory l'arrêta.

— Non, non. La maman reste au lit. Il va falloir que tu t'habitues à être chouchoutée.

Kat regarda Mallory se diriger vers le salon. *Je suis la plus heureuse des femmes !*

Mallory s'approcha du petit bar et prépara deux whiskies. Il jeta un coup d'œil vers la chambre pour s'assurer qu'on ne pouvait le voir, et se dirigea vers le canapé où il avait laissé sa veste. Il sortit d'une poche un petit flacon et versa son contenu dans le verre de Kat. Il retourna vers le bar, remua le whisky et s'assura qu'il n'y avait aucune odeur perceptible. Puis, il rapporta les boissons dans la chambre et tendit à Kat son verre.

— Trinquons à la santé du bébé, lança Kat.

— D'accord. Au bébé !

Ken s'assura que Kat ne faisait pas semblant de boire.

— On trouvera un joli appartement quelque part, dit Kat, rêveuse. Je lui aménagerai sa chambre. Nous allons le gâter, hein !

Elle but une nouvelle gorgée de whisky.
— C'est sûr, répondit Mallory.
Il l'observa un moment.
— Ça va ?
— Merveilleusement bien. J'ai eu si peur pour nous ces derniers temps. Mais c'est fini, tout va bien.
— Oui, c'est fini, répondit Mallory. Tu n'as plus d'inquiétudes à avoir.
Les paupières de Kat commençaient à se faire lourdes.
— Non, répondit-elle. Je n'ai plus aucun souci à me faire.
Elle avait du mal à articuler.
— Ken, je me sens toute drôle, annonça-t-elle en chancelant.
— Tu n'aurais jamais dû tomber enceinte.
Elle le regarda sans comprendre.
— Quoi ?
— Tu as tout foutu par terre, Kat.
— Comment ça ? demanda-t-elle en ayant du mal à avoir les idées claires.
— Tu t'es mise en travers de mon chemin.
— Quoi ?
— Personne ne peut me barrer la route.
— Ken, je ne me sens pas bien.
Il resta impassible et continua de la regarder.
— Ken, aide-moi, Ken...
Sa tête retomba sur l'oreiller. Mallory regarda de nouveau sa montre. Il était largement dans les temps.

XXXIV

Ce fut Honey qui rentra la première à l'appartement. Elle trébucha sur le corps de Kat mutilé, baignant dans son sang sur le sol de la salle de bains — une mare d'un rouge sinistre sur le blanc du carrelage. Une curette souillée gisait à côté d'elle. Elle semblait saigner de l'utérus.

Honey resta figée d'effroi.

— O mon Dieu ! articula-t-elle d'une voix blanche.

Elle s'agenouilla à côté du corps et posa un doigt tremblant sur la carotide. Pas de pouls. Honey se précipita vers le téléphone et composa le 911.

Une voix d'homme lui répondit.

— SOS 911, j'écoute.

Honey resta un moment paralysée, incapable de parler.

— SOS 911... allo !...

— Au... au secours... Elle est... commença-t-elle à bégayer. Elle est morte.

— Qui est morte, madame ?

— Kat.

— Qui ça ?

— Kat ! cria-t-elle. Kat est morte ! Faites venir des secours tout de suite !

— Madame, il nous faut...

Honey raccrocha l'écouteur. En tremblant, elle composa le numéro de l'hôpital.

— Le Dr Taylor, s'il vous plaît, murmura-t-elle en suffoquant d'angoisse.

— Un instant, je vous prie.

Au bout de deux minutes interminables, elle entendit la voix de Paige.

— Docteur Taylor, j'écoute.

— Paige ! Il faut... il faut que tu viennes tout de suite à la maison. Vite !

— Honey ? Qu'est-ce qui se passe ?

— Kat est morte.

— Quoi ? s'écria-t-elle, n'en croyant pas ses oreilles.

— J'ai l'impression qu'elle a voulu s'avorter toute seule.

— Oh, non... J'arrive tout de suite !

Lorsque Paige arriva à l'appartement, deux policiers, un inspecteur et un médecin légiste étaient déjà sur les lieux. Honey se trouvait dans sa chambre, sous sédatif. Le médecin était penché sur le corps nu de Kat. L'inspecteur releva la tête à l'arrivée de Paige.

— Qui êtes-vous ?

Paige regarda le corps sans vie de Kat. Elle pâlit d'horreur.

— Je suis le docteur Taylor. Je vis ici.

— Peut-être pourrez-vous m'aider ? Je suis l'inspecteur Burns. J'ai voulu parler avec l'autre dame, mais elle était trop sous le choc. Le toubib lui a donné un somnifère.

Paige détourna les yeux de cette vision cauchemardesque.

— Qu'est-ce que vous voulez savoir ?

— Elle vivait ici ?

— Oui.

Je suis enceinte de Ken. Je suis si heureuse.

— Il semble qu'elle ait essayé de se débarrasser de l'enfant et que cela ait mal tourné.

Ses pensées se bousculaient dans sa tête.

— Non, ça me paraît invraisemblable, répliqua-t-elle au bout d'un moment.

L'inspecteur Burns la dévisagea.
— Pourquoi donc ?
— Elle voulait cet enfant.
Paige reprenait peu à peu ses esprits.
— C'est le père qui n'en voulait pas.
— Le père ?
— Le Dr Ken Mallory. Il travaille à l'Embarcadero County Hospital. Il ne voulait pas l'épouser.
» Ecoutez, Kat est... était médecin. (C'était si douloureux de parler d'elle au passé.) Si elle avait voulu se faire avorter, elle n'aurait pas tenté de faire ça toute seule dans sa salle de bains.
Elle secoua la tête.
— Cela ne tient pas debout.
— Peut-être l'a-t-elle fait, suggéra le médecin, parce qu'elle ne voulait pas que l'on sache qu'elle était enceinte ?
— Impossible. Elle nous avait tout raconté.
L'inspecteur regardait attentivement Paige.
— Elle était seule ce soir ?
— Non. Elle avait rendez-vous avec le Dr Mallory.

Mallory était au lit, en train de se remémorer un à un ses faits et gestes de la soirée, pour s'assurer qu'il n'avait commis aucune erreur. *C'est parfait.* Il commençait à se demander pourquoi la police mettait autant de temps à se montrer lorsque la sonnette retentit. Mallory la laissa sonner trois fois, se leva, passa une robe de chambre sur son pyjama, et se dirigea vers la porte.
— Qui est là ? lança-t-il d'une voix ensommeillée.
— Docteur Mallory ? demanda-t-on derrière la porte.
— Oui.
— Inspecteur Burns. Police criminelle de San Francisco.
— Police criminelle ? lança-t-il avec juste ce qu'il fallait de surprise.
Il ouvrit la porte.
L'homme lui montra son insigne.
— Je peux entrer ?
— Bien sûr. De quoi s'agit-il ?

— Vous connaissez le Dr Hunter ?

— Bien sûr, répondit-il avec une expression inquiète. Il est arrivé quelque chose à Kat ?

— Vous étiez avec elle en début de soirée ?

— Oui. Mais enfin, dites-moi ce qui se passe ! Elle va bien ?

— J'ai de mauvaises nouvelles. Le Dr Hunter est morte.

— Morte ? C'est impossible. Comment ?

— Il semble qu'elle ait voulu pratiquer un avortement sur elle et que cela ait mal tourné.

— Oh non... articula Mallory.

Il s'effondra sur une chaise.

— Tout est ma faute.

L'inspecteur l'observa.

— Comment ça ?

— Oui, je... enfin le Dr Hunter et moi devions nous marier. Je lui ai dit que je ne pensais pas que c'était une bonne idée de garder le bébé. Je voulais qu'on attende, et elle a accepté. Je lui ai suggéré d'aller à l'hôpital et de... mais à l'évidence, elle a dû... C'est à peine croyable.

— A quelle heure avez-vous quitté le Dr Hunter ?

— Aux alentours de vingt-deux heures. Je l'ai raccompagnée chez elle et je suis rentré chez moi.

— Vous n'êtes pas entré dans son appartement ?

— Non.

— Le Dr Hunter ne vous a pas fait part de ses intentions ?

— Vous parlez de ?... Non. Pas un mot.

L'inspecteur Burns lui tendit sa carte.

— Si un détail vous revient en mémoire, je vous serais reconnaissant de m'appeler.

— Certainement. Je... c'est terrible... terrible... Je suis encore sous le choc.

Paige et Honey restèrent éveillées toute la nuit à parler de la tragédie, à ressasser tous les événements dans leurs têtes, incapables d'accepter la vérité.

A neuf heures du matin, l'inspecteur leur rendit visite.

— Bonjour. Je voulais vous dire que j'ai parlé avec le Dr Mallory hier soir.

— Et alors ?

— Il a dit qu'ils sont sortis dîner et qu'il l'a déposée en bas de l'immeuble avant de rentrer chez lui.

— Il ment, répondit Paige.

Elle réfléchit un moment.

— Attendez une minute ! Ils n'ont pas trouvé de traces de sperme ?

— Oui, c'est exact.

— Alors, vous voyez ! lança Paige. C'est bien la preuve qu'il ment ! Il a bien fallu qu'il aille dans son lit !

— Je suis passé, ce matin, lui parler de ce détail. Il prétend qu'il a eu un rapport sexuel avec elle avant d'aller dîner.

— Oh...

Mais Paige n'était pas prête encore à s'avouer vaincue.

— Il doit y avoir ses empreintes sur la curette dont il s'est servi pour la tuer, annonça-t-elle avec conviction. Vous en avez trouvé ?

— Oui, docteur, répondit-il patiemment. Mais ce sont celles du Dr Hunter.

— C'est impossible... C'est qu'il aura mis des gants ! Et avant de partir, il a mis les empreintes de Kat sur la curette. Qu'est-ce que vous dites de ça ?

— Vous regardez trop de feuilletons policiers à la télévision.

— Vous refusez de croire qu'il s'agit d'un meurtre, n'est-ce pas ?

— Non, je n'y crois pas.

— Vous avez demandé une autopsie ?

— Oui.

— Et alors ?...

— Le légiste a conclu à une mort accidentelle. Le Dr Mallory m'a annoncé qu'elle avait accepté de ne pas garder le bébé. Il semble qu'elle...

— ... soit allée se charcuter dans la salle de bains ? l'interrompit Paige. Bon sang, inspecteur ! Elle était chirurgien ! Elle n'aurait jamais tenté de faire ça toute seule !

— Vous pensez que Mallory l'a persuadée d'avorter ? demanda pensivement Burns. Il l'aurait aidée et se serait enfui lorsque ça a tourné mal ?

— Non. Cela ne tient pas debout. Kat n'aurait jamais été d'accord. Il l'a tuée délibérément, annonça-t-elle en réfléchissant à haute voix. Kat ne se serait pas laissé convaincre. Elle devait être inconsciente pour qu'il ait pu lui faire une chose pareille !

— L'autopsie n'a révélé aucune trace de coups susceptibles de lui faire perdre connaissance. Pas d'hématomes sur la gorge non plus.

— Pas de traces de somnifère ou de... ?

— Rien.

Il vit l'air déçu de Paige.

— Cela ne ressemble en rien à un meurtre. Je crois que le Dr Hunter a fait une erreur de jugement et que... je suis désolé, mais c'est comme ça.

» Au revoir.

Elle le regarda se diriger vers la porte.

— Attendez ! Vous avez un mobile !

Burns se retourna.

— Pas vraiment. Mallory prétend qu'elle avait accepté d'avorter. Nous n'avons rien de tangible.

— Sinon un cadavre ! s'obstina Paige.

— Docteur, nous n'avons pas la moindre preuve. C'est sa parole contre celle de la victime, et celle-ci est morte. Je suis désolé, croyez-le bien.

Paige le regarda s'en aller.

Non ! Je ne vais pas laisser Mallory s'en tirer comme ça !

Jason rendit visite à Paige.

— J'ai appris la nouvelle. C'est à peine croyable ! Comment a-t-elle pu se faire ça ?

— Elle n'y est pour rien, répondit Paige. C'est un meurtre, annonça-t-elle avant de raconter son entretien avec Burns. La police ne veut pas lever le petit doigt. Pour elle, c'est un accident... Jason, c'est ma faute si Kat est morte.

— Ta faute ?

— C'est moi qui l'ai persuadée de sortir avec Mallory. Elle ne voulait pas. Il était simplement question, au début, de lui jouer un sale tour, mais elle est... tombée amoureuse de lui. Oh, Jason, comme je m'en veux !

— Tu n'as rien à te reprocher, annonça Jason avec fermeté.

Paige le regarda, au bord des larmes.

— Je ne peux plus vivre dans cet appartement. Il faut que je m'en aille d'ici.

Jason la prit dans ses bras.

— Marions-nous tout de suite.

— C'est trop tôt. Je veux dire, Kat n'est même pas...

— Je sais. On attendra une semaine ou deux.

— Entendu.

— Je t'aime, Paige.

— Je t'aime aussi. C'est idiot, hein ? Kat et moi sommes tombées amoureuses et je me sens coupable, parce qu'elle est morte et que moi, je suis en vie.

La photographie parut en première page du *San Francisco Chronicle* le mardi. On y voyait un Ken Mallory souriant, le bras autour de la taille de Lauren Harrison. La légende disait : « La riche héritière et son futur époux ».

Paige regarda le cliché, bouche bée. Kat était morte depuis deux jours et Ken Mallory annonçait ses fiançailles avec une autre femme ! Pendant tout le temps qu'il promettait d'épouser Kat, il avait prévu de se marier avec quelqu'un d'autre ! *Voilà pourquoi il a tué Kat. Pour avoir le champ libre...*

Paige décrocha le téléphone et appela la police.

— Je voudrais parler à l'inspecteur Burns.

Quelques instants plus tard, elle avait Burns en ligne.

— Bonjour, c'est le docteur Taylor.

— Bonjour, docteur.

— Vous avez vu la photo ce matin dans le *Chronicle* ?

— Oui.

— Eh bien ! Vous le tenez, votre mobile ! lança Paige avec véhémence. Mallory a voulu faire taire Kat avant que Lauren Harrison n'ait vent de l'affaire. Il faut l'arrêter !

Elle criait presque.

— Pas de précipitation, docteur. Du calme. Nous avons

peut-être un mobile, mais je vous ai déjà dit que nous n'avons pas la moindre preuve. Vous avez dit vous-même que le Dr Hunter devait être inconsciente lorsque Mallory a tenté de l'avorter. Après notre conversation, j'ai posé de nouveau la question à notre légiste. Il confirme : votre amie ne porte aucune trace de coups susceptibles de lui avoir fait perdre connaissance.

— Il a dû l'endormir, s'entêta Paige. Sûrement de l'hydrate de chloral. Cela agit vite et...

— Docteur, répondit Burns en faisant appel à toute sa patience, on n'a retrouvé aucune trace d'hydrate de chloral dans son corps. Je suis désolé. Sincèrement. Mais nous ne pouvons arrêter un homme pour la seule raison qu'il va épouser quelqu'un d'autre... Vous aviez autre chose à me dire ?

Oui, des tas de choses encore...

— Non, c'est tout, répondit Paige avant de raccrocher violemment le téléphone.

Mallory a dû droguer Kat. L'endroit le plus simple où se procurer de l'hydrate de chloral, c'est la pharmacie de l'hôpital.

Un quart d'heure plus tard, Paige faisait route vers l'Embarcadero County Hospital.

Pete Samuel, le pharmacien en chef, se trouvait derrière son comptoir.

— Bonjour, docteur Taylor. Je peux faire quelque chose pour vous ?

— Je crois que le Dr Mallory est venu prendre un médicament il y a quelques jours. Il m'a dit ce que c'était mais le nom m'échappe.

Samuel fronça les sourcils.

— Je crois bien que ça fait un mois que je n'ai pas vu le Dr Mallory.

— Vous en êtes certain ?

Samuel hocha la tête.

— Absolument. Je m'en souviendrais. On parle toujours football.

Une pointe de déception lui transperça le cœur.

— Merci.

Il a dû aller en chercher dans une autre pharmacie. La loi exigeait qu'en cas de prescription de narcotique, l'ordonnance soit rédigée en trois exemplaires — un destiné au malade, un destiné au ministère de la Santé, et un autre pour les archives de la pharmacie.

Quelque part dans cette ville, une pharmacie détient un exemplaire de l'ordonnance de Mallory. Mais il y a, au bas mot, deux ou trois cents pharmacies à San Francisco. Autant chercher une épingle dans une meule de foin ! Mallory avait dû se procurer le produit juste avant de tuer Kat. C'était donc samedi ou dimanche. *Si c'était dimanche, j'ai une chance de la retrouver. Très peu de pharmacies sont ouvertes le dimanche. Ça rétrécit sérieusement le champ d'investigation.*

Elle monta dans la salle où était affichée la liste des gardes des médecins. Elle regarda les roulements du samedi. Le Dr Mallory était de service toute la journée — il y avait donc une chance qu'il soit allé chercher l'hydrate de chloral le dimanche. Combien de pharmacies étaient ouvertes le dimanche à San Francisco ?

Paige décrocha le téléphone et appela le conseil de l'ordre des pharmaciens.

— Ici le docteur Taylor, se présenta Paige. Dimanche dernier une amie à moi a laissé une ordonnance dans une pharmacie. Elle m'a demandé de passer la prendre à sa place, mais je ne me souviens plus du nom de la pharmacie. Peut-être pourriez-vous m'aider ?

— Eh bien, je ne vois pas trop comment, docteur. Si vous ne savez pas le...

— La plupart des pharmacies sont fermées le dimanche, non ?

— Certes, mais...

— Peut-être pourriez-vous me donner la liste des officines ouvertes ce jour-là ?

Il y eut un silence.

— Eh bien, si c'est important...

— Ça l'est, assura Paige.

— Un instant, s'il vous plaît.

Il y avait trente-six pharmacies sur la liste, dispersées dans toute la ville. Ç'eût été si simple d'aller voir la police pour demander de l'aide, mais l'inspecteur Burns refusait de croire à la thèse du meurtre. *Il va falloir que l'on se débrouille toutes seules, Honey et moi.*

— C'est pas gagné d'avance, dit Honey, une fois que Paige lui eût expliqué son plan de bataille. Tu ne sais même pas s'il y a été le dimanche ou non.

— C'est la seule piste que l'on ait. Je ferai les pharmacies de la Marina, de Richmond, de North Beach, d'Upper Market, de Mission et de Potrero, et toi tu feras celles d'Excelsior, d'Ingleside, de Lake Merced, de Western Addition et de Sunset.

— Entendu.

A la première pharmacie où Paige se rendit, elle montra sa carte de médecin.

— L'un de mes collègues, annonça-t-elle, le Dr Ken Mallory, est venu dimanche avec une ordonnance. Il n'est pas en ville, et il m'a demandé de renouveler la prescription, mais je ne me souviens plus du nom du médicament. Cela vous dérangerait de regarder dans vos archives ?

— Dr Ken Mallory, vous dites ? Une minute, s'il vous plaît.

Le pharmacien revint un moment plus tard.

— Désolé. Nous n'avons aucune ordonnance du Dr Mallory dans nos dossiers.

— Tant pis. Merci.

Paige obtint la même réponse auprès des quatre pharmacies suivantes.

Honey n'eut guère plus de chance :

— Nous avons des milliers d'ordonnances dans nos archives, vous savez.

— Je sais, mais celle-ci date de dimanche dernier.

— Je regrette. Nous n'avons aucune ordonnance du Dr Mallory.

Les deux femmes passèrent leur journée à visiter des pharmacies. Toutes les deux étaient démoralisées. Ce ne fut que vers la fin de l'après-midi, juste avant l'heure de fermeture, que Paige trouva ce qu'elle cherchait dans une petite pharmacie de Potrero.

— Oh oui, je me souviens, annonça le pharmacien. Le Dr Ken Mallory. Il rendait visite à un malade à son domicile. Ça m'a marqué, parce que plus beaucoup de médecins ne font ça de nos jours.

Par définition, aucun interne ne fait de visites à domicile.

— Qu'avait-il prescrit ? demanda Paige en retenant son souffle.

— De l'hydrate de chloral.

Paige tremblait presque d'excitation.

— Vous en êtes sûr ?

— C'est écrit là.

— Quel était le nom du patient ?

Il regarda le double de l'ordonnance.

— Spyros Levathes.

— Cela vous dérangerait de me donner une photocopie de cette ordonnance ? demanda Paige.

— Pas du tout, docteur.

Une heure plus tard, Paige était dans le bureau de l'inspecteur Burns.

— La voici votre preuve ! lança Paige. Dimanche, Mallory se rend dans une pharmacie à des kilomètres de l'endroit où il vit, et rédige une ordonnance pour de l'hydrate de chloral. Il verse la drogue dans le verre de Kat. Et une fois qu'elle est inconsciente, il commence à la charcuter de telle façon que l'on croie à un accident.

— Vous prétendez qu'il a versé de l'hydrate de chloral dans son verre et qu'il l'a tuée ?

— Oui.

— Vous omettez un petit détail, docteur Taylor. On n'a retrouvé aucune trace de cette substance dans le corps de la victime.

— Il doit forcément y en avoir. Votre médecin légiste a fait une erreur. Demandez-lui de faire un nouvel examen.

— Ecoutez, docteur... commença Burns en perdant patience.

— Je vous en prie. Je sais que j'ai raison.

— Vous nous faites perdre à tous du temps.

Paige se carra devant lui, les yeux vrillés dans les siens.
— Ça va, céda-t-il en soupirant. Je vais le rappeler. Disons qu'il est possible que quelque chose lui ait échappé.

Jason passa prendre Paige en début de soirée.
— Nous allons dîner chez moi, annonça-t-il. Je voudrais te montrer quelque chose.
Durant le trajet, Paige raconta à Jason les événements de la journée.
— Ils vont bien finir par trouver de l'hydrate de chloral, dit Paige. Et Mallory aura ce qu'il mérite.
— C'est une bien triste histoire, Paige.
— Oui, dit-elle en lui caressant la joue. Heureusement que tu es là.
Jason se gara devant la maison.
Paige regarda par la fenêtre et eut un hoquet de surprise. Tout autour de la maison, il y avait une petite barrière blanche.

Elle était seule dans le noir. Mallory entra dans l'appartement, avec la clé que Kat lui avait donnée, et se dirigea silencieusement vers la chambre. Paige entendit ses pas s'approcher, mais avant qu'elle ait eu le temps de bouger, il avait surgi, refermant ses mains sur sa gorge.
— Salope ! Tu essaies de me coincer ! Je vais t'apprendre à mettre ton nez partout.
Il resserra son étreinte.
— Personne ne pourra prouver que j'ai tué Kat.
Elle se mit à crier, mais l'air lui manquait. Elle se débattit, et se réveilla en sursaut. Elle était toute seule dans sa chambre. Paige s'assit dans son lit, tremblant de la tête aux pieds.
Elle resta éveillée jusqu'à l'aube, attendant l'appel de l'inspecteur Burns. Il téléphona à dix heures.
— Docteur Taylor ?
— Oui, répondit-elle, la gorge nouée.
— J'ai sous les yeux le troisième rapport d'autopsie.
— Et alors ?

Son cœur battait la chamade dans sa poitrine.

— Il n'y a ni trace d'hydrate de chloral, ni trace d'un quelconque sédatif dans le corps du Dr Hunter. Rien.

C'était impossible ! Il devait y en avoir ! Pas de traces de coups non plus, rien qui puisse lui faire perdre connaissance. Pas de meurtrissures sur la gorge. C'était à n'y rien comprendre. Kat était forcément inconsciente lorsque Ken l'avait tuée. Le médecin légiste se trompait.

Paige décida d'aller lui parler elle-même.

Le Dr Dolan était de mauvaise humeur.

— Je n'aime pas que l'on mette en doute mes compétences, annonça-t-il. J'ai fait trois analyses successives. J'ai expliqué à Burns qu'il n'y avait pas de traces d'hydrate de chloral dans ses organes. Si je dis qu'il n'y en a pas, c'est qu'il n'y en a pas, point final.

— Mais...

— Vous avez d'autres questions, docteur ?

Paige le regarda d'un air malheureux. Ses derniers espoirs s'envolaient. Ken Mallory allait s'en sortir blanc comme neige.

— Je ne crois pas... si vous n'avez trouvé aucune substance toxique dans son corps, je ne vois pas ce que...

— Je n'ai pas dit ça. Il y a effectivement des substances étrangères dans son corps.

Elle le regarda, interdite.

— Vous avez trouvé quelque chose ?

— Un peu de trichloréthylène.

Elle fronça les sourcils.

— Qu'est-ce que ça fait là ?

Il haussa les épaules.

— Rien d'extraordinaire. C'est un léger analgésique. Cela ne ferait jamais dormir personne.

— Je vois.

— Désolé. Je ne peux rien pour vous.

— Merci quand même.

Elle s'éloigna dans le long couloir de la morgue, où planait une odeur d'antiseptique, démoralisée, avec la sensation qu'un détail lui avait échappé. C'était si évident qu'on avait endormi Kat avec de l'hydrate de chloral.

Tout ce qu'il a trouvé, ce sont des traces de trichlo. Cela ne ferait dormir personne. Mais pourquoi avait-elle du trichlo dans le corps ? Kat ne prenait aucun médicament... Paige s'arrêta soudain au milieu du couloir, l'esprit en ébullition.

Lorsque Paige arriva à l'hôpital, elle se rendit directement à la bibliothèque du quatrième étage. Il lui fallut moins d'une minute pour trouver ce qu'elle cherchait. *Trichloréthylène : liquide volatile et incolore de densité 1,47 à 15° C. Halogénure d'hydrocarbure de formule : $CL_3C\text{-}COOH$.*

Et, en dernière ligne, il était écrit :
Sous-produit de la métabolisation de l'hydrate de chloral.

XXXV

— Inspecteur, le Dr Taylor voudrait vous voir.
— Encore ?
Il était tenté de refuser. Elle faisait une fixation sur cette histoire de meurtre à dormir debout. Il allait mettre un terme à tout ça.
— Envoyez-la-moi.
Lorsque Paige entra dans son bureau, Burns attaqua bille en tête :
— Ecoutez, docteur, cette fois vous êtes allée trop loin. Le Dr Dolan m'a appelé pour se plaindre de...
— Je sais comment Ken Mallory a procédé ! lança-t-elle d'une voix vibrante d'excitation. Il y avait du trichloréthylène dans son corps.
— C'est vrai, Dolan me l'a dit, acquiesça-t-il. Mais pas assez pour pouvoir l'endormir. Il...
— L'hydrate de chloral se transforme dans le corps en trichloréthylène ! lâcha-t-elle d'un air triomphant. Mallory a menti. Il est bel et bien revenu dans l'appartement de Kat et il a versé l'hydrate de chloral dans son verre. Ça n'a aucun goût mélangé à l'alcool, et cela agit en quelques minutes. Une fois qu'elle a perdu connaissance, il l'a tuée et a maquillé son crime en avortement raté.

— Docteur, pardonnez-moi mais tout ça n'est que suppositions.

— C'est pourtant la vérité. Il a rédigé une ordonnance pour un certain Spyros Levathes, mais il ne lui a jamais donnée.

— Ah oui ? Et qu'est-ce qui vous fait dire ça ?

— Parce que c'est impossible. J'ai vérifié le dossier de ce Spyros Levathes. Il souffre d'une porphyrie érythropoïétique.

— C'est-à-dire ?

— Il s'agit d'un trouble génétique du métabolisme. Cela provoque une photosensibilité, diverses lésions, de l'hypertension, de la tachycardie, ainsi que trois ou quatre autres symptômes déplaisants. Tout cela parce qu'un gène a un défaut de fabrication.

— Je ne vous suis toujours pas.

— Le Dr Mallory n'a pas pu donner à son malade de l'hydrate de chloral pour la simple raison que cela l'aurait tué ! L'hydrate de chloral est formellement contre-indiqué en cas de porphyrie. Cela provoque immédiatement des convulsions.

Pour la première fois, l'inspecteur Burns était tout ouïe.

— Vous avez bien potassé votre dossier, à ce que je vois.

— Pourquoi Mallory aurait-il été chercher de l'hydrate de chloral dans une pharmacie à l'autre bout de la ville pour un malade à qui il ne pouvait pas en prescrire ? poursuivit Paige avec la même détermination. Vous devez l'arrêter.

Burns tapotait du bout des doigts le coin de son bureau.

— Ce n'est pas aussi simple.

— Vous devez...

— Très bien, lança-t-il en levant la main pour faire taire Paige. Je vais vous dire ce que je vais faire. Je vais en parler au procureur. Nous verrons bien s'il considère qu'il y a matière à poursuivre l'enquête.

— Merci, inspecteur, répondit-elle, sachant qu'elle avait fait tout ce qui était en son pouvoir.

— Je vous tiens au courant.

Après son départ, l'inspecteur Burns se mit à songer à leur

conversation. Il n'y avait pas de preuves tangibles contre Mallory — seulement les soupçons d'une femme entêtée. Il passa en revue le peu d'indices qu'il avait en sa possession. Mallory était fiancé à Kat Hunter. Deux jours après sa mort, il annonçait ses fiançailles avec la fille d'Alex Harrison. Fait intéressant, mais en aucun cas répréhensible.

Mallory prétendait qu'il avait laissé le Dr Kat Hunter sur le pas de sa porte et qu'il n'était pas entré dans l'appartement. On avait retrouvé de la semence en elle, mais Mallory avait une explication qui se tenait.

Et voilà que survenait cette histoire d'hydrate de chloral. Mallory prescrit soudainement un médicament qui aurait tué le malade à qui il était destiné. Alors ? Coupable ou non coupable ?

Burns appela sa secrétaire par l'interphone.

— Barbara, prenez-moi un rendez-vous pour cet après-midi avec le procureur du district.

Quatre hommes attendaient Paige dans le bureau : le procureur du district, son adjoint, un nommé Warren, et l'inspecteur Burns.

— Merci d'être passée, docteur Taylor, dit le procureur. L'inspecteur Burns m'a parlé de votre engagement dans l'affaire Kat Hunter. Nous vous en sommes très reconnaissants. Le Dr Hunter était votre amie et vous voulez que justice soit faite.

Ils se décident enfin à arrêter Mallory !

— C'est exact, répondit Paige. Il ne fait aucun doute que Mallory a assassiné Kat. Lorsque vous l'arrêterez, il...

— Je crains malheureusement que ce soit impossible.

— Pardon ? lâcha Paige d'un air mauvais.

— Nous ne pouvons arrêter le Dr Mallory.

— Et pourquoi ?

— Parce qu'il n'y a pas matière à ouvrir une enquête policière.

— Bien sûr que si ! s'exclama Paige. Le trichloréthylène prouve que...

— Docteur, dans un tribunal, nul n'est censé ignorer la loi. Mais tout le monde a le droit d'ignorer les arcanes de la médecine.

— Je ne vous suis pas.

— C'est très simple. Le Dr Mallory pourra prétendre avoir commis une erreur, et ignorer les effets que ce produit aurait eus sur son malade atteint de porphyrie. Personne ne pourra jamais prouver qu'il ment. Au mieux, il sera démontré qu'il est un mauvais médecin, mais en aucun cas qu'il est un meurtrier.

— Vous allez donc le laisser filer ? lança Paige avec irritation.

Le procureur l'étudia un moment.

— Je vais vous dire ce que je compte faire. Je viens d'en discuter avec l'inspecteur Burns. Avec votre accord, nous allons envoyer quelqu'un chez vous récupérer les verres. Si nous trouvons la moindre trace d'hydrate de chloral, on fonce.

— Et s'il les a rincés ?

— Je ne pense pas qu'il ait eu le temps de prendre du détergent, répondit Burns. S'il les a simplement passés sous l'eau, on trouvera ce que l'on cherche.

Deux heures plus tard, l'inspecteur Burns appelait Paige au téléphone.

— Nous avons fait analyser tous les verres du bar, docteur, annonça Burns.

Paige se raidit, prête à entendre une mauvaise nouvelle.

— Nous en avons trouvé un avec des traces d'hydrate de chloral.

Paige ferma les yeux, remerciant le ciel.

— Et il y avait des empreintes sur le verre en question. Nous allons les comparer à celles de Mallory.

Une bouffée de triomphe envahit Paige.

— Lorsqu'il l'a tuée — si toutefois c'est lui le criminel — il portait des gants, afin de ne pas laisser d'empreintes sur la curette. Mais il pouvait difficilement lui servir un verre avec des gants et il y avait une chance, également, qu'il ait oublié de les enfiler lorsqu'il les a remis dans le bar après les avoir rincés.

— Effectivement, répondit Paige.

— Je dois reconnaître qu'au début je ne croyais pas à votre théorie, poursuivit-il. Je me dis, à présent, que le Dr Mallory pourrait bien être notre homme. Mais le prouver est une tout autre affaire. Le procureur a entièrement raison. Pour l'instant, cela ne servirait à rien de poursuivre Mallory en justice. Il lui suffirait de plaider qu'il ignorait les effets secondaires du médicament, et il serait renvoyé dans ses pénates, libre comme l'air. Il n'y a aucune loi contre les erreurs médicales. Je ne vois pas comment...

— Moi si ! l'interrompit Paige. Je crois avoir la solution...

Ken Mallory était au téléphone avec Lauren.

— Papa et moi t'avons trouvé un bureau. Tu vas l'adorer, chéri ! C'est une superbe suite du Post Building. Je vais te trouver une secrétaire — mais pas trop jolie.

Mallory éclata de rire.

— Tu n'as pas d'inquiétude à avoir, mon amour. Il n'y a plus que toi dans ma vie.

— J'ai hâte que tu viennes le voir. Tu peux te libérer ?

— Je finis mon service dans deux petites heures.

— Parfait ! Tu passes me prendre à la maison ?

— Entendu. Je viens te chercher.

Mallory raccrocha. *Ça ne pouvait pas mieux marcher. Et elle est folle de moi ! Dieu est de mon côté.*

Il entendit son nom dans les haut-parleurs :

— Docteur Mallory... chambre 340... Docteur Mallory... chambre 340.

Mais il continua à rêvasser derrière son bureau. *Une suite dans le Post Building, rempli de vieilles bourgeoises, ne demandant qu'à ouvrir leur portefeuille.*

On réitéra l'appel :

— Docteur Mallory... chambre 340...

Il soupira et se leva de sa chaise. *Bientôt, j'aurai quitté cette maison de fous,* songea-t-il en se dirigeant vers la chambre 340.

Un interne l'attendait dans le couloir.

— Je crains que l'on ait un sérieux problème, annonça le jeune médecin. Il s'agit d'un malade du Dr Peterson ; mais Peterson n'est pas là. Je suis en désaccord avec un médecin de l'équipe. Si vous voulez bien me suivre...

Ils entrèrent dans la chambre. Il y avait trois personnes : le malade dans son lit, un infirmier, et un médecin que Mallory ne connaissait pas.

— Voici le Dr Edwards. J'aimerais que vous nous départagiez, docteur Mallory.

— Quel est le problème ?

— Ce malade souffre de porphyrie érythropoïétique, expliqua l'interne, et le Dr Edwards veut lui donner un sédatif.

— Je ne vois pas de contre-indication.

— Heureux de vous l'entendre dire, répondit le Dr Edwards. Cet homme n'a pas dormi depuis quarante-huit heures. Je lui ai prescrit de l'hydrate de chloral pour qu'il puisse dormir un peu et...

Mallory le regarda stupéfait.

— Vous êtes fou ou quoi ? Vous allez le tuer ! Il va avoir des convulsions et une attaque de tachycardie dont il a peu de chances de réchapper ! Où donc avez-vous fait vos études de médecine ?

L'homme regarda Mallory avec un petit sourire.

— Nulle part. Je suis de la police criminelle de San Francisco, annonça-t-il en lui montrant son insigne.

Il se tourna vers l'infirmier :

— Vous avez tout enregistré ?

L'autre sortit un magnétophone de dessous l'oreiller du malade.

— Oui. Tout y est.

Mallory les regardait l'un après l'autre, en fronçant les sourcils.

— Mais qu'est-ce qui se passe ? Qu'est-ce que c'est que cette mascarade ?

L'inspecteur se tourna vers Mallory.

— Docteur Mallory, je vous arrête pour le meurtre du Dr Kat Hunter.

XXXVI

Le *San Francisco* titrait : UN MÉDECIN ASSASSINE SA FIANCÉE. On révélait dans l'article les détails les plus croustillants de l'affaire.

Mallory lut l'article et le jeta de rage au sol.

— Ils ne t'ont pas raté, hein ? lança son compagnon de cellule.

— C'est ce qu'on va voir ! répondit Mallory avec assurance. J'ai des relations. Grâce aux gens que je connais, je vais avoir le meilleur avocat de la place. Je serai sorti d'ici en vingt-quatre heures. Tout ce que j'ai à faire, c'est de passer un coup de fil.

Les Harrison apprirent la nouvelle le matin au petit déjeuner.

— Mon Dieu ! s'exclama Lauren en reposant le journal. Je ne peux pas croire que Ken ait pu faire ça !

Le maître d'hôtel s'avança vers la table.

— Veuillez m'excuser, mademoiselle. Le Dr Mallory vous demande au téléphone. J'ai cru comprendre qu'il appelait de la prison.

— Je vais le prendre, lança Lauren, s'apprêtant à se lever de table.

— Reste ici et finis ton petit déjeuner, ordonna Alex Harrison.

Il se tourna alors vers le maître d'hôtel.

— Nous ne connaissons aucun Dr Mallory.

Paige lut l'article en s'habillant. Mallory allait être puni pour son acte de barbarie, mais cela ne donnait à Paige aucune satisfaction. Rien ne pourrait faire revenir Kat à la vie.

La sonnette tinta. Paige alla ouvrir. Un inconnu se tenait sur le seuil. Il portait un costume noir et il avait une mallette à la main.

— Docteur Taylor ?

— Oui...

— Je m'appelle Roderick Pelham. Je suis avocat du cabinet Rothman et Rothman. Je peux entrer ?

Paige le dévisagea, surprise.

— Bien sûr.

Il pénétra dans l'appartement.

— Pourquoi voulez-vous me voir ?

Elle le regarda ouvrir sa mallette et en sortir des papiers.

— Vous êtes sans doute au courant que vous êtes le légataire universel de John Cronin ?

Paige le regarda, bouche bée.

— Qu'est-ce que c'est que cette histoire ! Il doit y avoir une erreur.

— Non. Il n'y a pas la moindre erreur. Mr. Cronin vous a laissé un million de dollars.

Paige se laissa tomber sur une chaise.

Il faut que vous alliez en Europe. Faites-moi ce plaisir. Allez à Paris... descendez au Crillon, dînez chez Maxim's, commandez un énorme steak et une bouteille de champagne. Et lorsque vous ouvrirez la bouteille, ayez une pensée pour moi.

— Si vous voulez bien vous donner la peine de signer ici, nous nous chargerons des formalités administratives.

Paige releva les yeux vers l'avocat.

— Je... je ne sais pas quoi dire. Il... il avait une famille.
— Selon ses dernières volontés, ils héritent simplement de son logement — la part du pauvre.
— Je ne peux pas accepter, expliqua Paige.
Pelham la regarda d'un air surpris.
— Pourquoi donc ?
Elle ne savait que répondre. John Cronin voulait qu'elle bénéficie de cet argent.
— Je ne sais pas exactement. Cela ne me semble pas très moral, finalement. Il était mon patient.
— Je dois vous remettre ce chèque. Vous en ferez ce que bon vous semble. Signez ici, je vous prie.
Paige s'exécuta, encore sous le choc.
— Au revoir, docteur.
Elle le regarda s'en aller et resta assise un long moment, à penser à John Cronin.

La nouvelle fit le tour de l'hôpital. Paige aurait préféré que cela ne s'ébruite pas. Elle n'avait pas encore pris de décision. *Cet argent ne m'appartient pas. Il a une famille.*

Paige ne se sentait pas la force de reprendre le travail, mais ses malades l'attendaient. Elle devait opérer ce matin. Arthur Kane la guettait dans le couloir. Ils ne s'étaient plus reparlé depuis l'épisode des radiographies inversées. Bien que Paige n'eût aucune preuve, elle était certaine que c'était Kane qui lui avait crevé ses pneus. Et cet incident lui avait fait froid dans le dos.
— Bonjour, Paige. Si on faisait table rase du passé ?
— Si vous voulez, répondit Paige en haussant les épaules.
Kane la regarda d'un air sournois.
— C'est incroyable ! Un médecin qui tue délibérément un être humain... c'est horrible, non ?
— Oui.
— Au fait, lança-t-il, félicitations ! J'ai appris que vous étiez milliardaire.

— Je n'ai encore rien décidé et...
— J'ai des places de théâtre pour ce soir. On pourrait peut-être y aller tous les deux ?
— Non, merci, répondit Paige. J'ai déjà rendez-vous avec quelqu'un d'autre.
— Je vous suggère de l'annuler.
Elle le regarda, surprise.
— Je vous demande pardon ?
Kane se rapprocha d'elle.
— J'ai demandé une autopsie de John Cronin.
Paige sentit son cœur se serrer.
— Ah bon ?
— Il n'est pas mort d'une attaque cardiaque. Mais d'une overdose d'insuline. Et j'imagine que la personne qui lui a donné cette insuline ne s'attendait pas à ce qu'il y ait une autopsie.
Paige avait soudain du mal à déglutir.
— Vous étiez avec lui lorsqu'il est mort, n'est-ce pas ?
— C'est exact, répondit-elle après un moment d'hésitation.
— Je suis le seul à être au courant, et le seul qui soit en possession du rapport d'autopsie. Et je serai une tombe, l'assura-t-il en lui tapotant le bras. Alors, ce théâtre, ce soir ?...
Paige le repoussa.
— Pas question !
— Vous êtes en train de faire une grave erreur.
Elle prit une profonde inspiration :
— Oui. Je sais. Maintenant, si vous voulez bien m'excuser, j'ai du travail.
Et elle s'éloigna. Kane la regarda s'en aller et ses traits se durcirent. Il fit demi-tour et se dirigea vers le bureau de Benjamin Wallace.

Le téléphone la réveilla à une heure du matin chez elle.
— Vous avez encore fait votre tête de mule...
C'était la même voix rauque et sifflante, mais cette fois Paige la reconnut. *Mon Dieu, j'avais raison. Ce type est un malade.*

Le lendemain matin, lorsque Paige arriva à l'hôpital, deux hommes l'attendaient.

— Docteur Paige Taylor ?
— Oui.
— Veuillez nous suivre, s'il vous plaît. Vous êtes en état d'arrestation pour le meurtre de John Cronin.

XXXVII

C'était le dernier jour du procès. Alan Penn, l'avocat de la défense, commençait sa plaidoirie.

— Mesdames et messieurs les jurés, vous venez d'entendre beaucoup de témoignages sur la compétence ou l'incompétence supposée du Dr Taylor. La présidente de ce tribunal vous dira que ce n'est pas l'objet de ce procès. Il est évident que pour chaque médecin critiquant le travail de l'accusé, on pourrait en trouver une dizaine d'autres pour l'approuver. Mais encore une fois, là n'est pas le propos.

» Paige Taylor comparaît en justice pour la mort de John Cronin. Elle reconnaît qu'elle l'a aidé à mourir. Elle a accepté de le faire parce que le malade souffrait horriblement et qu'il l'avait suppliée d'abréger son supplice. Cela s'appelle une euthanasie, et cette pratique se répand de plus en plus à travers le monde entier. L'an passé, la Cour suprême de Californie a reconnu le droit à un adulte sain d'esprit de refuser toute assistance médicale ou d'en exiger la suppression. C'est à l'individu que revient la décision de mourir ou non.

Il regarda un à un les jurés.

— L'euthanasie est un acte de compassion et d'amour, et cela ne fait aucun doute que dans les années à venir cet acte fera partie intégrante des services proposés par les hôpitaux de la planète.

» Le procureur réclame la peine de mort ? Il est temps, je crois, de lui rafraîchir la mémoire. Il n'y a jamais eu de condamnation à mort pour un acte d'euthanasie. Soixante-trois pour cent des Américains considèrent que l'euthanasie devrait être légale, et dix-huit Etats de ce pays l'ont déjà intégrée à leurs textes de lois. La véritable question est de savoir si nous avons le droit de condamner quelqu'un à souffrir, à le faire vivre contre sa volonté dans la souffrance ? Les grands progrès qu'a connus la médecine ces dernières années compliquent encore la situation. Ce sont désormais des machines qui maintiennent en vie les malades. Les machines ne connaissent pas la compassion. Lorsqu'un cheval se brise une patte, on l'abat pour abréger ses souffrances. Lorsqu'il s'agit d'un être humain, nous le condamnons à une parodie de vie qui n'est que douleur.

» Le Dr Taylor n'a pas décidé de l'instant de la mort de John Cronin. C'est John Cronin qui l'a choisi. Ne nous trompons pas, ce qu'a fait le Dr Taylor était un acte de compassion humaine, dont elle a assumé l'entière responsabilité. Mais je puis vous certifier qu'elle n'était en aucun cas au courant de cette histoire de legs. Elle n'a agi que par sollicitude. John Cronin venait d'être victime d'une crise cardiaque et souffrait d'un cancer généralisé incurable, qui lui causait d'horribles souffrances. Posez-vous la question en votre âme et conscience : dans ces circonstances, auriez-vous envie de vivre ? Mesdames et messieurs les jurés, je vous remercie de votre attention.

Il partit se rasseoir à sa table, à côté de Paige.

Gus Venable se leva et s'approcha du jury.

— *Compassion ? Amour de son prochain ?*

Il regarda Paige, secoua la tête avant de se tourner vers les jurés.

— Mesdames et messieurs les jurés, cela fait plus de vingt ans que j'exerce ma profession, et je puis vous assurer qu'en toutes ces années, je n'ai jamais vu de cas plus flagrant de meurtre crapuleux.

Paige retenait son souffle, le visage pâle comme un linge.

— La défense nous parle d'euthanasie. Le Dr Taylor aurait donc agi par compassion humaine ? Sûrement pas. Le Dr Taylor, ainsi que d'autres personnes, a dit que John Cronin n'avait plus que quelques jours à vivre ? Pourquoi ne pas le laisser mourir en paix, dans ce cas ? La vérité, c'est que le Dr Taylor craignait que Mrs. Cronin n'apprenne les dernières volontés de son mari et ne lui fasse changer d'avis.

» La coïncidence la plus saisissante à ce propos, c'est que le Dr Taylor ne lui administra l'insuline pour le tuer qu'une fois que John Cronin eut révisé son testament et décidé de lui laisser un million de dollars.

» A chacune de ses paroles, l'accusée signe sa condamnation. Elle dit qu'elle avait noué amitié avec John Cronin, qu'il l'aimait bien et la respectait... mais vous avez entendu des témoins certifier que John Cronin détestait le Dr Taylor, qu'il l'appelait « l'autre salope », et qu'il lui avait dit de ne pas approcher ses sales pattes de lui.

Gus Venable jeta de nouveau un coup d'œil vers l'accusée ; son visage portait le masque du désespoir. Satisfait, il se retourna vers ses jurés.

— Un avocat a déclaré qu'au moment de lui donner l'argent de Mr. Cronin, le Dr Taylor a dit : « Ce n'est pas très moral. C'était mon patient. » Cela ne l'a pas empêchée d'empocher le magot. Elle en avait besoin, évidemment. Rappelez-vous les brochures de l'agence de voyages — Paris, Londres, la Côte d'Azur. Et remarquez qu'elle s'était rendue dans cette agence avant d'avoir cet argent. Eh oui, mesdames et messieurs, elle avait depuis longtemps prévu de faire ce voyage. Tout ce qui lui manquait c'étaient les fonds et l'occasion de les obtenir. C'est alors que John Cronin est arrivé, comme la manne tombant du ciel. Un pauvre homme mourant qu'elle avait à sa merci. Un homme diminué par la souffrance, un homme à l'agonie — ce sont ses propres termes. Lorsque vous souffrez autant, vous comprenez bien qu'il est difficile d'avoir toute votre tête. Personne ne saura jamais comment le Dr Taylor a persuadé John Cronin de lui léguer sa fortune, de déposséder sa famille qu'il aimait et de faire d'elle sa principale héritière.

Mais ce que nous savons, c'est qu'il l'a fait venir à son chevet la nuit de sa mort. De quoi ont-ils parlé ? Lui a-t-il offert un million de dollars pour qu'elle accepte d'abréger ses souffrances ? C'est une hypothèse envisageable. Ou alors, il s'agit d'un meurtre de sang-froid.

» Mesdames et messieurs les jurés, vous savez qui a été le premier témoin à charge au cours de ce procès ? L'accusée elle-même ! lança-t-il en pointant son doigt d'un geste théâtral en direction de Paige. On nous dit qu'elle a pratiqué illégalement une transfusion sanguine et qu'elle a ensuite falsifié le dossier médical. L'avez-vous entendue crier quelques protestations ? Elle soutient n'avoir jamais tué aucun patient à l'exception de John Cronin, mais nous avons entendu le Dr Barker, un médecin éminent, l'accuser en public d'avoir tué un malade au cours d'une opération.

» Malheureusement, mesdames et messieurs les jurés, le Dr Lawrence Barker à été victime d'un infarctus et ne peut venir témoigner aujourd'hui dans ce tribunal. Mais je vais vous éclairer quant à l'opinion qu'a le Dr Barker sur l'accusée. Voici la déposition du Dr Peterson.

Il commença à lire :

— « Le Dr Barker est entré dans la salle d'opération ? — Oui. — Quelles ont été les paroles du Dr Barker ? — Il s'est tourné vers le Dr Taylor et a dit : "Vous l'avez tué". »

» Et voici la déposition de l'infirmière Berry : " Dites-moi ce que disait le Dr Barker sur le Dr Taylor. — Il disait que c'était une incapable... une autre fois, il a même dit qu'il ne lui laisserait même pas opérer son chien. "

Gus Venable releva les yeux vers les jurés.

— Soit il y a une vaste conspiration contre le Dr Taylor, incluant nombre de médecins et d'infirmières respectables, soit le Dr Taylor est une menteuse. Pire encore, une dangereuse crimi...

A ce moment précis, les portes du tribunal s'ouvrirent et un assistant entra dans la salle. Le jeune homme hésita un moment sur le pas de la porte puis se résolut à se diriger vers Gus Venable.

— Maître...

Gus se tourna vers lui, furieux.

— Vous ne voyez pas que je suis en train de...

L'assistant lui murmura quelque chose à l'oreille.

— Quoi ! Mais c'est magnifique !

Le juge Young se pencha et lança d'un ton à glacer le sang :

— Nous ne vous dérangeons pas trop, j'espère ?

Gus Venable se tourna vers le juge, l'air tout excité.

— Votre Honneur, on m'apprend que le Dr Lawrence Barker vient d'arriver au palais de justice. Il est en fauteuil roulant, mais il est en mesure de témoigner. J'aimerais le faire comparaître devant cette Cour.

Il y eut un murmure dans la salle.

Alan Penn se leva d'un bond.

— Objection ! lança-t-il. Le procureur est au milieu de son réquisitoire. Il est trop tard pour citer quelque témoin que ce soit. Ce serait sans précédent et je...

Le juge Young abattit son maillet.

— Messieurs les avocats, veuillez vous approcher.

Penn et Venable se dirigèrent vers l'estrade.

— Ce serait contraire à la procédure, Votre Honneur. Je m'oppose à...

— Vous avez raison, maître Penn, ce serait contraire à la procédure, mais vous vous trompez lorsque vous dites qu'il n'y a pas eu de précédent. Je pourrais vous citer des dizaines de procès où l'on a autorisé l'audition de témoins à la dernière minute. Si toutefois vous voulez en avoir le cœur net, vous pourrez consulter les archives du palais de justice... on y fait mention d'une affaire, il y a environ cinq ans, où une telle chose s'est produite. Je suis bien placée pour le savoir, maître Penn, parce que le président de ladite affaire, c'était moi.

Alan Penn déglutit.

— Cela veut dire que vous allez entendre ce témoin ?

Le juge Young réfléchit un moment.

— Puisque le Dr Barker est un témoin clé dans ce procès, et qu'il était incapable de venir témoigner il y a quelques jours, je vais, dans l'intérêt de la justice, autoriser la comparution de ce témoin.

— Mais rien ne nous prouve que Barker est apte à témoigner. J'exige une batterie de rapports psychiatriques pour...

— Maître Penn, dans ce tribunal, personne n'exige quoi que ce soit. On présente, tout au plus, des requêtes.

Elle se tourna vers Gus Venable.

— Vous pouvez appeler votre témoin.

Remis à sa place, Alan Penn ne pipa mot. *Tout est fichu. C'est la Berezina.*

Gus Venable se tourna vers son adjoint.

— Allez chercher le Dr Barker.

La porte s'ouvrit lentement et le Dr Lawrence Barker fit son entrée dans la salle de tribunal. Il était dans un fauteuil roulant. Sa tête était penchée sur le côté, et la moitié de son visage était figée en une sorte de rictus.

Toute la salle suivit du regard la frêle silhouette qui remontait l'allée centrale. Lorsqu'il passa à la hauteur de Paige, le Dr Barker tourna la tête vers elle.

Il n'y avait pas d'amitié dans ses yeux, et Paige se souvint de ses dernières paroles : *Mais moi, je n'en ai pas terminé. Qu'est-ce qui vous fait croire que... ?*

Lorsque Lawrence Barker arriva devant le fauteuil des témoins, le juge Young se pencha vers lui et lui demanda gentiment :

— Docteur Barker, vous vous sentez en mesure de témoigner devant cette Cour aujourd'hui ?

— Oui, Votre Honneur, répondit Barker d'une voix chevrotante.

— Vous connaissez les charges qui pèsent contre la prévenue ?

— Oui, Votre Honneur, répondit-il avant de tourner la tête vers Paige. Cette femme est accusée de meurtre.

Paige eut un tressaillement. *Cette femme !*

Le juge Young prit sa décision et se tourna vers l'huissier.

— Veuillez faire prêter serment au témoin.

» Vous pouvez rester dans votre fauteuil, docteur Barker, précisa-t-elle. Le procureur va vous interroger en premier, puis ce sera au tour de la défense.

— Merci, Votre Honneur, répondit Venable dans un sourire en s'approchant d'un pas de conquérant vers le fauteuil roulant. Nous n'allons pas vous garder longtemps, docteur. Sachez que la Cour tout entière apprécie le fait que vous soyez venu témoigner en cette pénible circonstance. Vous êtes au courant de ce qui s'est dit dernièrement dans cette salle de tribunal ?

— J'ai suivi les débats à la télévision et dans les journaux, répondit Barker. Et ce que j'ai appris m'a donné envie de vomir.

Paige enfouit sa tête dans les mains.

Gus Venable avait du mal à cacher sa jubilation.

— Je suis sûr que bon nombre d'entre nous ont ressenti la même chose que vous, répondit Venable avec une retenue hypocrite.

— Je suis venu ici parce que je veux que justice soit faite.

Venable sourit.

— Comme nous tous, soyez-en persuadé.

Lawrence Barker prit une profonde inspiration et lorsqu'il parla, sa voix était vibrante d'indignation.

— Comment osez-vous poursuivre en justice le Dr Taylor ?

Venable crut avoir mal compris :

— Je vous demande pardon ?

— Ce procès est une farce !

Paige et Alan Penn échangèrent un regard, stupéfaits.

— Docteur Barker, vous... commença Venable en pâlissant.

— Ne m'interrompez pas ! lança Barker. Vous vous êtes servi de témoignages de bon nombre d'envieux et de jaloux pour attaquer un brillant chirurgien. Elle...

— Dites, vous avez la mémoire courte ! rétorqua Gus Venable, sentant une bouffée de panique monter en lui. C'est bien à cause de vous et de vos critiques incessantes que le Dr Taylor s'apprêtait à quitter l'hôpital, si je ne m'abuse ?

— C'est exact.

Gus Venable se sentit mieux.

— Alors, dit-il d'un ton condescendant, comment pouvez-vous soutenir que c'est un médecin brillant ?

— Parce que c'est la vérité, répondit Barker en se tournant pour regarder Paige.

Il se mit alors à lui parler comme s'il n'y avait qu'eux deux dans la salle.

— Certaines personnes sont faites pour être médecins. Et

vous êtes de cette trempe. Je l'ai su dès le début. J'ai été dur avec vous — peut-être trop — parce que vous étiez un bon médecin. Je ne vous passais rien parce que je voulais que vous vous endurcissiez. Je voulais que vous soyez parfaite, parce que nous n'avons pas droit à l'erreur dans notre profession. Pas la moindre erreur.

Paige le regarda bouche bée, les idées se bousculant dans sa tête. C'était si soudain.

Un murmure parcourut la salle.

— Je n'avais aucune intention de vous laisser partir.

Gus Venable vivait un cauchemar. Son principal témoin à charge se retournait contre lui.

— Docteur Barker, vous avez accusé le Dr Taylor d'avoir tué votre patient Lance Kelly. Comment pouvez-vous maintenant...

— Je lui ai dit cela parce que c'était elle le chirurgien. Et qu'en dernière instance, c'est elle la responsable. Mais en réalité, c'est l'anesthésiste qui a fait une erreur.

Cette fois-ci un véritable brouhaha parcourut la salle.

Paige était abasourdie.

Barker se mit à parler lentement, comme s'il avait du mal à articuler :

— En ce qui concerne le legs de John Cronin, je puis vous assurer que le Dr Taylor n'en savait rien. J'ai moi-même parlé à Mr. Cronin. Il m'a dit qu'il voulait laisser cet argent au Dr Taylor parce qu'il détestait sa famille, et m'a annoncé son intention de demander au Dr Taylor de mettre fin à ses souffrances. J'ai donné mon accord.

Un tonnerre de vivats souleva l'assistance. Gus restait figé sur place de stupeur.

Alan Penn se leva d'un bond :

— Votre Honneur, je demande le non-lieu !

Le juge Young abattit son maillet.

— Silence ! hurla-t-elle.

Elle regarda les deux avocats :

— Vous deux, dans mon bureau !

Alan Penn et Gus Venable étaient assis devant le juge Young.

Gus Venable était encore sous le choc :

— Je... Je ne sais que dire. Cet homme est malade, à l'évidence. Je suis abasourdi. Je veux le faire examiner par une armée de psychiatres et...

— Vous ne pouvez jouer sur les deux tableaux, Gus. Reconnaissez que vous avez perdu et évitons-nous de vaines batailles. Je vais prononcer le non-lieu. Avez-vous des objections ?

Il y eut un long silence.

— Je ne crois pas, admit finalement Venable.

— Parfait, répondit le juge Young. Voilà une sage décision. Si je peux vous donner un conseil, n'appelez jamais un témoin, et je dis bien jamais, si vous ne savez pas ce qu'il va dire.

L'audience reprit. Le juge Young s'adressa à l'assistance.

— Mesdames et messieurs les jurés, la Cour vous remercie de votre patience et du temps que vous lui avez consacré. La Cour déclare qu'il n'y a pas lieu de continuer les poursuites et prononce le non-lieu. Accusée, vous êtes libre.

Paige se retourna pour envoyer un baiser à Jason, puis se précipita vers le fauteuil de Barker. Elle s'agenouilla et le serra dans ses bras.

— Je ne sais comment vous remercier !

— Vous n'aviez rien à faire là, grommela-t-il. C'est une vraie histoire de dingues. Sortons d'ici et trouvons un endroit plus calme pour bavarder.

Le juge Young les entendit. Elle se leva et dit :

— Vous pouvez aller dans mon bureau si vous le désirez. C'est bien la moindre des choses que nous puissions faire pour vous.

Paige, Jason et le Dr Barker s'installèrent dans le bureau du juge.

— Je suis désolé. Ils n'ont pas voulu me laisser venir plus tôt. Vous savez comment sont ces satanés médecins.

Paige était au bord des larmes.

— Je ne sais comment vous...
— Alors, ne le faites pas, bougonna-t-il.

Paige le regarda un moment, se souvenant soudain d'un détail.

— Quand avez-vous donc parlé à John Cronin ?
— Comment ça ?
— Vous m'avez très bien comprise. Quand lui avez-vous parlé ?
— Quand ?
— Vous n'avez jamais rencontré John Cronin, n'est-ce pas ? annonça-t-elle. Vous ne le connaissiez même pas.

Une ébauche de sourire souleva ses lèvres.

— Non. Mais vous, je vous connais.

Paige se jeta dans ses bras.

— Allons, pas de sensiblerie, grommela-t-il.

Il leva la tête vers Jason.

— C'est son défaut. Elle est un peu trop sensible. Vous avez intérêt à prendre soin d'elle, sinon vous aurez affaire à moi.

— J'y veillerai, docteur, répondit Jason. Soyez-en sûr.

Paige et Jason se marièrent le lendemain. Avec comme témoin, le Dr Barker.

Épilogue

Paige Curtis ouvrit un cabinet et travailla avec le prestigieux North Shore Hospital. Le million de dollars de John Cronin lui permit de créer une fondation humanitaire en Afrique du Sud portant le nom de son père.

Lawrence Barker s'associa avec Paige et travailla comme expert médical.

Arthur Kane fut radié du conseil de l'ordre des médecins.

Jimmy Ford se rétablit complètement et épousa Betsy. Leur première fille fut appelée Paige.

Honey Taft émigra en Irlande avec Sean Reilly, et trouva une place d'infirmière à Dublin.

Sean Reilly devint un artiste reconnu, et ne présente à l'heure actuelle toujours aucun symptôme du sida.

Mike Hunter a été condamné pour vol à main armée et purge encore sa peine dans une prison fédérale.

Alfred Turner est devenu associé dans un grand cabinet sur Park Avenue et gagne beaucoup d'argent.

Benjamin Wallace a été limogé de son poste d'administrateur de l'Embarcadero County Hospital.

Lauren Harrison a épousé son professeur de tennis.

Lou Dinetto a été condamné à quinze ans de prison pour extorsion de fonds et fraude fiscale.

Ken Mallory fut condamné à la réclusion à perpétuité. Une semaine après l'arrivée de Lou Dinetto dans le pénitencier, Mallory fut retrouvé poignardé dans sa cellule.

L'hôpital de San Francisco est toujours debout, attendant de pied ferme le prochain tremblement de terre.

Cet ouvrage a été réalisé par la
SOCIÉTÉ NOUVELLE FIRMIN-DIDOT
Mesnil-sur-l'Estrée
pour le compte des Éditions Grasset
en février 1995

Imprimé en France
Dépôt légal : février 1995
N° d'édition : 9666 - N° d'impression : 29911
ISBN : 2-246-50211-X